예술 분과로서의 살인

ON MURDER
Considered as One of the Fine Arts
by Thomas De Quincey

토머스 드 퀸시
예술 분과로서의 살인

유나영 옮김

wo
rk

ro
om

일러두기

이 책은 옥스퍼드 세계 고전 시리즈(Oxford World's Classics)로 출간된 토머스 드 퀸시(Thomas De Quincey)의 『살인에 관하여(On Murder)』(로버트 모리슨[Robert Morrison] 편집, 옥스퍼드 대학교 출판부[Oxford University Press], 2006)를 한국어로 옮긴 것이다.

저자가 단 원주는 별표로 표기한 후 면주로 처리했고, 옮긴이 주는 숫자로 표기한 후 각 장 뒤에 후주로 처리했다.

옮긴이 주는 다음 책들의 편집자 주석을 참조하였다.
— 토머스 드 퀸시, 『살인에 관하여』(로버트 모리슨 편집, 옥스퍼드 대학교 출판부, 2006)
— 『드 퀸시 저작집(De Quincey's Collected Writings)』(데이비드 매슨[David Masson] 편집, 전 14권, A. 앤드 C. 블랙 소호 스퀘어 런던[A. & C. Black Soho Square London], 1897)
— 『드 퀸시 선집(Selections from De Quincey)』(밀턴 하이트 터크 박사[Milton Haight Turk, Ph.D.] 편집, 긴 앤드 컴퍼니[Ginn & Company], 1902)
— 『영어 산문 선집(Selected English Essays)』(W. 피콕[W. Peacock] 편집, C. B. 휠러[C. B. Wheeler]의 주석이 수록된 3판, 옥스퍼드 대학교 출판부, 1918)
— 노튼 영문학 앤솔러지 웹 컴패니언(A Web Companion to The Norton Anthology of English Literature) 8판 (www.wwnorton.com/college/english/nael/noa/pdf/27636_Roma_U13_Quincey.pdf)

원문에서 이탤릭체로 강조된 부분은 방점을 찍어 구분했고, 강조를 위해서라기보다 외국어(라틴어, 프랑스어 등)임을 표시하기 위해 이탤릭체로 표기했다고 판단될 경우 방점을 찍는 대신 괄호 안에 원어를 병기했다. 그러나 외래어로 화한 단어들은 원어를 병기하지 않았다.

인명과 책 제목의 원어는 강조 등 특별한 경우를 제외하고는 주석에 병기했다.

차례

작가에 대하여

토머스 드 퀸시(Thomas De Quincey, 1785~1859)는 영국의 문필가이다. 그는 맨체스터 출신으로 직물 수입상의 아들이었다. 어린 시절 아버지를 잃은 그는, 라틴어와 그리스어에 능하고 고전 지식에 해박했지만, 그리 모범적인 학창 시절을 보내지는 못했다. 맨체스터 문법학교*를 도망쳐 나와 웨일스 북부와 런던을 떠돈 드 퀸시는 위장병에 걸리고 급기야 그 진통제로 아편을 복용하기 시작한다. 한편 그는 어머니, 후견인들과 화해하고 옥스퍼드 우스터 칼리지에 입학했으나 결국 학위를 받지 못했다. 워즈워스와 콜리지 등 우러르던 호반시인들을 만나 교류하던 그는 1818년 『웨스트몰랜드 가제트』 편집 주간으로 임명되지만, 빚과 아편중독에 시달리다 이듬해 사임한다. 이어 『블랙우즈 매거진』에 몇 편의 글을 기고하고, 1821년 『런던 매거진』에 '자서전적 스케치' 「어느 영국인 아편쟁이의 고백」을 싣고, 그다음 해 단행본으로 출간한다. 1826년 다시 『블랙우즈 매거진』에 기고하기 시작한 드 퀸시는 1827년 연쇄살인마 존 윌리엄스의 살인을 예찬한 「예술 분과로서의 살인」을 발표하고, 이후 매체를 넓혀나가며 평생 글을 쓴다. 그중 1845년 발표한 「심연에서의 탄식」은 「어느 영국인 아편쟁이의 고백」의 속편 격이었으며, 에세이 「영국의 우편 마차」는 시적 산문의 진수를 보여준다.

드 퀸시는 채무불이행으로 수차례 기소되고 투옥되며 일생의 대부분을 가난한 매문가로 살았다. 그러나 그 글의 가치를 알아본 보들레르와 포가 드 퀸시의 저작들에서 영감을 받는 등 문필가로서

* grammar school. 영국을 비롯한 영어권 국가에서 그리스어나 라틴어의 문법 또는 문학을 가르치던 교육기관. 19세기 이후 중등학교로 발전하였다.

당대 작가들에게 미친 영향은 지대하다.

1859년, 드 퀸시는 자신의 저작집 『진지하고 쾌활한 선집』을 편집하던 중 세상을 떠났다. 선집은 1860년 14권으로 완간되었다.

이 책에 대하여

그리하여 토머스 드퀸시는
그 아편 다정하고 정결한 독을 마시며
저의 불쌍한 안을 꿈꾸고 꿈꾸었다
가자 가자 모든 것이 지나가기에
나는 자주 뒤돌아보리라
— 기욤 아폴리네르, 「사냥의 뿔나팔」 중에서*

불문학 '애호가'들에게 토머스 드 퀸시라는 이름은 샤를 피에르 보들레르와 더불어 읽혀왔다. 영국 문필가 드 퀸시의 필력에 매료된 프랑스 상징주의 시인 보들레르는 『어느 영국인 아편쟁이의 고백』과 그 속편 「심연에서의 탄식」을 프랑스어로 옮기고 자신의 글을 더해 『인공낙원』을 펴냈다. 드 퀸시가 아편중독이 낳은 꿈을 고했듯, 보들레르는 해시시 체험이 빚은 꿈을 그려냈다.

그러나 『어느 영국인 아편쟁이의 고백』에는 아편중독 고백(2부)에 앞서, 지나간 사랑에 대한 고백(1부)이 담겨 있다. 칼리지를 때려치우고 런던 뒷골목을 방황하던 시절, 열일곱 살 청년을 사로잡은 열다섯 살 매춘부. 드 퀸시는 앤과의 추억을 되새겼고, 적었다. 아폴리네르의 서정시 「사냥의 뿔나팔」은 이렇게 "저의 불쌍한 안을 꿈꾸고 꿈꾸었"던 드 퀸시의 이름을 불러낸다. "모든 것이 지나가기에" "자주 뒤돌아보리라"는 다짐은, 드 퀸시가 앤을 잃었듯, 마리 로랑생을 잃은 아폴리네르의 슬픔을 드러낸다. 이 시는 시인 자신이 "내 생애에 일어난 사건들의 기념"이라 일컬은 시집 『알코올』에 담겼다.

* 기욤 아폴리네르, 『알코올』(황현산 옮김, 열린책들, 2010), 185쪽.

아폴리네르를 통해 드 퀸시의 이름을 접한 이래 10여 년이 지나 『어느 영국인 아편쟁이의 고백』(김석희 옮김, 시공사, 2010)과 『어느 영국인 아편 중독자의 고백』(김명복 옮김, 펭귄클래식 코리아, 2011)이 출간되었다. 현재 한국어로 접할 수 있는 드 퀸시의 글들이다. 프랑스에서 드 퀸시의 저작은 작가 선정에 까다로우며 특히 타 언어권 작가에 엄정한 갈리마르 플레이아드 총서에 속해 있다. 갈리마르에서는 또한 '상상의(L'Imaginaire)' 총서 중 한 권으로 별도의 단행본 『예술 분과로서의 살인』을 출간했다.

드 퀸시의 저작은 방대하다. 잡지와 신문에 기고하며 글을 썼기 때문인데, 훗날 작가 자신이 편집한 '선집'이 14권에 이른다. 그중 단연 매혹적인 제목의, 그리고 제목의 매력에 온전히 부합하는 글 「예술 분과로서의 살인」은 애초 『블랙우즈 매거진』에 실렸던 것이다. 이 글은 1811년 12월 런던에서 두 차례의 연쇄살인을 저지른 후 목숨을 끊은 선원 존 윌리엄스의 살인 행각을 '예술적' 기준 아래 조망하고 살핀다. 드 퀸시가 세운 "살인의 원칙"에 입각해 행한 존 윌리엄스는 그로부터 "의심의 여지없이 가장 귀족적이고 까다로운 예술가"로 인정받았다. 이 밖에 매킨 형제의 살인, 쾰른 상인 피터 앤서니 퐁크의 살인 등 드 퀸시는 자기 시대의 탁월하고 미진한 살인 사건들을 두루 살피며, 더불어 비교 대상이 될 옛 문헌 속 살인들에 대한 고찰도 잊지 않는다. 또한 이후 그 「두 번째 글」과 「후기」, 이어 「새로운 글」을 쓰면서 '예술로서의 살인'을 곱씹는다. 일찍이 아버지와 누이들의 죽음을 겪은 드 퀸시는 죽음에 민감한 삶을 살았다. 모든 종류의 죽음으로 확대된 집착이 그로 하여금 희대의 살인을 달리 바라보도록 했을 것이다.

이 책은 "문 두드리는 소리"로 시작된다.

편집자

「맥베스」에서 문 두드리는 소리[1]

소년 시절 이래로 나는 항상 「맥베스」의 어느 한 장면에서 큰 당혹감을 느끼곤 했다. 그것은 바로 덩컨 왕의 시해 이후 밖에서 누군가 문을 두드리는 장면인데[2] 이 부분은 내 감정에 도저히 설명할 수 없는 어떤 효과를 불러일으켰다. 그 효과란 바로 이 살인에 기이한 경외와 장엄한 깊이를 드리우는 것이었다. 하지만 이를 파악하려고 내 이해력을 동원하여 아무리 끈질기게 노력해도, 여러 해 동안 나는 왜 그 장면이 그런 효과를 불러일으키는지 헤아릴 수 없었다.

여기서 나는 잠시 멈추어 독자 여러분에게, 자신의 이해력이 자신의 다른 정신 기능과 배치될 경우 그 이해에 절대 귀 기울이지 말기를 권하는 바이다. 단순한 이해는 설사 그것이 아무리 유용하고 긴요하더라도 사람의 정신에서 가장 열등하고 신뢰할 수 없는 기능이다. 절대다수의 사람들은 그 외에 다른 것을 신뢰하지 않으나, 그것은 일상생활에서는 통할지 몰라도 철학적 목적에는 통용될 수 없다. 내가 끄집어낼 수 있는 1만 개의 예 중에서 하나만 들겠다. 원근법에 대한 지식을 사전에 갖추지 않은 누군가에게, 이 과학 법칙에 의거한 가장 단순한 모양을 아주 대충 그리게끔 시켜보라. 예를 들어 두 벽면이 서로 직각으로 붙어 있는 모습을 그리거나, 길 양쪽에 집들이 늘어선 광경을 길 끄트머리에서 내려다보는 사람의 시점으로 재현해보게끔 하는 것이다. 만약 화가들이 그런 효과를 어떻게 구현하는지를 그림으로 접해보지 못한 사람이라면, 그는 어떤 경우에도 그 최소한의 근사치조차 표현해내지 못할 것이다. 원근법의 효과를 일상에서 매일 실제로 보면서도 말이다. 왜일까? 그 이유는 그의 이해력이 자기 눈이 본 것을 무시해버리기 때문이다. 시각 법칙에 대한 직관적 지식을 갖추지 못한 그의 이해력은, 분명히 수평선인데 그것이 수평선처럼 보이지 않는 이유를 설명해주지 못한다. 실제로는 직각인데 그림의 선이 그보다 작은 각도로 그려져 있다는 것은 집들이 전부 가운데로 기울어져 쓰러지고 있다는 뜻이라고 그는 이해한다. 따라서 그는 집을 수평선에 맞추어 그리며, 필요한 효과를 구현하는 데 당연히도 실패한다. 이것은 사람의 이해가 자기 눈이 본 것을 무시하는 데 그치지 않고 말하자면 아예 지워버릴 수도 있음을 보여주는 수많은 예 중의 하나일 뿐이다. 사람은 자기 눈으로 본 증거와 자기 이해력의 증거가 배치될 때 자신의 이해를 신뢰할 뿐만 아니라, (어처구니없게도!) 바보는 자기 눈에 그런 증거가 보인다는 것조차도 모르기 때문이다. 그는 자기가 일상에서 매일같이 보고 지내는 그것을 봤다는 사실 자체를 알아차리지 못한다(그러니까 의식적으로는 보지 못한 것이다). 여담은 이쯤 하고 하던 얘기로 돌아오면, 나의 이해력은 「맥베스」에서 문 두드리는 부분이 직접적이든 반향으로든 간에 어째서 그런 효과를 불러일으키는지를 설명해주지 못했다. 사실 내 이해력으로 가늠했을 때 그것은 분명히 어떤 효과를 일으킬 수가 없는 부분이었다. 하지만 나는 뭔가가 더 있다는 것을 알았고 그것을 느꼈다. 그리고 지식이 더 쌓여 그 문제를 풀 수 있게 될 때까지 질문을 놓지 않고 기다렸다. 그리고 마침내 1812년, 윌리엄스 씨가 래트클리프 하이웨이에서 무대에 데뷔하여 미증유의 살인을 저질렀고 이 사건은 그에게 빛나는 불후의 명성을 안겨다 주었다.[3] 부연하자면 이 살인 사건은, 살인 감정가의 취향을 매우 까다롭게 바꾸고 그 방면에서 발생한 다른 어떤 사건에도 만족하지 못하게 만들었다는 면에서 악영향을 끼쳤음을 지적해야겠다. 그가 저지른 살인의 강렬한 핏빛에 댔을 때 다른 모든 살인 사건들은 그 핏기를 잃었으며, 한 애호가[4]가 내게 툴툴거렸듯이 "그의 시대 이후로는 이루어진 것이, 혹은 거론할 가치가 있는 일이 하나도 없었다". 하지만 이 말은 틀렸다. 모든 사람이 위대한 예술가가 되거나 윌리엄스 씨의 천재성을 띠고 태어나리라는 기대는 비합리적이기 때문이다. 이제부터는 이 사건의 최초 살인(마[Marr] 가족 살인 사건) 현장에서, 셰익스피어의 천재성이 창조해낸 장면과 똑같은 상황이 실제로 벌어졌다는 사실이 기억될 것이다(일가족 몰살이 끝난 뒤 잠시 후 누군가가 밖에서 문을 두드린 것이다).[5] 그리고 모든 훌륭한 감정가와 가장 빼어난 딜레탕트들은 그 사실을 깨달음과 동시에 셰익스피어가 제시한 착상의 절묘함을 알아보았다. 나의 이해와 느낌이 배치되었을 때 느낌에 의존한 것이 옳았음을 드러내는 새로운 증거가 여기에 있었다. 나는 다시 이 문제를 파고들기 시작했고, 결국 내가 만족할 만한 수준으로 이를 해결하기에 이르렀다. 살해된 사람 쪽으로 온통 공감이 쏠리는 평범한 살인 사건들은 날것 그대로의 밑바닥 공포를 불러일으킨다. 그런 까닭에 모든 관심은 우리가 생존에 동원하는 자연스럽고도 하등한 본능으로 집중된다. 자기 보존이라는 원초적 법칙에 필수 불가결한 이 본능은 (정도의 차이가 있을망정) 살아 있는 모든 생물에게 공통된 것이다. 이 본능은 모든 구분을 무효화하며 가장 위대한 인간들을 "우리가 발로 짓밟는 미천한 딱정벌레"[6] 수준으로 떨어뜨리는 까닭에, 인간이 가장 비천하고 굴욕적인 태도를 취하는 상황에서 그의 본성을 드러낸다. 이런 태도는 시인의 목표와 전혀 들어맞지 않는다. 그렇다면 시인은 무엇을 해야 하는가? 그는 살인자에게로 관심을 돌려야 한다. 우리의 공감은 그와 함께해야 한다. (물론 여기서 나는 살인자를 동정하거나 용인하는 공감[sympathy]*이 아니라 이해하려는 공감

* 내가 왜 이 단어를 사용했는지가 그 자체로 자연스럽게 설명이 되는 상황에서, 이를 따로 설명하고 변호한다는 건 거의 바보스런 일 같다. 하지만 굳이 그래야 하는 지경에 이른 까닭은 공감이라는 단어가 비학술적으로—현 시점에서 매우 일반적인 뜻으로—쓰이고 있기 때문이다. 이 말은 증오, 분노, 사랑, 연민, 칭찬 등을 모두 망라한 타인의 감정을 우리 마음속에서 재생하는 활동이라는 본래의 적절한 의미 대신 '동정(pity)'이라는 단어의 단순한 동의어가 되었다. 그래서 많은 필자들은 "타인과의 공감(sympathy *with* another)"이라고 쓰는 대신 "타인을 위한 공감(sympathy *for* another)"이라는 무지막지하게 야만적인 표현을 쓰고 있다.

을, 우리가 그의 감정 속으로 들어가 그 감정을 이해할 수 있게 만드는 공감을 말하는 것이다.) 살해되는 사람의 내면에서는 온갖 생각과 모든 격정과 목표 의식의 파문들이 단 하나의 압도적인 공포에 눌려 으스러진다. 임박한 죽음의 공포는 "몸을 돌처럼 굳히는 철퇴"[7]로 그를 찍어 누른다. 그러나 — 시인이 친히 헤아려주는 그러한 — 살인자의 내면에는 분명 엄청난 격정 — 질투, 야망, 복수, 증오 — 의 폭풍이 휘몰아치고 있으며, 이는 그의 내면에 지옥을 창조할 것이다. 그리고 우리가 들여다봐야 할 것은 바로 그 지옥이다.

셰익스피어는 「맥베스」에서 그의 방대하고도 풍부한 상상력을 채우기 위해 두 명의 살인자를 도입했다. 그리고 셰익스피어의 손에서 대개 그러하듯 그 둘은 눈에 띄게 구분된다. 맹수의 기질이 아직 덜 깨어난 맥베스의 내면은 그의 아내보다 훨씬 큰 갈등을 겪으며, 그의 감정은 주로 그녀에게서 전염된 것이다. 하지만 결국 둘 다 살인죄에 가담하면서, 살인에 불가결한 흉포한 마음은 결국 두 사람 모두에게 깃들었다고 상정된다. 그리고 이것은 표현된다. 이는 그들의 희생자인 "인자하신 덩컨 왕"[8]의 온화한 성격과 대비하여 적대자를 부각시키고, "그를 없애려는 은밀한 악행"[9]을 적절히 상술하기 위해서이기도 하지만, 무엇보다도 그 자체로서, 기괴한 기운을 띠고 표현된다. 우리는 인간의 본성 — 예컨대 모든 피조물들의 가슴에 깃들어 있으며 인간의 마음에서 완전히 빠져나가는 일이 드문 사랑과 자비의 신성한 본성—이 떠나가고 사라지고 소멸되어버린 뒤 사악한 본성이 그 자리를 차지한 것을 느끼게 된다. 이러한 효과는 대화와 독백으로 기막히게 연출되며 마침내는 이 글에서 논의하고 있는 장치[10]에 의해 그 절정에 이른다. 그리고 내가 지금 독자들의 주의를 간청하는 지점은 바로 이 부분이다. 만약 독자 여러분이 부인이나 딸이나 누이가 기절하는 모습을 본 적이 있다면, 이 광경에서 가장 인상적인 순간은 멈추었던 기운이 첫 숨결이나 몸의 첫 떨림과 더불어 다시 돌아오는 바로 그 시점임을 목격할 수 있을 것이다. 혹은 어떤 위대한 국가적 영웅이 장례 행렬에 몸을 싣고 묘지로 향하는 날, 마침 독자가 대도시에 있어서 그 행렬이 지나는 길목에 가까이 다가갈 기회가 있었다면, 일상적인 활동들이 숨을 죽인 거리의 적막과 황폐함 속에서 순간 사람의 마음을 강렬히 사로잡는 깊은 흥미를 느꼈다가—이윽고 장례 행렬의 바퀴 소리가 멀어지면서 죽음 같은 적막이 갑자기 깨지고 그 일시적인 환상이 흩어지는 광경을 보았다면, 평범한 사람들의 관심사들이 완전히 정지되고 유예된 듯한 느낌이 정말 온전히 충격적으로 다가오는 시점은 그때 그 순간이 아니라, 그 정지가 풀리고 인간 삶의 일상사가 갑자기 재개되는 순간임을 깨닫게 될 것이다. 모든 작용은 그것이 어떤 방향을 향하든 반작용을 통할 때 가장 잘 설명되고 측정되고 이해될 수 있다. 이제 이를 맥베스의 경우에 적용해보자. 여기에서는 앞서 말한 대로 인간의 마음이 퇴장하고 악마의 마음이 입장하는 과정이 표현되며 또 감지된다. 다른 세계가 그 발을 디디면서, 살인자들은 인간적인 것, 인간적 목표, 인간적 욕망의 장으로부터 축출된다. 그들은 변형을 겪는다. 맥베스 부인은 그 '여성적 특질을 잃고',[11] 맥베스는 자신이 여성의 몸에서 태어난 사실을 잊는다.[12] 하지만 그것은 어떻게 해서 전달되어 느껴지는 걸까? 새로운 세계가 들어오기 위해 이쪽의 세계는 잠시 사라져야 한다. 살인자들과 살인은 — 측정할 수 없는 심연에 의해 인간사의 일상적 조류와 연속성으로부터 차단되어 — 절연되고 갇히고 어느 깊은 구석에 격리되어야 한다. 우리는 일상적 삶의 세계가 갑자기 정지되고 잠들고 최면에 빠져 두려운 휴전 상태로 던져졌음을 느끼게 된다. 시간은 소멸된다. 외부 사물들과의 관계는 파괴된다. 그리고 모든 것이 깊은 가사(假死) 상태로, 세속적 격정이 정지된 상태로 스스로 침잠한다. 그리고 행동이 취해졌을 때, 암흑의 작업이 완료되었을 때, 암흑의 세계는 마치 장려한 행렬이 구름 속으로 모습을 감추듯 사라진다. 문 두드리는 소리가 들린다. 이는 반작용이 개시되었음을 알리는 소리다. 인간의 것이 악마의 것에 맞서 역류한다. 삶의 맥박이 다시 뛰기 시작한다. 그리고 우리가 사는 세상의 일상사들이 제자리를 찾는 순간, 우리는 그 일상사를 중지시켰던 끔찍한 막간극을 깊이 인식하게 된다.

오, 전능한 시인이여! 그대의 작품은 다른 인간들의

것처럼 단순히 그저 훌륭한 예술 작품이 아니라 자연현상과도 같다. 태양과 바다, 별들과 꽃들 같고, 서리와 눈, 비와 이슬, 우박과 천둥 같다. 우리는 가진 능력을 다 바쳐, 견고한 믿음을 갖고 그것을 탐구해야 한다. 그 안에는 과한 것도 덜한 것도, 무용한 것도 무력한 것도 없으며, 우리의 발견이 더 깊어질수록, 무심한 눈에는 그저 우연으로만 보이는 것에 계획과 독자적 배열이 숨어 있는 증거를 더 많이 보게 되리라는 견고한 믿음으로!

덧붙임: 위의 심리 비평에서 나는 문 두드림을 달리 활용한 부분, 즉 문지기가 등장해 그 바로 앞 장면[13]에 대해 말하는 대사를 통해 표현된 대조 및 대비 효과에 대해 일부러 언급하지 않았다.[14] 이 부분은 자기가 읽은 내용을 반추하는 데 익숙한 이들에게는 웬만큼 명백하기 때문이다. 이 장면을 세 번째로 달리 활용하며 극적 환상에 이바지하는 부분에 대해서도 최근에 『런던 매거진』의 한 평론가가 지적한 바 있다.[15] 나는 그의 견해에 전적으로 동의하지만, 그것은 이 글에서 펼친 나의 주장과는 관련이 없다.

X. Y. Z.[16]

1. 이 에세이는 『런던 매거진(London Magazine)』 8호(1823년 10월)에 처음 발표되었다.

2. 윌리엄 셰익스피어(William Shakespeare, 1564~1616)의 비극 「맥베스(Macbeth)」 2막 2장에서 맥베스가 덩컨 왕을 살해하고 난 뒤 밖에서 맥더프가 문을 두드리는 장면이다. 맥베스와 맥베스 부인은 이 소리에 소스라치게 놀란다.

3. 1811년(드 퀸시는 이 책 전체에서 이 사건의 연도를 1812년으로 잘못 적고 있다) 12월 런던 이스트엔드의 래트클리프 하이웨이에서 존 윌리엄스(John Williams, 1784~1811)가 저지른 끔찍한 연쇄살인 사건을 가리킨다. 이 사건에 대해 드 퀸시는 「(「예술 분과로서의 살인」에 부치는) 후기」에서 자세히 설명하고 있다.

4. 여기서 드 퀸시가 말하는 애호가(amateur)란 직업적 살인범과 구분되는 개념으로 살인 사건의 감상을 취미로 즐기는 비전문가, 아마추어를 의미한다. 이 책에서는 맥락에 따라 애호가 혹은 아마추어로 옮겼다.

5. 1811년 12월 7일 존 윌리엄스는 래트클리프 하이웨이 29번지에 침입하여 포목상이었던 티모시 마(Timothy Marr)를 비롯해 그의 부인과 젖먹이 아들, 도제까지 4명의 일가족을 몰살했다. 이 집의 하녀는 그때 마침 심부름차 나가 있어 참사를 피할 수 있었는데, 윌리엄스가 살인을 모두 끝내고 미처 집을 빠져나가기 전에 그녀가 돌아와 바깥에서 문을 두드렸다.

6. 셰익스피어, 「자에는 자로(Measure for Measure)」, 3막 1장, 78~80행.

7. 존 밀턴(John Milton, 1608~74), 『실낙원(Paradise Lost)』, 10편 293행. "죽음은 모여진 흙을 그의 철퇴로 쳐서 차고 건조한 돌처럼 굳게 만든다."

8. 셰익스피어, 「맥베스」, 3막 1장, 65행.

9. 「맥베스」, 1막 7장, 20행.

10. 문 두드리는 장면을 말함.

11. 「맥베스」, 1막 5장, 40~41행. 맥베스 부인은 이렇게 기도한다. "살인의 음모를 관장하는 정령들이여, 오너라. 나를 여자가 아닌 것으로 만들어다오."

12. 「맥베스」, 5막 8장. 드 퀸시는 여기서 극의 내용을 착각하고 있다. 달을 못 채워 어머니의 자궁을 찢고 나온 것은 맥베스가 아닌 맥더프였다.

13. 문 두드리는 장면.

14. 「맥베스」 2막 2장에서 문 두드리는 소리가 들린 직후, 거나하게 취한 문지기가 등장하여 익살스러운 사설을 푸는 장면을 가리킨다. 이 부분은 이

순간의 숨 막히는 비극적 정황과 대조를 이루며 극의 분위기를 잠시 가볍게 전환시킨다.

15. 시인이자 평론가인 조지 달리(George Darley, 1795~1846)는 1823년 9월 『런던 매거진』에 발표한 「오늘날의 극작가들에게 보내는 세 번째 편지(A Third Letter to the Dramatist of the Day)」에서, 「맥베스」 2막 2장에서 맥베스가 덩컨 왕을 죽이고 나온 직후 (문 두드리는 소리가 들리기 전) 부인과 나누는 짧은 대화를 인용하며 이렇게 썼다.

"그 무엇이 다음 대화처럼 짧고 압축적이면서도 이보다 강렬할 것인가? 그 무엇이, 화자들이 돌처럼 정지한 채 숨을 죽이고 있음에도 이처럼 영혼을 휘저어놓을 수 있는가?

> 맥베스. 해치웠소 — 무슨 소리 못 들었소?
> 맥베스 부인. 부엉이가 울부짖고 귀뚜라미가 울었어요. 당신이 말하지 않았나요?
> 맥베스. 언제?
> 맥베스 부인. 방금.
> 맥베스. 내려오면서?
> 맥베스 부인. 네.
> 맥베스. 들어봐! — 두 번째 방에 누가 자고 있지?
> 맥베스 부인. 도널베인이에요.
> 맥베스. (자기 손을 내려다보며) 끔찍한 꼴이군.

이 대사를 읽어내려가는 동안 우리의 목에서는 숨이 멈춘다. 우리의 지력은 초자연적 흥분 상태로 들어간 반면 활력은 거의 정지된다…… 맥베스의 막연한 맹세, 무슨 소리가 났느냐는 그의 질문에 묻은 죄의식, 밤의 불길한 울부짖음을 이야기할 때 떠오르는 무섭고 고요한 이미지, 부인의 질문에 별안간 '들어봐!' 소리를 지르고, 부인의 질문을 망각한 채 자기 손에 묻은 피에 대해 중얼거리는 맥베스의 모습. 이 모든 정황들은…… 수많은 말들보다도…… 이 짧은 대화를 더 높은 숭고함과 소름 끼치는 흥미로 채우고 있다. 여기에는 항상 내 혈관에 냉기를 흘려보내며 온몸의 털을 쭈뼛 세우는 어떤 '미신적인' 공포가 존재한다."

16. 드 퀸시가 익명으로 잡지에 기고할 때 즐겨 썼던 서명 중 하나.

예술 분과로서의 살인[1]

『블랙우즈 매거진』 편집장 귀하[2]

선생님, 우리 모두는 '악덕 증진 협회'[3]나 '헬파이어 클럽'[4] 등에 대해 익히 알고 있습니다. 제 생각에는 브라이튼에서 '미덕 근절을 위한 협회'[5]가 결성된 것 같습니다. 이 협회는 근절되었습니다만, 유감스럽게도 이런 것이 런던에 하나 더 있으며 훨씬 더 흉악한 성격을 띠고 있다는 말씀을 드려야겠습니다. 그 성향을 따르자면 이는 '살인 장려 협회'로 명명할 수 있을 터이나, 그들만의 섬세한 '에우페미스모스(ευφημισμός, 완곡어법)'에 의거해 '살인 감상 협회'라는 명칭을 갖게 되었습니다. 살인 사건에 흥미가 있음을 스스로 천명하는 이 자들은 다양한 형태의 유혈 참사에 열광하는 팬들과 딜레탕트들, 요컨대 살인 애호가들입니다. 그들은 유럽의 경찰 문서에 기록된 그런 부류의 모든 잔학 행위들을 마치 회화, 조각, 기타 예술 작품처럼 대하며 비평합니다. 그러나 저는 그들이 벌이는 행위의 취지를 굳이 설명하려 애쓸 필요가 없습니다. 작년에 이 협회에서 행해진 월례 강연 중 한 건을 통해 이를 훨씬 잘 파악할 수 있기 때문입니다. 이 원고는, 세간의 시선을 피해 자신들의 문건을 숨기려는 그들의 경계를 뚫고 우연히 제 수중에 들어왔습니다. 이 문건이 공개되면 그들은 화들짝 놀랄 것이나, 바로 그것이 제 목적입니다. 저는 보우 스트리트의 경찰 재판소[6]에 고발해 그들의 실명을 노출하기보다는 선생님을 통해 여론에 호소함으로써 조용히 그들을 깔아뭉개는 편이 더 낫다고 보기 때문입니다. 그러나 그것이 실패할 경우 저는 마지막 수단으로서 당연히, 단호히 그들을 고발할 것입니다. 이런 일이 기독교 국가에서 벌어진다는 것은 수치스러운 일이기 때문입니다. 심지어 이교도의 땅에서도, 살인에 대한 관용은 곧 공중 윤리의 치욕이라고 한 기독교도 저자는 개탄한 바 있습니다. 그 저자는 락탄티우스[7]였습니다. 그리고 저는, 현 상황에 대단히 적절한 그의 말을 빌려 투고를 마무리하고자 합니다. 그는 이렇게 말합니다.[8] "인간의 삶은 준엄한 법으로 보호된다. 그러나 로마 세간의 풍습은 교묘히 법을 피해 살인을 부추기는 수단을 고안했다. 그리고 이제는 취향(voluptas)에 대한 요구가 파렴치한 범죄에 대한 요구와 같아지게 되었다." 이른바 '신사 애호가 협회'에 이 점을 주지시켜 주십시오. 저는 그중 마지막 구절에 그들이 특별히 주목할 것을 요구하는 바입니다. 이 구절은 너무도 중요하기에 제가 이 자리에 영어로 옮겨 보겠습니다. "그러므로, 단순히 살인 현장에 입회하는 것만으로도 공범이 된다면, 구경꾼이 되는 것만으로 살인범과 동일한 죄에 연루된다면, 원형경기장의 살인 현장에서 상대방을 때려죽이는 그 손이 앉아서 그 광경을 구경하는 자들의 손보다 피로 더 깊이 물들었다고 할 수 없음은 당연하다. 피를 쏟는 데 동의한 자가 유혈로부터 깨끗할 수 없다. 살인자에게 박수 치며 그에게 상을 내리라고 외치는 사람이 그 살인의 공모자가 아니라고 말할 수 없다." 그들의 행위가 의문의 여지없이 '살인자에게 상을 내리라고 외치는(proemia postulavit)' 성향을 띠고 있음에도, 저는 아직 '런던 신사 애호가 협회'가 그로 인해 지탄받았다는 말을 듣지 못했습니다. 그러나 '살인자에게 박수 치는(interfectori favit)' 태도는 이미 이 협회의 명칭 안에 암시되어 있으며, 제가 선생님께 보내는 이 강연록의 모든 구절 속에 드러나 있습니다.

당신의 충실한 벗,
X. Y. Z.[9]

편집자 주[10] — 우리는 투고자가 보내주신 편지와 더불어 락탄티우스의 인용에 대해 감사드린다. 그것은 이 사례에 대한 그의 견해에 매우 적절한 인용이었다. 그러나 우리의 견해는 그와 다르다는 것을 고백해야겠다. 우리는 이 강연자가 『우신예찬』에서의 에라스뮈스[11]나 어린아이들을 잡아먹자고 제안한 스위프트 사제장[12]보다 더 진실한 태도를 취하고 있다고 가정하지 못하겠다. 그러나 이 강연문을 공개해야 한다는 점에서는 그의 견해와 우리의 견해가 일치한다.

신사 여러분 — 저는 여러분 위원회의 지명으로 지난한 과업을 짊어지는 영예를 누리게 되었습니다. 그것은 곧 '예술의 한 분과로서의 살인에 대한 윌리엄스 기념 강연'[13]을 맡는 것으로, 아마 이 예술이 거의 이해되지 않았고 대단한 사례가 거의 선보이지 않았던 300~400년 전이었다면 충분히 쉬운 일이었을 것입니다. 그러나 전문가의 손에 탁월한 걸작들이 연출된 이 시대의 대중은, 여기에 적용되는 비평 양식에서도 분명히 그런 진보에 상응하는 무언가를 기대할 것입니다. 실제와 이론은 같은 속도로(pari passu) 진보해야 합니다. 이제 사람들은, 뛰어난 살인의 구성 요소에는 죽고 죽이는 두 돌대가리와 칼과 지갑과 컴컴한 뒷골목 이상의 뭔가가 포함된다는 사실을 깨닫기 시작했습니다. 이제 이런 성향을 띤 기도에는 음모, 신사, 극적 배치, 빛과 그림자, 시, 정서 등이 필수 불가결하게 되었습니다. 윌리엄스 씨는 우리 모두에게 살인의 이상을 한 단계 높여놓았으며, 따라서 특히 제게는 이 강연을 한층 더 한 고난으로 만들어 놓았습니다. 마치 시에서의 아이스킬로스와 밀턴, 회화에서의 미켈란젤로처럼, 그는 자신의 예술을 웅대하고 숭고한 경지까지 끌어올렸습니다. 그리고 워즈워스 씨가 말한 대로, 어떤 의미로는 "바로 자신이 감상의 대상이 되는 취향을 창조"[14]했습니다. 이제 이 예술 분야의 역사를 개관하고 그 원리를 비평적으로 검토하는 일은 감정가들의 책무이자, 순회재판의 최고 판사[15]들과는 유형이 전혀 다른 재판관들의 책무로 남겨졌습니다.

강연을 시작하기 전에, 우리 협회가 다소 비도덕적 성향을 띠고 있는 것처럼 치부하는 어떤 도덕군자들에게 한두 마디 하겠습니다. 비도덕적이라! 신이여 제 영혼을 돌보소서.[16] 신사 여러분, 사람들이 말하는 도덕이란 무엇입니까? 저는 도덕과 미덕과 그런 모든 것의 편이며 앞으로도 언제나 그러할 것입니다. 그리고 저는 살인이 (그 결과가 어떻든) 부적절한, 대단히 부적절한 행동 방식이라는 데 동의하며 앞으로도 언제나 그러할 것입니다. 그리고 저는, 살인에 가담하는 자는 누구든 대단히 그릇된 사고방식과 참으로 잘못된 원칙을 갖고 있음이 틀림없다고 서슴없이 주장합니다. 그리고 저는 살인범에게 희생자의 은신처를 알려줌으로써 그를 지원하고 사주하기는커녕 — 독일의 한 위대한 윤리학자*[17]는 그것이 모든 선한 사람의 의무라고 선언했습니다만 — 반대로 그를 잡아 가두는 데 1실링 6펜스를 기부할 것입니다. 이는 가장 저명한 윤리학자들이 그 목적에 기부한 액수보다 18펜스나 더 많은 돈입니

* 칸트 — 그는 어찌나 무조건적인 진실성을 주문했던지, 만약 누군가 살인자로부터 도망치는 무고한 사람을 목격했는데 그 살인자가 와서 그의 소재를 캐물었다면, 살인이 야기될 가능성이 아무리 확실하더라도 있는 그대로를 말하고 그 무고한 사람의 도피처를 알려줄 의무가 있다고 엄청난 지면을 낭비하여 장황하게 주장했다. 한 유명한 프랑스 작가가 이 문제를 놓고 그를 압박했을 때도 그는 이를 자신의 이성으로 엄숙히 재확인했으며, 그 어떤 열띤 논쟁 중에도 이 신조를 놓지 않았다.

다.[18] 그러나 그다음에는 어쩔 것입니까? 이 세상의 모든 것은 두 가지 방식으로 취급될 수 있습니다. 예를 들어 살인은 (일반적으로 교회의 설교대와 런던의 중앙 형사 법원에서 그러하듯) 윤리적 방식으로 이해될 수 있으며, 이 부분은 살인의 약점임을 고백해야겠습니다. 혹은 독일인들이 일컫는 대로 좋은 취향과 결부하여 미학적으로 취급될 수도 있습니다.

이 점을 입증하기 위해 저는 세 저명한 인물, 즉 새뮤얼 테일러 콜리지와 아리스토텔레스와 외과의인 하우십 씨[19]의 권위를 빌고자 합니다. 콜리지부터 시작합시다. 여러 해 전의 어느 날 밤, 저는 버너스 스트리트(작은 거리치고는 드물게 이곳에서는 천재들이 많이 배출되었습니다[20])에서 그와 차를 마시고 있었습니다. 저 이외에도 여러 사람이 그 자리에 있었고, 우리 모두는 차와 토스트로 육신의 욕구를 적당히 배려하면서, 콜리지의 고아한 입술에서 흘러나오는 플로티노스[21]에 대한 논설을 빨아들이고 있었습니다. 그때 별안간 "불이야— 불이야!" 하는 고함이 들렸고, 이에 우리는 스승과 제자, 플라톤과 '호이 페리 톤 플라토나(οἱ περί τον Πλάτωνα)'[22] 할 것 없이 전부 다 구경거리를 기대하며 우르르 몰려나갔습니다. 그 불은 옥스퍼드 스트리트의 한 피아노포르테 제작소에서 일어난 것이었습니다. 저는 선약이 있어서 사고가 최악으로 치닫기 전에 콜리지 씨 일행과 작별해야 했지만, 그 불이 멋진 대화재로 번질 가능성이 보였기에 못내 아쉬웠습니다.[23] 얼마 후 그 플라톤 모임의 주최자와 다시 만났을 때 저는 그에게 그 일을 상기시키고, 좋은 조짐을 보였던 그 구경거리가 어떻게 해서 중단되었는지 알려줄 것을 간청했습니다. 그는 말했습니다. "오, 선생님, 그 일은 아주 유감스럽게 되었습니다. 우리 전부가 실망해 마지않았답니다." 콜리지 씨 — 활동적인 미덕을 갖춘 인물이 되기에는 너무 살이 쪘지만, 의심의 여지없이 훌륭한 기독교도 — 가, 그토록 선한 분이 방화범이라고, 혹은 그 불쌍한 사람과 그의 (다수는 분명히 건반이 추가된[24]) 피아노포르테에 불운이 닥치기를 빌 만한 인간이라고 생각할 사람이 있을까요? 그와 반대로, 그는 필요할 경우 소방차도 몰 것이라는데 감히 제 생명을 걸어도 좋을 그런 사람임을 저는 알고 있습니다. 자신의 미덕에 대한 그토록 불같은 심판에 응하기에는 그가 다소 비만이긴 하지만 말입니다. 그러나 사실은 어땠을까요? 미덕은 전혀 필요치 않았습니다. 소방차가 도착하는 순간 윤리는 온전히 보험사의 몫으로 이전되었습니다.[25] 사정이 이러했으므로 그는 자신의 취향을 만족시킬 권리가 있었습니다. 그는 차를 마시다 말고 일어나야 했습니다. 그에 대한 보상이 단 하나도 없단 말입니까?

앞서 말한 전제하에, 그 도덕적인 분은 화재를 즐기는 사치를 누리고 거기에 야유를 보낼 자격이 있었다고 저는 주장합니다. 이는 군중의 기대치를 한껏 높였다가 결국 실망을 안겨주는 그 어떤 구경거리에 대해서도 마찬가지일 것입니다. 다시금 또 다른 위대한 권위를 인용하자면, 스타게이로스인[26]은 뭐라고 말했을까요? 그는 (제가 알기로 그의 『형이상학』 제5권에서) 그의 표현에 의하면 '클레프텐 텔레이온(κλεπτὴν τέλειον)', 즉 '완벽한 도둑'에 대해 이야기합니다.[27] 그리고 하우십 씨로 말하자면, 소화불량에 대한 자신의 책에서 그는 자신이 보았던 특정한 궤양을 일컬어 "아름다운 궤양"이라 칭하며 감탄을 섞어 말하는 데 거리낌이 없습니다.[28] 이것을 건성으로 받아들여 어떤 도둑이 아리스토텔레스의 눈에 완벽한 인간으로 보였다거나, 하우십 씨가 어떤 궤양에 홀딱 반했다는 뜻으로 이해할 수 있을까요? 스스로 매우 윤리적인 인간이었던 아리스토텔레스가, 자기가 쓴 8절판 한 권짜리 『니코마코스윤리학』에 만족하지 못하고 '마그나 모랄리아(Magna Moralia)', 즉 『대(大)윤리학』이라는 또 하나의 저서를 집필한 사실은 유명합니다.[29] 자, 크든 작든 간에 어떤 윤리학을 집필한 사람이 도둑을 그 자체로서 존경한다는 것은 불가능합니다. 그리고 하우십 씨로 말하자면 그가 모든 궤양을 상대로 전투를 치르고 있으며, 궤양의 매력에 빠지는 고난을 자초하지 않고 미들섹스 카운티에서 그들을 박멸하려 노력하고 있음은 널리 알려진 사실입니다. 그러나 진실은, 도둑과 궤양이 그 자체로서는 아무리 불쾌하더라도 같은 부류의 다른 것들에 비하면 둘 다 무한한 가치를 띠고 있다는 것입니다. 그들이 불완전한 것은 사실입니다. 그러나 불완전한 것이 그들의 본질이므로, 그들이 지닌 불완전성의 거대함이 바로 그들의 완전성이 되는 것입니다. '스파르타는 그대의 운명이니, 이를 자랑스럽게 만들라(Spartam nactus es, hanc exorna).'[30] 아우톨리코스[31]나 배링턴 씨[32] 같은 절도범과, 빼어나게 두드러지며 그 나름의 모든 자연적 단계를 적절히 거쳐 단호하게 전이되는 궤양은, 꽃 중에 가장 완전무결하며 꽃봉오리로부터 "빛나는 완성의 꽃"[33]으로서 만개하는 채송화나, 인화초(人花草) 중에서도 화려하게 성장(盛粧)한 가장 젊고 아름다운 여성 못지않게 그들 부류 중의 이상으로서 정당하게 평가받을 수 있는 것입니다. 따라서 우리가 (콜리지 씨가 블랙우드 씨와 주고받은 유명한 편지에서 쓴 것처럼) 잉크스탠드의 이상만을 상상할 수 있는 것은 아니며[34] — 부연하자면 여기에 그렇게 대단한 것은 없습니다. 잉크스탠드는 칭찬할 만한 종류의 물건이며 사회의 유익한 구성물이기 때문입니다 — 불완전성 그 자체에도 그 나름의 이상 혹은 완성태가 존재할 수 있습니다.

신사 여러분, 너무 많은 철학을 한꺼번에 동원하는 데 진실로 양해를 구하며 이제 그것을 적용해 보겠습니다. 살인이 막 임박한(paulo-post-futurum) 시제에 있으며 그런 풍문이 우리 귀에까지 들어오는 시점에는 무슨 수를 써서라도 이를 윤리적으로 취급해야 할 것입니다. 그러나 살인이 이미 자행되어, '테텔레사이(Τετέλεσαι)라거나 (「메데이아」의 견고한 3음절 운각으로) '에이르가사이(εἴργασαι)'라고 말할 수 있게 되었다고 가정해봅시다.[35] 불쌍한 피살자는 고통으로부터 놓여났고, 악한은 쏜살같이 달아났으며 아무도 그의 행방을 모른다고 가정해봅시다. 마지막으로, 우리는 도주하는 그자의 발을 걸어 넘어뜨리고자 최선을 다했지만 소용이 없었다 — 그는 사라졌다, 우리 손에서 벗어나, 달아났다, 탈출했다(abiit, evasit)[36] — 고 가정해봅시다. 그렇다면 여러분, 더 이상의 미덕을 발휘해봤자 무슨 소용이 있겠습니까? 윤리는 제 몫을 충분히 취했고 이제는 취향과 예술이 개입할 차례인 것입니다. 물론 이것은 슬픈 일입니다. 대단히 슬픈 일입니다. 그러나 우리는 이를 바로잡을 수 없습니다. 그러므로 우리는 나쁜 일을 최대한 좋은 쪽으로 활용하기로 합시다. 그리고 윤리적 목적으로 여기서 새로운 것을 만들어내는 일이 불가능한 만큼, 이를 미학적으로 취급하면서 이를 그런 방식으로 활용할 수 있는지 지켜보기로 합시다. 그것이야말로 분별 있는 사람의 논리입니다. 그다음에는 무엇이 올까요? 우리는 눈물을 거두고, 윤리적으로 볼 때 충격을 주며 변명의 여지없는 행위가 '취향'의 원리를 적용하면 매우 뛰어난 성취로서 재조명됨을 깨닫는 기쁨을 누릴 것입니다. 그러므로 온 세상이 이를 보며 흡족해합니다. 누군가의 불행은 다른 누군가의 이득이라는 오래된 속담이 입증되는 때입니다. 미덕에 너무 바짝 집중한 나머지 우울하고 부루퉁한 꼴을 하고 있던 애호가는 비로소 기운을 차리기 시작하며, 환희가 승리합니다. 미덕(virtue)은 그 명을 다했으며, 이제부터는 미감(Vertu)과 감식안이 독립 허가를 받았습니다. 신사 여러분, 이런 원칙에 따라 저는 카인에서부터 시작해 서텔[37]에까지 이르는 여러분의 학습을 안내하고자 합니다. 그러니 우리는 살인의 이 거대한 전시관을 함께 손잡고 거닐며 즐거이 감탄합시다. 그동안 저는 생산적 비평의 대상으로 여러분의 주의를 이끄는 데 매진할 것입니다.

최초의 살인은 우리 모두에게 친숙합니다. 살인의 창시자이자 이 예술 분과의 시조로서, 카인은 일급의 천재임이 틀림없습니다. 모든 카인들은 천재였습니다. 튜발카인[38]은 제가 알기로 튜브나 뭐 그런 것을 발명한 사람이지요. 그러나 예술가의 독창성과 천재성이 어떠했건, 그 당시 모든 예술은 아직 걸음마 단계였으며 그들의 작품은 이 사실을 염두에 두고 비평해야 합니다. 심지어 튜발의 작품도 오늘날의 셰필드[39]에서는 별로 인정받지 못할 것입니다. 따라서 카인(튜발카인의 시조인 카인을 말합니다)의 업적 또한 그저 그만한 정도라고 해도 폄하는 아닙니다. 하지만 밀턴은 다르게 생각했던 것 같습니다. 그가 이 사건을 이야기하는 방식을 보면 그는 이 살인에 특별한 애착을 품고 있었던 듯합니다. 여기서 그는 생생한 효과를 내려는 명백한 열망을 담아 이 사건을 가필하고 있기 때문입니다.

이에 그는 속으로 분노했다. 그리고 둘이
　　이야기하던 도중
그의 횡격막을 돌로 세게 쳐
생명을 끊었다. 그는 쓰러져, 죽음처럼
　　창백해졌으며,
분수처럼 피를 쏟고, 신음하며 그의 혼을 토해냈다.
—『실낙원』 제11편[40]

이에 대해, 화가로서 극적 효과를 보는 안목을 갖춘 리처드슨은 그의 『실낙원에 대한 주석』 497쪽에서 이렇게 말합니다. '카인은 커다란 돌로 동생 몸의 (흔한 표현대로 하면) 숨통을 끊은 것으로 생각된다. 밀턴은 이 해석을 따랐지만 큰 상처를 덧붙였다.'[41] 이 지점에서 상처를 덧붙인 것은 합당했습니다. 그 무기의 조잡함을 따스한 핏빛으로 장식하여 승화시켜주지 않으면 이런 야만적인 방식의 적나라한 분위기가 너무 과해지기 때문입니다. 아무런 과학이나 사전 계획 따위 없이 양 뼈다귀만 들고 폴리페모스[42]가 자행하는 짓이나 다름없이 말입니다. 하지만 이는 밀턴이 애호가였음을 시사하는 증거이기에 저는 이러한 개선에 대체로 만족합니다. 셰익스피어로 말하자면 그는 개선의 여지가 없을 정도로 훌륭합니다. 이는 「헨리6세」에서 글로스터 공작의 살해[43]나 「맥베스」에서 덩컨과 뱅코우의 살해[44] 등에 대한 그의 묘사를 통해 충분히 입증됩니다.

이 예술 분과가 그 기초가 놓인 후에도 오랜 세월

동안 진보를 이루지 못한 채 잠들어 있었음은 딱한 일입니다. 실제로 기독교 시대 이후 긴 시간이 경과하기까지 행해진 그 모든 종교적, 세속적 살인들은 전혀 언급할 가치가 없기에 저는 여기서 이것들을 통째로 건너뛰어야만 합니다. 그리스는 심지어 페리클레스[45]의 시대에조차, 다소라도 가치를 띤 살인을 전혀 내놓지 못했습니다. 그리고 로마는, 그 선배가 길을 제시해주지 못한 탓에 모든 예술 분야에 계승할 만한 천재적 독창성이 너무나 드물었습니다.[46] 사실 라틴어는 살인이라는 개념 자체를 감당하지 못합니다. '그 남자는 살해되었다'라는 말을 라틴어로 하면 어떻게 들릴까요? '인테르펙투스 에스트, 인테렘프투스 에스트(*Interfectus est, interemptus est*)',[47] 이 말은 단순히 타살(他殺)을 기술하고 있을 뿐입니다. 그래서 중세의 기독교 라틴어는, 미약한 고전적 개념이 절대 도달하지 못했던 새로운 단어를 도입해야 했습니다. '무르드라투스 에스트(*Murdratus est*)'[48]는 보다 숭고한 고트어 방언입니다. 한편 유대계 살인 유파는 그 예술 분야에 그때까지 알려진 유산들을 계속 보존했고 이를 서구 세계에 점진적으로 전수했습니다. 실제로 유대 유파는 언제나 훌륭했으며 심지어는 링컨의 휴 사건에서 볼 수 있듯이 암흑시대에도 그러했습니다. 초서의 칭찬을 받는 영예를 누린 이 사건은, 그가 수녀원장의 입을 빌어 같은 유파의 또 다른 업적에 대해 들려주는 장면에서 등장합니다.[49]

하지만 잠깐이나마 고전 시대를 떠올릴 때, 저는 카

틸리나와 클로디우스 그리고 그들 일파가 일류 예술가들이 될 수 있었으리라는 생각을 금할 수 없습니다.[50] 키케로의 교활함 때문에 그의 조국이 그 계통에서 두각을 나타낼 유일한 기회를 빼앗겨버린 것은 어느 면으로 보아도 애석한 일입니다. 살인의 대상으로서, 그러한 기회에 그 자신보다 더 잘 부응할 수 있을 만한 사람은 없었을 것입니다. 오, 주여! 만일 케테구스[51]가 자기 침대 밑에 숨어 있는 소리를 들었다면 그는 얼마나 공포로 울부짖었겠습니까. 그의 울부짖음을 듣는 일은 실로 즐거웠을 것입니다. 그리고 신사 여러분, 저는 그가 대담한 예술가와 맞서는 영예로운(honestum) 선택보다, 벽장이나 심지어 하수구(cloaca) 속으로 기어들어가는 실용적(utile) 선택을 했으리라는 데 흡족해했을 것입니다.

이제 암흑시대로 들어오면—(우리는 정확성을 기하여, 여기서 암흑시대를 그중에서도 특히[par exellence] 10세기 전후의 시기로 정의할 것입니다)—이 시대는 교회 건축이나 스테인드글라스 등에 호의적이었듯 살인 예술에 대해서도 당연히 그러했으리라 추측할 수 있습니다. 그리고 이 시기 끝 무렵 우리 예술 분야에 위대한 인물이 나타났으니 그는 바로 '산속의 노인'을 말합니다. 그는 실로 빛나는 등불이었으며, '어새신(assassin, 암살)'이라는 단어 자체가 그에게서 유래했음은 여러분께 굳이 말할 필요도 없습니다.[52] 그 스스로가 얼마나 열렬한 애호가였던지, 한번은 한 총애하는 암살자가 그의 목숨을 노리고 달려들었는데, 그는 이 예술가가 보여준 재능에 너무나 흡족한 나머지 그가 암살에 실패했음에도 그 자리에서 그에게 대공의 작위를 내리고 그 자손의 대가 끊길 경우 딸을 통해 작위가 계승되도록 했으며 3대에 걸쳐 연금을 수여했습니다.[53] 암살은 이 예술의 한 하위 분과로서 따로 언급을 요하며, 저는 한 강연 전체를 기꺼이 이에 할애할 것입니다. 여기서는 이 예술 분야가, 비가 안 오다가 한꺼번에 퍼붓는 것처럼 기묘하게도 간헐적으로 융성했다는 점만 언급하겠습니다. 우리 시대도 몇몇 훌륭한 실례들을 자랑할 수 있으며,[54] 약 2세기 전에도 이 분야에서 가장 눈부신 살인들이 기라성처럼 쏟아진 바 있습니다. 여기서 제가 특히 훌륭한 다섯 건의 작품 — 오렌지 공 윌리엄1세, 프랑스 앙리4세,[55] 버킹엄 공작(이에 대해서는 대영박물관의 엘리스 씨가 공개한 서간문에 탁월하게 묘사되어 있습니다),[56] 스웨덴 국왕 구스타부스 아돌푸스, 발렌슈타인의 암살[57] — 을 암시하고 있음은 거의 말할 필요도 없습니다. 참고로 스웨덴 국왕의 암살에 대해서는 하트를 위시한 많은 작가들이 의구심을 표하고 있습니다만,[58] 그들은 틀렸습니다. 그는 살해되었으며, 저는 이 살인이 두드러지게 탁월하다고 봅니다. 그는 한낮에 전장에서 살해되었는데 이는 제가 기억하는 한 이 예술 분야의 다른 작품에선 나타나지 않았던 독창적 발상을 보여주는 특징입니다.[59] 실로 이 다섯 건의 암살은 모두 일류 감식가의 연구 대상으로서 취할 것이 많습니다. 이들 모두는

밤에도 공부, 낮에도 공부
(Nocturnâ versatâ manu, versate diurne)

해야 할, 특히 밤(*nocturnâ*)에 공부해야 할 모범(*exemplaria*)이라 할 수 있을 것입니다.[60]

이런 왕족과 정치가의 암살은 우리의 놀라움을 자극할 구석이 없습니다. 많은 경우 그들의 죽음에 의해 중대한 변동이 좌우되었으며, 그들이 확립한 명성 탓에 그들은 극적 효과를 추구하는 갈망에 사로잡힌 모든 예술가들의 표적으로서 눈에 띄게 노출되었기 때문입니다. 하지만 저를 정말로 놀라게 만든 것은, 17세기 초부터 만연한 또 다른 종류의 암살이었습니다. 그것은 바로, 신사 여러분, 지난 200년간 활동한 모든 저명한 철학자들이 살해당했거나 적어도 살해될 뻔했다는 사실입니다. 만약 철학자로서 자칭하는 사람이 그의 목숨을 위협받은 적이 한 번도 없다면, 그는 별 볼 일 없는 철학자임을 보증할 수도 있을 정도입니다. 특히 로크의 경우, 그가 현세에서 72년 동안이나 자기 목을 고이 보전한 채로 돌아다녔는데 단 한 명도 친히 나서서 그의 목을 따지 않았다는 사실은 그의 철학에 대한 대응할 수 없는 반박(그런 것이 필요하다면)이라고 저는 생각합니다.[61] 이 철학자들의 사례는 별로 알려지지 않았고 대체로 훌륭하며 나름의 상황에 걸맞는 괜찮은 짜임새를 취하고 있으므로, 여기서 저는 주로 제 박식을 자랑할 겸 이 주제와 관련된 일화들을 들려드릴까 합니다.

(갈릴레오를 제외한다면) 17세기 최초의 위대한 철학자는 데카르트였습니다. 그리고 만일 거의 살해될 뻔한 — 아슬아슬하게 살해됨을 면한 — 사람에 대해 말할 수 있다고 하면 바로 데카르트를 들어야 할 것입니다. 그 경위는 바이예가 『데카르트 선생의 생애』 1권 102~103쪽에 기록한 대로입니다.[62] 데카르트가 26세쯤 되었을 1621년, 여느 때처럼 여행 중이던 그는 (그는 하이에나처럼 한시도 가만있지 못하고 떠돌았기 때문입니다) 엘베 강 유역 — 글룩슈타트[63] 혹은 함부르크 — 에 이르러 동프리지아로 향하는 배를 탔습니다. 그가 동프리지아에서 뭘 하려고 했는지는 지금까지 아무도 모릅니다. 그리고 어쩌면 그 자신도 그 점을 의식한 듯 보입니다. 그는 엠덴에 도착하자마자 그 자리에서 서프리지아에 가기로 결심했기 때문입니다.[64] 그리고 늦어지는 것을 참지 못했던 그는 작은 범선 한 척과 그 배를 몰 몇 명의 선원을 고용했습니다. 배가 바다로 나가자마자 그는 즐거운 발견을 하게 됩니다. 바로 자신이 살인자들의 소굴에 갇혔음을 깨달은 것입니다. 바이예 씨의 말에 따르면, 그는 그 선원들이 '악한(des scélérats)'이며 — 신사 여러분, 우리 같은 아마추어 애호가가 아닌, 프로 범죄자들 말입니다 — 그 시각 그들이 품은 최고의 야심은 바로 자신의 목을 따는 것임을 깨달았습니다. 하지만 이건 그냥 요약해 버리기엔 너무 재미난 이야기인 까닭에, 저는 이 전기 작가의 프랑스어 문장을 있는 그대로 옮기겠습니다. "데카르트 선생은 유일한 일행인 그의 시종과 프

랑스어로 대화를 나누었다. 그를 기사(騎士)가 아닌 외국인 상인으로 판단한 선원들은 그가 분명히 돈이 많을 것이라는 결론을 내렸다. 그래서 그들은 그의 지갑에 전혀 이롭지 않은 결심을 하게 되었다. 그런데 산적과 해적은 차이가 있다. 산적은 희생자를 살려 보내도 큰 위험에 처하지 않는 반면, 해적은 승객을 해안에 내려줄 경우 체포될 위험을 무릅써야만 한다. 데카르트 선생의 승무원들은 그런 위험을 피하기 위한 조치를 강구했다. 그들은 그가 먼 데서 온 낯선 사람으로 이 나라에 연고가 없으며, 그가 수배되지 않더라도(*quand il viendroit à manquer*, 그가 우연히 실종된다 해도) 아무도 수고스럽게 그의 행방을 추궁하지 않을 것임을 알았다." 신사 여러분, 이 프리지아의 개들이 철학자 한 명을 놓고, 그가 마치 럼주 한 통이라도 된 것처럼 모의하는 광경을 상상해 보십시오. "그들이 파악하기로 그의 성격은 매우 온화하고 느긋했다. 또 몸가짐이 부드럽고 선원들을 공손하게 대하는 것으로 보건대 풋내기 젊은이에 지나지 않았다. 따라서 그의 목숨을 처분하는 일은 더할 나위 없이 쉬울 것이라고 그들은 결론 내렸다. 그들은 그가 시종과 주고받는 프랑스 말 외의 다른 언어를 알아듣지 못할 것이라 생각했기 때문에, 이런 모든 의논을 그가 있는 자리에서 거리낌 없이 했다. 그리고 그 숙의의 요지는—그를 살해해서 바다에 던진 다음 전리품을 나누어 갖는 것이었다."

잠깐 웃음이 터지는 것을 양해해 주십시오. 그런데

사실, 저는 이 사건에 대해 생각할 때마다 웃음이 나오곤 합니다—여기서 재미있는 부분은 두 가지입니다. 하나는 데카르트가 자신의 죽음–장례–자기 재산의 상속 및 분할 과정을 요약한 이 완벽한 한 편의 드라마를 엿듣고 필시 느꼈을 섬뜩한 공포 혹은 (이튼 출신들의 표현을 빌리면) '식겁(funk)'입니다.[65] 하지만 제 생각에 이 일화에서 훨씬 더 재미있는 또 한 가지는, 만일 이 프리지아 사냥개들이 제대로 된 '투지(game)'를 갖추었더라면 우리에게는 데카르트 철학이 없었으리라는 점입니다. 데카르트 철학이 생산해낸 그 수많은 서적들을 생각할 때, 그것이 없었다면 과연 우리가 어떻게 되었을지에 대한 언급은 중견 트렁크 제작소 사장님들의 몫으로 넘기겠습니다.[66]

이야기를 계속하면, 데카르트는 무지하게 식겁했음에도 불구하고 전의를 드러냄으로써 이 반(反)데카르트 악당들을 제압했습니다. 바이예 씨는 말합니다. "상황이 심각함을 깨달은 데카르트 선생은 번개같이 뛰어 일어나 그 겁쟁이들이 전혀 예상치 못했던 무시무시한 표정을 짓고, 그들의 모국어로, 만약 자신에게 조금이라도 무례한 짓을 한다면 그 자리에서 검으로 찔러 죽이겠다고 위협했다." 신사 여러분, 데카르트의 검에 종다리처럼 꿰이는 일은 확실히 이런 하찮은 악당들의 값어치에 비하면 과도한 영예였을 것입니다. 그래서 저는 데카르트 선생이 그의 위협을 실행에 옮겨 그들의 목에서 교수대를 박탈하지 않은 것이 기쁩니다. 특히 그가 승무원들을 죽인 다음 배를 항구까지 몰고 가지 못했을 것이기에 더욱 그러합니다. 어쩌면 그는 자위더르 해[67]를 영원히 계속해서 항해하여, 뱃사람들이 그를 고향으로 향하는 '방황하는 네덜란드인(*Flying Dutchman*)'[68]으로 착각하는 지경까지 이르렀을지도 모르기 때문입니다. 그의 전기 작가는 이렇게 말합니다. "데카르트 선생이 보여준 기백은 이 비루한 인간들에게 마법과 같은 효과를 일으켰다. 그들의 머리는 갑작스런 경악으로 혼란을 일으켜 자신들이 더 유리한 상황임을 깨닫지 못했다. 그들은 데카르트가 원하는 대로 그를 순순히 목적지까지 데려다주었다."

신사 여러분, 어쩌면 여러분은 카이사르가 저 불쌍한 선장에게 했던 말—'자네는 카이사르와 그의 운명을 실어 나르고 있네(*Caesarem vehis et fortunas ejus*)'[69]—을 본떠, 데카르트 선생도 "개들아, 네놈들은 내 목을 벨 수 없다. 너희는 데카르트와 그의 철학을 실어 나르고 있으니까"라고 말만 하면 되었겠지 상상하실지도 모르겠습니다. 한 독일 황제도 이와 똑같은 생각을 품은 바 있습니다. 집중 포격의 사정권에서 떨어져 피신해 있을 것을 신하들이 권하자 그는 이렇게 대답했다고 합니다. "쯧! 이보게, 자네들은 황제가 일개 포탄에 맞아 죽었다는 말을 들어본 적이 있는가?"[70] 저는 황제에 대해서는 뭐라 말 못하겠지만, 철학자를 박살 내려면 그보다 훨씬 작은 것으로도 충분합니다. 그리고 유럽에서 의심의 여지없이 그다음으로 위대한 철학자는 정말로 살해당했습니다. 그는 바로 스피노자였습니다.

그가 침대에서 임종을 맞았다는 것이 보편적 견해임을 저는 잘 알고 있습니다.[71] 어쩌면 그랬을 수도 있지만, 그렇다고 하더라도 그는 살해되었습니다. 저는 1731년 브뤼셀에서 출간된, 『장 콜레루스 선생이 쓴 스피노자의 생애』라는 책을 통해 이를 입증해 보겠습니다.[72] 이는 스피노자의 한 친구가 남긴 수고 상태의 전기에 여러 가지 내용을 추가한 책입니다. 스피노자는 1677년 2월 21일, 겨우 44세의 나이에 죽었습니다. 그 사실만으로도 의심스러운데, 장 선생은 그의 전기 수고에 있는 특정한 구절—"그의 죽음은 완전한 자연사가 아니었다(que sa mort n'a pas été tout-à-fait naturelle)"—이 그런 결론을 뒷받침함을 인정하고 있습니다. 그가 살았던 네덜란드처럼 습한 뱃사람의 나라에서 흔히 그렇듯이 그도 독주, 특히 당시 갓 발명되었던 펀치*에 탐닉했을 것이라 여길 수 있습니다. 얼핏 분명히 그랬을 것 같지만, 사실은 그렇지 않았습니다. 장 선생은 그가 "음식과 술을 대단히 절제했다(extrêmement sobre en son boire et en son manger)"라고 말하고 있습니다. 그가 만드라고라 즙(140쪽)과 아편(144쪽)을 복용한

* 헨리 통 목사[73]는 훗날 출간된 일기에 '1675년 6월 1일—펀치(내게는 매우 낯선 술) 석 잔을 마시다'라고 적었다. 이 구절에 붙인 주석에서는 1672년 프라이어의 동인도 항해[74]에 대해 소개하면서, 프라이어가 "다섯 가지 재료로 만들며 사람의 기력을 떨어뜨리는 (힌두스타니어로 다섯을 뜻하는) '판치'라는 술"에 대해 말했음을 언급하고 있다. 의사들은 이렇게 만들어진 술을 '디아펜테(Diapente)', 네 가지 재료만 들어간 경우엔 '디아테사론(Diatessaron)'이라고 불렀던 듯하다.[75] 통 목사가 이 술을 권고받은 것이 그 복음주의적 명칭 때문임은 의심할 나위가 없다.

다는 터무니없는 소문이 떠돌기도 했지만, 그가 약종상에서 받은 영수증에는 그런 항목을 찾아볼 수 없습니다. 그토록 맑은 정신으로 살았던 사람이 44세에 자연사할 가능성이 얼마나 되겠습니까? 전기 작가의 설명을 들어봅시다. "2월 21일 일요일 아침 예배 시간 전 스피노자는 계단을 내려와 집주인 부부와 대화를 나누었다." 따라서 이 시점, 아마도 일요일 아침 10시경까지 스피노자는 멀쩡하게 살아 있었습니다. 하지만 전기 작가는 이렇게 말합니다. "그는 암스테르담에서 어떤 의사를 불러왔다. 나는 그를 다만 L. M.이라는 두 글자로 지칭하겠다. 이 L. M.은 집안사람들에게 늙어 꼬부라진 수탉 한 마리를 사오게 해서, 스피노자가 정오에 수프를 먹을 수 있게끔 곧바로 삶으라고 지시했다. 그리고 집주인 부부가 교회에서 돌아온 후, 스피노자는 그 늙은 수탉의 일부를 맛있게 먹었다."

"오후에 L. M.은 스피노자와 단둘이 있었고 집안사람들은 다시 교회로 돌아갔다. 교회에서 돌아온 그들은 스피노자가 숨을 거둔 것을 알고 깜짝 놀랐다. L. M.은 그가 사망한 3시경 그 자리에 있었지만, 고인에 대한 최소한의 주의도 기울이지 않은 채 그날 저녁 밤배를 타고 암스테르담으로 떠나버렸다. 그가 그러한 의무를 저버릴 만반의 태세를 갖추고 있었음은 의심할 여지가 없다. 그는 다카툰[76] 한 닢과 약간의 은과 더불어 은손잡이가 달린 나이프를 챙겨 가지고 종적을 감추었기 때문이다." 신사 여러분, 이는 살인이 명백하며 그 방식 또한 명백함을 우리는 알 수 있습니다. 스피노자의 돈을 노리고 그를 살해한 자는 L. M.이었습니다. 죽은 스피노자는 병으로 쇠약한 환자였습니다. 혈흔이 발견되지 않았으므로, L. M.은 필시 그를 넘어뜨려 베개로 질식시켜 죽였을 것입니다. 그 지옥의 만찬으로 인해 이미 반쯤 숨이 막힌 가엾은 사람을 말입니다. 하지만 그 L. M.은 대체 누구였을까요? 린들리 머리[77]는 확실히 아니었을 겁니다. 제가 1825년에 요크에서 그를 직접 만났을 뿐더러, 그가 — 적어도 동료 문법학자에게 — 그런 짓을 할 위인이라고는 생각되지 않으니까 말입니다. 신사 여러분도 아시다시피 스피노자는 매우 훌륭한 히브리어 문법책을 쓴 바 있습니다.[78]

홉스가 왜, 혹은 어떻게 하여 살해되지 않았는지 저는 도무지 이해할 길이 없습니다. 이는 17세기 전문가들의 중차대한 실수였습니다. 그는 호리호리하고 말랐다는 점만 빼만 어느 면으로 보나 훌륭한 살해 대상이었기 때문입니다. 저는 그가 돈이 많았으며, (대단히 웃기게도) 최소한의 저항을 할 권리조차 없었음을 증명할 수 있습니다. 그의 주장에 따르면 저항할 수 없는 권력은 그 자체로 지고한 정당성을 지니므로, 그만한 힘을 갖춘 세력이 나를 살해하려 할 때 이를 거부하는 것은 처참하게 죽어 마땅한 대역죄이기 때문입니다.[79] 하지만 신사 여러분, 비록 그가 살해되지는 않았지만 (그 자신의 진술을 빌면) 세 번이나 살해될 뻔했다고 확실히 말할 수 있어 저는 기쁩니다. 그 첫 번째는 1640년 봄, 그가 왕을 옹호하고 의회에 반대하는 짧은 문건을 돌리는 시늉을 했을 때입니다.[80] 첨언하자면 그는 이 문건을 출간하지는 못했습니다. 하지만 그는 "폐하께서 (5월에) 의회를 해산하지 않는다면" "이는 그[81]의 생명을 위험에 몰아넣을 것"이라고 말했습니다.[82] 그러나 의회 해산은 아무런 소용이 없었습니다. 그 해 11월에 다시 장기의회[83]가 소집되었기 때문입니다. 그러자 홉스는 두 번째로 자신이 살해되리란 두려움을 느끼고 프랑스로 도피했습니다. 이는 루이14세가 자신을 복수의 제물로 넘겨받지 못한다면 그가 앤여왕과 평화조약을 맺지 않을 것이라 믿고 실제로 해안에서 먼 곳으로 피신했던 존 데니스의 착란과도 유사합니다.[84] 프랑스에서 홉스는 10년 동안 그의 목을 꽤 잘 보존할 수 있었습니다. 하지만 10년이 거의 흘렀을 즈음 그는 크롬웰에 대한 아부 수단으로 『리바이어던』을 발표했고,[85] 이 늙은 겁쟁이는 이제 세 번째로 끔찍하게 "식겁"하기 시작했습니다. 왕당파들이 헤이그와 마드리드에서 의회파 대사들을 어떻게 대접했는지[86] 상기한 그는 왕당파의 칼날이 끊임없이 자신의 목을 노리고 있다고 상상했습니다. 그는 자신의 자서전에서 엉망인 라틴어로 이렇게 말합니다.

> 그리고 나는 도리슬라우스와 아스컴을 떠올렸다.
> 마치 내가 추방된 인간이 된 것처럼,
> 공포가 사방에 다가왔다.[87]

그래서 그는 고국인 잉글랜드로 다시 도망 왔습니다. 자, 확실히 『리바이어던』을 쓴 인간은 곤장 한 대를 맞아 마땅하며, 5보격 운율을 "terror ubique aderat!"라고 형편없이 끝맺는 인간은 곤장 두세 대를 맞아야 마땅합니다.[88] 하지만 그가 곤장 몇 대 이상의 값어치가 있다고 여기는 사람은 단 한 명도 없었습니다. 그리고 실제로 이 모든 이야기는 그의 허풍이었습니다. 그가 "한 교양 있는 사람"(수학자 월리스를 가리킵니다)에게 쓴 대단히 모욕적인 편지[89]에서 그는 이 일을 전혀 다른 식으로 설명하며(8쪽), 자기가 "프랑스 성직자들 사이에서 자신의 안전을 확신할 수 없었기 때문에" 고국으로 도주했다고 말합니다. 마치 그가 자신의 종교 때문에 살해될 가능성이 있기라도 했다는 듯 말입니다. 톰이 종교적인 이유로 화형대에 끌려간다 — 실로 이는 고차원적인 농담일 것입니다.[90]

하지만 허풍이었든 아니었든 간에, 홉스가 죽는 날까지 누가 자신을 살해하지 않을까 두려워했던 것만은 확실합니다. 이 점은 지금부터 제가 여러분께 들려드릴 이야기를 통해 입증할 수 있습니다. 이 이야기는 수고(手稿) 상태로 전해오는 것은 아니지만 (콜리지 씨의 말을 빌면) 그에 못지않게 좋습니다.[91] 이것은 (홉스가 죽기 약 10년 전 출간된) 『홉스 씨의 신념에 대한 고찰 — 그와 한 신학생의 대담』이라는, 지금은 완전히 잊힌 책에 들어 있는 이야기이기 때문입니다. 이 책은 익명으로 나왔지만 실제 저자는 테니슨으로, 그로부터 30년 뒤에 틸롯슨의 뒤를 이어

캔터베리 대주교가 된 바로 그 사람과 동일 인물입니다.[92] 이 책 도입부에는 이런 일화가 나옵니다. "한 목사(그는 의심할 여지없이 테니슨 자신입니다)가 있었는데, 그는 매년 한 달씩 브리튼 섬의 이런저런 지역으로 여행을 떠났다."[93] 그중 한 여행(1670년)에서 그는 더비셔의 피크 지역에 들렀는데, 그것은 일부분 이 지역에 대해 묘사한 홉스의 글[94]에 끌렸기 때문이었습니다. 이 근방까지 온 이상 그는 벅스턴[95]을 찾지 않을 수 없었고, 도착하자마자 그는 운 좋게도 말에서 내리는 몇 명의 신사들과 여관 정문 앞에서 마주치게 됩니다. 그 신사들 중에는 마르고 키가 큰 사람이 있었는데 그는 바로 홉스 씨였습니다. 그는 아마도 채스워스[96]에서 이곳까지 말을 타고 온 듯했습니다. 이처럼 대단한 명사 앞에서, 구경거리를 찾아 놀러온 관광객은 적어도 따분한 인물로 비칠 수 있었습니다. 그리고 이런 상황에서 다행스럽게도, 마침 홉스 씨의 두 일행이 급한 전갈을 받고 갑자기 떠나야 했습니다. 그래서 벅스턴에 머무른 나머지 시간 동안 그는 '리바이어던'[97]을 혼자서 독차지할 수 있었고, 저녁에 그와 함께 술을 퍼마시는 영광을 누렸습니다. 성직자들을 꺼렸던 홉스는 처음에는 상당히 뻣뻣한 태도를 보였습니다. 하지만 이는 서서히 풀어져 나중에는 아주 사교적이고 재미있는 사람으로 변모했고, 급기야 둘은 온천욕을 함께하기로 했습니다. 어떻게 하여 테니슨이 바다 괴물과 같은 물속에서 뛰어노는 모험을 감행할 수 있었는지 저는 설명할 수 없지만 하여간 그러했습니다. 그들은 두 마리의 돌고래처럼 — 물론 홉스는 아주 늙은 돌고래였지만 — 물장난을 치며 놀았습니다. 그리고 "그 중간중간에 그들은 수영과 자맥질(즉 다이빙)을 잠시 멈추고" "'고대인의 목욕 관습' 및 '온천의 수원지'와 관련된 여러 가지에 대해 담화를 나누었다. 이렇게 한 시간가량을 보낸 그들은 욕탕에서 나와 몸을 말리고 옷을 입었다. 그리고 '데이프노소필라이(*Deipnosophilae*)'[98]처럼 술보다 이성으로 기력을 온전히 충전하려는 생각으로, 여관에서 제공하는 저녁 식사를 기대하며 자리에 앉았다. 그러나 그들의 이 결백한 의도는, 그 자리에 있던 몇몇 무례한 사람들이 잠깐 동안 작은 싸움을 일으켜 벌어진 소란 때문에 얼룩지고 말았다. 홉스 씨는 그들에게서 어느 정도 떨어진 자리에 있었음에도 대단히 근심스러운 듯 보였다". 그리고 신사 여러분, 그는 왜 그렇게 근심스러워 했을까요? 물론 여러분은 노(老)철학자라면 충분히 지닐 법한, 평화와 조화를 애호하는 온화하고 사심 없는 마음가짐을 상상할 것입니다. 하지만 들어보십시오. "잠시 동안 그는 침착성을 잃었고, 섹스투스 로스키우스가 식사를 마치고 돌아오는 길에 발네아이 팔라티나이의 손에 어떻게 살해되었는지를 한두 번 혼잣말하듯 낮고 조심스러운 어조로 이야기했다.[99] 에피쿠로스에 대한 키케로의 말이 이 상황에 적합할 것이다. 무신론자 에피쿠로스는 자기가 죽음과 신들을 경멸한다고 말했지만, 키케로는 그것들을 그보다 더 두려워하는 사람을 본 적이 없다고 했다."[100] 단지 그때가 식사 시간이고 근처에 욕탕이 있었다는 이유로, 홉스 씨는 섹스투스 로스키우스의 숙명을 걸머져야 했던 것입니다. 그가 끊임없이 살인의 악몽을 꾸는 사람이 아니라면 이를 무슨 논리로 설명할 수 있겠습니까? 여기에 영국 왕당파나 프랑스 성직자들의 단검은 더 이상 두렵지 않지만, 맥줏집에서 더비셔의 몇몇 투박한 촌사람들 사이에 벌어진 소동 때문에 "잠에서 깨어나 공포로 떠는"[101] 바다 괴물이 있었습니다. 만약 그가 전혀 다른 시대에 속한 어떤 사람의 음산한 허수아비 꼴을 한 모습을 이 촌사람들이 봤다면 그들은 아마 혼비백산했을 것입니다.

말브랑슈[102]가 살해되었다는 사실을 알면 여러분은 기쁠 것입니다. 그를 살해한 사람은 잘 알려진 대로 유명한 버클리 주교[103]였습니다. 이 일화는 우리에게 친숙하지만 지금껏 제대로 된 조명을 받지 못했습니다. 젊은 버클리가 파리에 가서 말브랑슈 신부를 방문했을 때 그는 자신의 독방에서 요리 중이었습니다. 요리사들이란 언제나 "불같은 성미의 시인들(*genus irritabile*)"[104]이었으며, 작가들은 더더욱 그렇습니다. 말브랑슈는 그 둘 다였습니다. 논쟁이 벌어졌습니다. 이미 열을 쬐고 있던 이 노사제는 더더욱 열이 올랐습니다. 조리의 자극과 형이상학의 자극이 결합하여 그의 간을 휘저어 놓았습니다. 그는 침대로 몸을 피했고, 그 자리에서 숨을 거두었습니다. 이상이 이 사건에 대해 일반적으로 전해지는 이야기입니다. "덴마크 만백성의 귀를 그렇게 속인"[105] 것입니다.—실제로 이 사건은 (포프의 말을 빌면) “천하의 모든 미덕”[106]을 지니고 있었던 버클리를 배려하여 조용히 덮였습니다. 그렇지 않았다면 이 늙은 프랑스인의 까탈스러운 성미에 짜증이 난 버클리가 그에게 권투 공격 자세를 취했다는 사실이 만천하에 알려졌을 것입니다. 그 결과는 권투 시합이었고 말브랑슈는 1라운드에서 고꾸라졌습니다. 완전히 콧대가 꺾인 그는 아마 항복을 선언했을 것입니다. 하지만 이제 분기탱천한 버클리는 이 늙은 프랑스인에게 그의 기회원인론[107]을 철회할 것을 종용했습니다. 하지만 그러기에 말브랑슈의 자만심은 너무나 컸고, 그는 이 아일랜드 젊은이의 격렬한 언동과 그 자신의 어리석은 완고함에 희생되고 말았습니다.

라이프니츠는 모든 면에서 말브랑슈보다 우월했던 만큼 분명 살해되었을 것이라고 혹자는 한층 강력한 근거에 의거해(*a fortiori*) 확신할지도 모르나, 실은 그렇지 않았습니다. 그는 자기가 이렇게 무시당하는 데 화가 났을 것이며, 하루하루가 무사히 지나가는 데 모욕감을 느꼈을 것이라고 저는 생각합니다. 다른 식으로는 말년에 그가 보였던 행동을 설명할 길이 없습니다. 매우 탐욕스러워진 그는 금을 대량으로 사 모아 빈에 있는 자기 집에다 쌓아 놓았기 때문입니다. 결국 그는 그 집에서 숨을 거두었는데, 그가 자기 목에 대해 엄청난 불안감을 품고 있었음을 기술한 편지들이 지금도 남아 있습니다.[108] 그래도 그가 위험을 포기하지 않은 것은 최소한 목숨을 위협받고픈 그의 야심이 너무나 컸기 때문일 것입니다. 잉글랜드의 교육자이며 버밍엄의 산물인 고(故) 파 박사[109]는 같은 상황에서 한결 이기적인 길을 택했습니다. 그는 금은으로 된 접시를 대량으로 수집해 해튼에 있는 목사관 내 자기 침실에 한동안 보관했습니다. 하지만 살해될지 모른다는 두려움은 날로 커졌고, 이를 견딜 수 없다는 사실을 스스로 잘 알았던(그리고 여기에는 조금의 가식도 없었습니다) 그는 이것들 전부를 해튼의 대장간으로 옮겼습니다. 교육자가 살해되는 것보다는 대장장이가 살해되는 편이 '공화국의 안전(*salus reipublicae*)'에 훨씬 부담이 덜할 것이라고 그가 여겼음은 분명합니다. 그러나 저는 이런 생각이 큰 반박의 여지가 있음을 전해 들은 바 있습니다. 이제는 질 좋은 편자 한 개가 구제 병원 설교[110] 2¼번에 해당하는 값어치가 있다는 데 대다수 사람이 동의하고 있습니다.

라이프니츠는 비록 살해되진 않았지만 일부분은 자신이 살해될 것이라는 두려움으로, 일부분은 자신이 살해되지 않았다는 원통함으로 인해 죽었다고 말할 수 있습니다. 한편 그런 쪽으로 전혀 야심이 없었던 칸트는, 데카르트를 제외하면 우리가 책에서 읽었던 그 누구보다도 아슬아슬하게 살해당할 위험을 모면했습니다. 행운이 그 호의를 남용하는 방식은 참으로 모순투성이니! 이는 바로 이 위대한 인간의 밋밋한 삶에 적용되는 말일 것이라고 저는 생각합니다. 칸트는 건강을 위해 매일 큰길을 따라 6마일씩 산책하는 관습을 엄수했습니다. 나름의 사적인 살인 동기를 품고 있던 한 남자가 이 사실을 알게 되었고, 그는 쾨니히스베르크[111]로부터 세 번째 이정표 앞에서 그의 '목표물'을 기다렸으며, 이 목표물은 우편 마차만큼이나 정확한 시각에 그 자리에 나타났습니다. 그때 우연한 일이 벌어지지 않았다면 칸트는 죽은 목숨이었을 것입니다. 하지만 '도덕성'을 고려한 그 살인자는 늙은 선험론자 대신 길에서 놀고 있던 한 어린아이를 택하게 됩니다.[112] 그 아이는 살해되었고, 칸트는 달아났습니다. 이상이 이 사건에 대한 독일인들의 설명입니다. 그러나 제 의견을 말하자면, 그 살인자는 바로 애호가였으며 늙고 무미건조하고 말라빠진 형이상학자를 살해해봤자 좋은 취향에 이로울 게 없다고 느꼈음이 틀림없습니다. 그는 죽어서도 살아 있을 때나 비슷하게 미라처럼 보일 터이니 딱히 전시할 것이 없었기 때문입니다.

신사 여러분, 그렇게 철학과 우리 예술의 연결 지점을 더듬어 내려오다 보니, 어느덧 우리 시대로 발을 들여놓았음을 깨닫게 됩니다. 우리 시대의 살인이 선대의 것들과 딱히 구별되는 특징이 있는 것은 아니므로 저는 이를 애써 구분 짓지 않을 것입니다. 우리가 이제 살펴볼 17, 18세기와 19세기의 상당 기간은 합쳐서 살인의 융성기를 이루

고 있습니다. 17세기의 가장 훌륭한 작품은 의문의 여지 없이 에드먼드베리 고드프리 경의 살인[113]이라는 데 저는 완벽히 동의합니다. 그와 동시에 지적해야 할 점은, 17세기에 — 적어도 우리 예술가들의 손에 — 행해진 살인 건수는 그리 많지 않다는 것입니다. 이는 아마도 계몽된 후원자들의 수요에 기인할 것입니다. "수많은 마에케나스가 있으라, 그러면 수많은 마로와 플락쿠스가 시들지 않으리라(*Sint Maecenates, non deerunt, Flacce, Marones*)."[114] 그론트[115]의 『사망 통계표 고찰』(4판, 옥스퍼드, 1665)을 참조하면, 17세기 중 어느 한 시기 20년 동안 런던에서 사망한 총 22만 9250명 중에서 살해된 사람은 겨우 86명에 불과합니다. 이는 1년에 4.3명꼴로, 아카데미를 설립하기에는 부족한 숫자입니다. 그리고 수가 이렇게 적으므로, 확실히 우리는 그 품질만큼은 일급이 될 것을 기대할 권리가 있습니다. 어쩌면 그랬을지도 모르나, 그래도 이 세기의 최고 예술가는 후대의 최고에 미치지 못한다는 것이 제 견해입니다. 일례로 에드먼드베리 고드프리 경 사건이 제아무리 칭찬할 만하다 해도(그리고 그 가치에 대해 저보다 더 잘 아는 사람은 없을 것입니다), 그 계획의 독창성으로 보나 스타일의 대담성과 폭으로 보나, 저는 이를 브리스틀의 루스컴 부인 사건[116]과 같은 수준에 놓는 데 동의할 수 없습니다. 이 훌륭한 부인에 대한 살인은 조지 3세 재위 초기에 일어났는데, 그의 재위 기간은 본 예술에 전반적으로 호의적인 환경이었던 것으로 그 명성이 높습니다.[117] 그녀는 하녀 한 명을 데리고 칼리지 그린에 살았으며, 둘 다 역사의 주목을 받으려는 야심 따위는 없었습니다. 그들이 지금 제가 소개하는 위대한 예술가의 기량을 이끌어냈다는 사실만 제외하곤 말입니다. 브리스틀 전체가 깨어나 활발히 움직이고 있던 어느 맑은 날 오전, 뭔가 이상하다는 것을 눈치챈 이웃 사람들이 집의 대문을 뜯고 들어갔을 때 루스컴 부인은 그녀의 침실에서, 하녀는 계단에서 살해되어 있었습니다. 때는 정오였고, 그로부터 불과 두 시간 전까지만 해도 그 여주인과 하녀는 살아 있었습니다. 제 기억에 의하면 그해는 1764년이었습니다. 그로부터 60년이 흘렀지만 그 예술가는 아직까지 잡히지 않았습니다. 후대인들은 각각 제빵사와 굴뚝 청소부를 자처했던 두 사람에게 혐의를 두었습니다만, 그들은 틀렸습니다. 숙련되지 않은 예술가라면 한낮에 대도시 심장부에서 살인을 저지른다는 대담한 발상을 품을 수 없었을 것입니다. 신사 여러분, 이 일을 행한 것은 무명의 제빵사나 익명의 굴뚝 청소부가 아니었다고 저는 자신 있게 말할 수 있습니다. 저는 범인을 알고 있습니다. (이때 여기저기서 웅성거리는 소리가 나더니 급기야 노골적인 박수가 터졌다. 이에 연사는 얼굴을 붉히고는 한층 더 열성적으로 말을 이어나갔다.) 신사 여러분, 제발 오해를 거두어 주십시오. 그것은 제가 아니었습니다. 저는 스스로 그만한 업적을 달성할 수 있다고 여길 만큼 오만하지 않습니다. 장담컨대 여러분은 제 보잘것없는 재능을 너무 과대평가하고 계시며, 루스컴 부인 사건은 제 빈약한 역량을 훌쩍 뛰어넘는 것이었습니다. 하지만 저는 그 예술가의 정체에 대해, 그의 검시를 보조했던 한 외과의에게서 우연히 들을 기회가 있었습니다. 이 신사는 자기 직업과 관련된 개인 박물관을 갖고 있었는데, 그 박물관의 한구석에는 매우 훌륭한 비례를 갖춘 어떤 인체의 골격이 한자리를 차지하고 있었습니다.[118]

그 외과 의사는 말했습니다. "저것이 저 유명한 랭커셔 노상강도의 골격입니다. 그는 말 다리에 모직 스타킹을 신겨 마구간까지 가는 골목길 포장 바닥의 말발굽 소리를 죽이는 식으로 한동안 이웃 사람들에게 자신의 직업을 숨겼답니다. 그가 강도죄로 처형됐을 당시 저는 크룩생크[119]의 문하에서 공부 중이었습니다. 그리고 그의 풍채가 드물게 좋았기에, 우리는 지체되는 시간을 되도록 최소화하여 그를 손에 넣기 위해 돈과 수고를 아낌없이 퍼부었지요. 카운티 부보안관의 묵인하에, 그는 법정 시한이 되기도 전에[120] 사두마차에 실렸습니다. 그리하여 크룩생크의 집에 도착했을 때까지도 그는 확실히 숨이 붙어 있었습니다. 당시 젊은 학생이었던 OOO 씨는 그에게 치명타(*coup de grâce*)를 먹여 법의 선고를 매듭짓는 명예를 누렸습니다." 그 해부실에 있던 모든 신사들이 우리와 동급의 애호가들이었음을 시사하는 이 놀라운 일화는 제게 강한 인상을 남겼습니다. 저는 랭커셔의 한 부인에게 이 이야기를 들려줄 일이 있었는데, 이에 그녀는 자기가 바로 그 노상강도의 집 근처에 살았으며, 모든 이웃들의 견해에 따르면 루스컴 부인 사건 역시 그의 소행임을 암시하는 두 가지 정황 증거를 똑똑히 기억하고 있다고 말했습니다. 하나는 그 살인이 일어난 시점에 그가 꼬박 2주일 동안 집을 비웠다는 사실입니다. 또 하나는 그 사건 직후 그 강도가 사는 동네에 갑자기 5실링 은화가 넘쳐났다는 것입니다. 루스컴 부인이 5실링 은화 약 2000닢을 집에 모아두었다는 사실은 그때쯤 잘 알려져 있었습니다. 그러나 그 예술가가 누구였건 간에 이 사건은 그의 천재성을 드러내는 확고한 기념비로서 남아 있습니다. 이 살인으로 표현된 착상의 힘이 얼마나 큰 경외감과 공포감을 남겼는지, (제가 1810년에 들은 바로는) 그때까지도 루스컴 부인 집에는 세입자가 없었다고 합니다.

제가 루스컴 부인 사건을 이렇게 칭송하긴 해도, 18세기에 두루 퍼져 있는 그 밖의 탁월한 사례들을 간과하고 넘어가지는 않을 것입니다. 블랜드 양 사건[121]이나 도넬런 대위와 시어필러스 보우튼 경 사건[122] 같은 사례들에 대해서는 실로 그 어떤 지지도 보낼 수 없습니다. 독약 따위를 갖고 노는 치들이란! 정녕 그들은 저 가증스러운 이탈리아산(産) 발명품[123]을 동원하지 않고, 정직하게 목을 베는 전통적 방식을 고수할 수 없었단 말입니까? 정통적 양식의 살인과 비교할 때, 이 모든 독살 사건들은 조각품 옆의 밀랍 인형이나 볼파토[124]의 걸작 옆에 놓인 석판 복제화에 불과하다고 봅니다. 그러나 이것들을 다 제쳐놓는다 해도 순수한 양식을 간직한 탁월한 예술 작품들은 많이 있습니다. 소장해도 부끄럽지 않다고 모든 공정한 감식가들이 인정하는 그런 작품들 말입니다. 제가 '공정한(*candid*)' 감식가들이라고 한 까닭은, 이 사건들에 대해서는 상당한 참작이 이루어져야 하기 때문입니다. 그 어떤 예술가도 자신의 훌륭한 계획을 완수하리라 온전히 확신할 수 없습니다. 처치 곤란한 장애물들이 나타납니다. 사람들은 자신의 목을 조용히 따가게끔 굴복하지 않으며, 달아나고 발길질하고 물어뜯습니다. 초상화가들은 흔히 모델이 너무 무기력하다고 불평하지만, 우리의 예술가는 대개의 경우 너무 심한 움직임 때문에 당황하곤 합니다. 동시에, 살인이 그 피해자를 흥분시키고 자극하는 경향은 예술가 입장에선 불유쾌하더라도 세상 전반의 입장에서 보면 확실히 이점 중 하나입니다. 이 점을 우리가 간과해선 안 되는 이유는 그것이 잠재된 재능의 개발에 유리하기 때문입니다. 제러미 테일러는 사람들이 공포의 영향력 아래 있을 때 엄청난 도약을 이룩한다는 사실을 감탄하며 지적했습니다.[125] 최근에 일어난 매킨드 살인 사건에서 그 인상적인 사례가 있었습니다.[126] 한 소년이 자기가 죽는 날까지 다시는 뛰어내리지 못할 높은 곳에서 훌쩍 뛰어내린 것입니다. 가장 빛나는 낙하 재능, 나아가 체조와 관련된 온갖 재능들은 때때로 우리 예술가가 입회한 공포에 힘입어 개발되었습니다. 그렇지 않았다면 주변 사람은 물론 그 자신조차 감추어진 그 재능을 발견하지 못했을 것입니다.

이 사실을 흥미롭게 보여준 사건 하나가 기억납니다. 이는 제가 독일에서 들은 이야기입니다.

어느 날 말을 타고 뮌헨 부근을 지나던 저는 우리 협회의 한 유명한 애호가를 추월하게 되었습니다. 그분의 이름은 밝히지 않겠습니다. 이 신사는 자신이 단순한 아마추어십의 무감동한 재미(라고 그는 말했습니다)에 지쳐, 다소간 실전을 체험할 목적으로 잉글랜드를 떠나 대륙으로 오게 되었다고 제게 말했습니다. 이를 위해 그는 독일로 향했는데, 유럽 중에서도 이 지역의 경찰은 다른 곳에 비해 몸이 무겁고 굼뜨다고 여겼기 때문입니다. 그의 현역 데뷔는 만하임에서 이루어졌습니다.[127] 그리고 제가 동료 애호가임을 알게 된 그는 자신의 처녀작에 대해 제게 전부 터놓고 이야기했습니다. 그는 말했습니다. "제 숙소 건너편에 한 제빵사가 살았습니다. 그는 좀 구두쇠였고 외톨이였습니다. 그것이 그의 분칠한 듯 넙데데한 얼굴 탓이었는지 아닌지는 모르겠습니다. 어쨌든 저는 그에게 '반했고(fancied)', 그의 목에 대해 모종의 작업을 개시하기로 결심했습니다. 덧붙이자면 그는 언제나 목을 내놓고 다녔는데 그것은 저의 욕망을 매우 자극했습니다. 저는 그가 정확히 매일 저녁 8시에 집 안 창문을 닫는 것을 관찰했습니다. 어느 날 밤 저는 그를 지켜보다가 일에 착수했습니다. 저는 그를 뒤쫓아 뛰어 들어가 — 문을 걸어 잠그고 — 그에게 상냥하게 말 걸며 제 용건의 성격에 대해 알려 주었습니다. 동시에 그에게, 저항하면 서로 불쾌해질 테니 포기할 것을 충고했습니다. 그렇게 말하면서 저는 연장을 꺼내 작업을 시작했습니다. 그러나 이 광경을 본 제빵사는 순간 온몸이 뻣뻣해지더니 퍼뜩 깨어나 무섭게 흥분했습니다. "나는 죽지 않을 거요!" 그는 빽 소리를 질렀습니다. "내 소중한 목을 뭣 때문에 가져간단 말이오?"—"뭣 때문에?" 제가 말했습니다. "다른 이유가 없다면, 당신이 빵에 백반[128]을 넣어서 그랬다고 해둡시다. 하지만 백반이든 아니든 간에(왜냐면 이 시점에 저는 일체의 언쟁을 미연에 방지하기로 결심했기 때문입니다), 내가 살인 예술의 장인이고—그 기술을 더욱 세밀히 연마하고자 열망하고 있으며—당신의 널따란 목에 홀딱 반해서 그 고객이 되기로 결심했다는 것만 알아두시오." "그래? 그러면 내가 네놈을 다른 종류의 고객으로 만들어주지." 그렇게 말하면서 그는 권투 자세를 취했습니다. 그가 권투를 한다는 것 자체가 제게는 터무니없었습니다. 런던의 한 제빵사가 링에서 용맹을 떨쳐 '롤링의 달인(Master of the Rolls)'이라는 별칭으로 이름을 날린 건 사실이지만[129] 그는 젊었고 때 묻지 않았습니다. 반면에 이 남자는 살아 있는 거대한 깃털 침대였고 나이가 오십에 몸 상태도 별로 좋지 않았습니다. 하지만 이 모든 악조건을 무릅쓰고 이 예술의 장인인 저를 상대로 맞선 그는 어찌나 절박하게 방어에 임했던지, 저는 전세가 역전될지 모른다는—그래서 아마추어인 내가 악랄한 제빵사에게 살해될지도 모른다는—두려움을 여러 차례나 느껴야 했습니다. 이런 기막힌 상황이라니! 분별 있는 사람이라면 제 불안에 동감할 것입니다. 첫 13라운드 동안 그 제빵사가 더 유리한 위치에 있었다고 하면 얼마나 상황이 심각했는지 당신은 이해할 겁니다. 14라운드에서 저는 오른쪽 눈을 강타당해 눈이 감겼습니다. 하지만 결국에는 바로 그것이 저를 구원해 주었습니다. 그로 인해 타오른 엄청난 분노에 힘입어, 저는 그 라운드 이후 3라운드 연속으로 그 제빵사를 거꾸러뜨렸기 때문입니다.

18라운드, 제빵사는 씩씩 소리를 냈고 외관상 명백히 상태가 안 좋아졌습니다. 지난 4라운드에 걸친 그의 기하학적 묘기[130]는 그에게 아무런 도움이 되지 못했습니다. 하지만 그는 제가 그의 송장 같은 낯짝을 향해 날리려던 메시지를 가로막는 약간의 기술을 보여 주었습니다. 저는 그 메시지를 날리려다 그만 발이 미끄러져 넘어지고 말았습니다.

19라운드. 제빵사를 뜯어 살피던 저는 무형의 밀가루 반죽 덩어리 때문에 그토록 고생한 저 자신이 창피해졌습니다. 이에 저는 맹렬히 달려들어 가혹한 형벌을 집행했습니다. 난투가 벌어졌고 — 두 사람 다 쓰러졌으며 — 제빵사가 밑에 깔렸고 — 10대 3으로 아마추어의 승리였습니다.

20라운드. 제빵사는 놀라운 민첩성으로 벌떡 일어섰습니다. 그가 땀으로 흠뻑 젖었음을 고려할 때, 실로 그는 자기 다리를 훌륭히 건사하며 멋지게 싸웠습니다. 그러나 이제 그는 발군의 기량을 잃었고, 그의 시합은 공황의 결과물에 불과했습니다. 이제는 그가 오래 버티지 못하리란 것이 분명해졌습니다. 이 라운드에서 우리는 서로 상대편의 가드를 피해 타격을 주려 했고, 여기서 저는 단연 우세하여 그의 코에 거듭 펀치를 먹였습니다. 그렇게 한 이유는 그의 코가 부스럼으로 덮여 있었기 때문입니다. 저는 그의 코를 멋대로 유린함으로써 그의 짜증을 돋우어야 한다고 생각했고 실제로 그렇게 했습니다.

다음 세 라운드에서 롤빵의 달인은 얼음판 위에 선 소처럼 휘청거렸습니다. 정황이 어떻게 흘러가는지 파악한 저는 24라운드에서 그의 귀에 무슨 말을 속삭였고, 이는 그를 순식간에 골로 보내 버렸습니다. 그것은 연금보험회사에서 그의 목에 매길 값어치에 대한 제 개인적인 견해에 불과했습니다. 이 작고 은밀한 속삭임은 그에게 지대한 영향을 끼쳤습니다. 그의 얼굴에 맺힌 땀은 얼어붙어 버렸고, 다음 두 라운드 동안 저는 제 마음대로 경기를 요리했습니다. 그리고 27라운드에서 제가 시합 종료를 선언했을 때 그는 바닥에 개처럼 뻗어 버렸습니다."

그 후 저는 그 애호가에게 말했습니다. "그래서 당신은 목표를 이루었겠군요." "맞습니다." 그는 가볍게 말했습니다. "그랬습니다. 그리고 아시다시피 그렇게 해서 돌 한 개로 새 두 마리를 잡은 격이었기 때문에 대단히 흡족했습니다." 이는 그가 그 제빵사를 때려눕히고 또 살해했다는 뜻이었습니다. 하지만 저는 도무지 그렇게 볼 수 없었습니다. 제 생각에는 반대로 그가 돌 두 개로 새 한 마리를 잡은 것 같았습니다. 제빵사의 콧대를 꺾기 위해 그는 먼저 주먹을 쓰고 그다음에 또 연장을 써야 했기 때문입니다. 하지만 그의 논리와 상관없이 이 이야기는 훌륭한 교훈을 줍니다. 자신이 살해될 수 있다는 이성적 예측 속에는 잠재된 재능에 대한 놀라운 자극이 어김없이 숨어 있다는 사실을 보여주고 있기 때문입니다. 그러한 자극을 받자, 비대하고 반쯤 굳은 몸을 제대로 가누지도 못하던 만하임의 제빵사는 뛰어난 기량의 영국인 권투 선수와 붙어 26라운드를 뛰며 끝까지 싸웠던 것입니다. 그의 타고난 천재성은 살인자가 그의 곁에 다정히 임함으로써 격상되고 승화된 것입니다.

신사 여러분, 이런 사실을 알게 된다면, 대다수 사람들이 살인에 대해 말할 때 쓰는 극도로 험악한 어조를 조금이나마 순화해주는 일이야말로 우리의 의무가 될 것입니다. 사람들의 말을 들으면, 마치 살해당하는 사람만이 온갖 불이익과 불편을 감수해야 하며 살해되지 않는 사람은 그런 것을 전혀 겪지 않는 듯 보입니다. 그러나 사려 깊은 사람들은 달리 생각합니다. 제러미 테일러는 이렇게 말합니다. "확실히, 고열의 맹위보다는 검의 야만에 의해 쓰러지는 편이 시간적으로 볼 때 해악이 덜하며, 도끼는" (여기에 그는 배 목수의 나무망치와 쇠 지렛대[131]를 추가할 수 있을 것입니다) "요로결석보다 훨씬 덜한 고통을 준다."[132] 지당한 말씀입니다. 여기서 주교님은 현자이자 애호가처럼 말하고 있으며 실제로 그는 현자이자 애호가입니다. 그리고 또 다른 위대한 철학자 마르쿠스 아우렐리우스 역시 이 주제에 대한 천박한 편견을 넘어섰습니다. 그는 "지금이 세상으로부터 걸어 나갈 때인지 아닌지를 아는 것은 이성의 가장 고귀한 기능"[133] 중 하나라고 선언했습니다(콜러가 번역한 책 제3권). 이는 가장 희귀한 종류의 앎으로, 확실히 사람들을 이런 종류의 앎으로 이끄는 일을 큰 위험을 감수하며 거저 떠맡는 그 사람[134]은 최고의 박애주의자임에 틀림없습니다. 그러나 저는 이 모두를 미래 윤리학자들의 사변거리로 던져놓는 동시에, 박애주의나 애국주의적 원칙에 의거해 살인을 행하는 사람은 매우 드물다는 제 개인적인 확신을 천명하며 앞서 제가 적어도 한 번 말했던 대로 대부분의 살인자들은 아주 틀려먹은 인간이라는 사실을 거듭 강조하는 바입니다.

지금껏 행해진 살인 중 그 탁월함이 가장 드높고도 완벽한 윌리엄스의 살인에 대해서는 이 자리에서 덧붙여 언급하지 않을 것입니다. 그 가치를 자세히 설명하자면 한 강연 전체를 할애하거나 연속 강좌를 개설해야 그나마 충분할 것입니다.[135] 하지만 이 사건과 관련된 한 가지 흥미로운 사실만은 언급하려고 합니다. 이는 사법부가 그 천재성의 광휘에 완전히 눈이 멀었음을 시사하는 증거인 듯 보이기 때문입니다. 그가 최초의 걸작(마 가족 살인 사건)을 연출했던 연장이 배 목수의 나무망치와 칼 한 자루였음을 여러분 모두는 분명히 기억하시리라 믿습니다. 그 나무망치는 욘 페테르센이라는 늙은 스웨덴인[136]의 것이었고 그의 머리글자가 새겨져 있었습니다. 윌리엄스는 이 연장을 마 가족의 집에 남겨둔 채 달아났고, 이것은 치안판사의 손에 들어갔습니다. 자, 신사 여러분, 이 머리글자의 정황 공개가 곧바로 윌리엄스의 구금으로 이어졌으므로, 이것이 좀 더 일찍 이루어졌다면 그로부터 정확히 12일 뒤 연출된 그의 두 번째 걸작(윌리엄슨 가족 살인 사건[137])을 확실히 막을 수 있었을 것입니다. 그러나 치안판사는 두 번째 살인이 완료될 때까지 꼬박 12일 동안이나 이 사실을 발표하지 않았습니다. 2차 살인이 완료된 뒤, 이제 윌리엄스가 유명세를 탈 만큼 능력을 충분히 발휘했으며 마침내 그의 명성이 본 사건의 범위를 벗어났음을 확실히 느끼고서야 증거를 공개한 것입니다.

서텔 씨 사건에 대해서는 어떻게 말해야 할지 모르겠습니다. 저에 앞서 본 협회 회장을 역임하신 분을 제가 높이 평가하는 쪽으로 기우는 것은 당연합니다. 또 그 분의 강연은 나무랄 구석이 없었다고 인정합니다. 하지만 솔직히 말하면 저는 예술가로서 그의 주요 작품이 상당히 과대평가되었다고 생각합니다. 처음에는 저 자신도 열광하는 분위기에 휩쓸렸음을 인정합니다. 그 살인이 런던에 알려진 날 아침에 열린 아마추어들의 집회에는 윌리엄스 때 이래로 제가 아는 한 가장 많은 사람들이 모였습니다. 침대에 누워 짜증 섞인 조롱이나 던지며 "아무것도 하는 게 없다"고 불평하던 늙은 감정가들이 우리 클럽의 집

회실까지 절뚝거리며 내려왔습니다. 이 같은 환희와 그토록 전적인 만족을 드러내는 밝은 표정들을 저는 일찍이 거의 보지 못했습니다. 사람들은 여기저기서 서로 악수하고 축하의 말을 건네며 만찬에 참석할 이들을 불러 모았습니다. 들려오는 것은 "자! 이걸로 된 겁니까?" "제대로 된 일이란 게 바로 이걸 말하는 건가요?" "이제 만족하십니까?" 하는 의기양양한 도전의 말들뿐이었습니다. 하지만 그러던 중 늙고 냉소적인 아마추어이며 '옛날이 더 좋았다고 한탄하는 사람(*laudator temporis acti*)'[138]인 L. S—[139]가 나무다리를 짚고 쿵쿵 다가오는 소리에 우리 모두 조용해졌던 것을 저는 기억합니다. 그는 평소처럼 잔뜩 못마땅한 얼굴을 한 채 방으로 들어왔고, 그러는 내내 딱딱대며 중얼거렸습니다. "작품 전체를 통틀어 독창적인 발상이라곤 하나도 없어—단순한 표절이야—내가 말했던 힌트를 야비하게 표절했다고! 게다가 그의 스타일은 알브레히트 뒤러처럼 딱딱하고 퓨즐리처럼 조잡하더군." 많은 이들은 이것이 단순한 질투심과 더러운 성질의 발로라고 생각했습니다. 그러나 지금 고백하건대, 첫 흥분의 열기가 가셨을 때 가장 신중한 비평가들은 서텔의 스타일에 가성(假聲, *falsetto*)이 섞였다는 데 동의했음을 저는 깨닫게 되었습니다. 사실 그는 우리 협회 회원이었기에 우리의 판단은 자연스럽게도 우호적인 편향을 띨 수밖에 없었습니다. 그리고 서텔이라는 인물이 런던 토박이들에게 보편적으로 친숙했던 덕분에 그가 런던 대중 사이에서 반짝 인기를 누릴 수 있었지만, 그의 허세는 그 인기를 떠받치지 못했습니다. "세월은 인간의 날조를 지우고 자연의 심판에 무게를 싣기(*opinionum commenta delet dies, naturae judicia confirmat*)" 때문입니다.[140] 그러나 한 쌍의 아령으로 한 남자를 살해하려 했던 서텔의 미수 기도에 대해서는 저도 크게 감탄했습니다.[141] 이는 영영 끝맺지 못한 구상에 그치고 말았습니다만, 제 생각에 이는 모든 면에서 그의 대표작을 능가하는 듯 보입니다. 저는 이 구상이 미완성 상태로 남겨진 데 대해 몇몇 애호가들이 큰 아쉬움을 표현했던 것을 기억합니다. 그러나 저는 그들의 의견에 동의할 수 없습니다. 독창적인 예술가들의 미완성 작과 최초의 대담한 구상들은 흔히 절묘한 경지를 보여 주곤 하지만, 이는 디테일을 처리하는 과정에서 실종되어 버리기 십상이기 때문입니다.

저는 매킨드 사건이야말로 과찬의 대상이 된 서텔의 작품을 훨씬 능가하며, 실로 칭찬할 말이 부족하다고 봅니다. 그리고 실제로 이 사건과 윌리엄스가 연출한 불멸의 작품이 맺고 있는 관련성은, 『아이네이스』와 『일리아드』와의 관계와도 같습니다.[142]

하지만 지금은 살인의 원칙에 대해 몇 마디 해야 할 때입니다. 이는 여러분의 실천이 아닌 판단을 조절하려는 목적입니다. 노부인들과 신문 독자 패거리에 대해 말하자면, 그들은 피비린내만 충분하면 아무것이나 다 좋아합니다. 그러나 양식 있는 이들은 그 이상의 것을 요구합니다.

첫째로 살인범의 목표에 적합한 부류의 사람들에 대해, 둘째로 장소에 대해, 셋째로는 적절한 시간과 그 외 소소한 조건들에 대해 이야기해 봅시다.

사람에 대해 말하자면 저는 명백히 피해자가 선량한 사람이어야 한다고 봅니다.[143] 만일 그렇지 않다면, 결정적인 순간에 그 스스로가 되레 살인을 기도할 가능성이 있기 때문입니다. 그렇게 "다이아몬드로 다이아몬드를 베는" 싸움은 더 나은 일이 벌어지지 않는 한 그런대로 즐거운 일이지만, 실제로 평론가가 살인범에게 주문할 만한 일은 아닙니다. 저는 컴컴한 골목에서 피살된 몇몇 사람들을 댈 수 있으며(이름은 대지 않겠습니다), 거기까지는 별달리 이상한 점이 없었습니다. 그러나 사정을 더 깊숙이 들여다보았을 때, 사람들은 피살자가 그 시점에 살인자를 최소한 털거나 힘이 충분하다면 아마도 살해하려 계획했던 바로 그 장본인임을 알게 되었습니다. 이런 일이 벌어지거나 벌어졌다고 판단될 때마다 진짜 예술적 효과는 작별을 고합니다. 예술 분과로서 살인의 최종 목표는 아리스토텔레스가 말한 비극의 목표—즉 "연민과 공포로써 마음을 정화하는 것"[144]—와 정확히 일치하기 때문입니다. 여기에 비록 공포는 있을지언정, 다른 호랑이한테 잡혀 죽은 호랑이에게 어떻게 연민이 있을 수 있겠습니까?

선택된 사람이 공인(公人)이어서는 안 된다는 것 또한 명백합니다. 일례로 분별 있는 예술가라면 에이브러햄 뉴랜드[145]를 살해하려 기도하지는 않았을 것입니다. 에

이브러햄 뉴랜드에 대해서는 누구나 그 필적을 숱하게 보아 익히 알고 있었지만 그를 실제로 본 사람은 거의 없었기에, 그가 살아 있는 사람이 아니라 추상적 관념이라는 확고한 믿음이 존재했습니다. 한번은 제가 커피하우스에서 에이브러햄 뉴랜드와 식사를 함께 했다는 이야기를 꺼냈는데 모든 사람이 경멸의 눈길로 저를 노려보았던 일을 기억합니다. 마치 제가 프레스터 존[146]과 당구를 한 게임 쳤다거나 교황과 결투했다고 주장하기라도 한 것처럼 말입니다. 첨언하자면 교황은 살해하기에 대단히 부적합한 대상입니다. 그는 기독교 세계의 수장으로서 사실상 모든 곳에 편재하며 뻐꾸기처럼 그 소리를 자주 듣지만 절대 눈으로 볼 수는 없기 때문에, 저는 대다수 사람들이 그 또한 추상적인 관념으로 간주하는 것 아닌가 하는 의구심이 듭니다. 실로 공인이 "계절의 온갖 진미를 차린"[147] 만찬회를 자주 여는 습관이 있다면 사정은 매우 달라집니다. 그가 추상적 관념이 아니라는 데 모든 사람이 흡족해하며, 따라서 그를 살해하는 것은 전혀 부적합한 일이 아닙니다. 다만 그의 살인은 암살로 분류될 터인데 이에 대해서는 제가 아직 취급하지 않았습니다.

세 번째로 선택 대상은 건강해야 합니다. 살해 과정을 견딜힘이 전혀 없는 병자를 죽이는 것은 지극히 야만적인 행동인 까닭입니다. 이 원칙에 의거하여, 25세를 넘긴 코크니[148]는 택해선 안 됩니다. 그 나이를 넘겼다면 그는 분명히 소화불량일 것이기 때문입니다. 아니면 최소한,

만약에 이 토끼 굴[149]에서 사냥을 한다면 한 번에 한 쌍씩은 죽여야 합니다. 만약 살인범이 선택한 코크니가 재단사라면, 물론 그는 전통적으로 확립된 방정식에 의거해 18명을 살해하는 것을 자신의 의무로서 여길 것입니다.[150] 그리고 병자들의 안위에 대한 이 같은 배려 속에서 여러분은 감정을 순화하고 정제하는 예술 일반의 효과를 목격할 수 있을 것입니다. 신사 여러분, 세상은 대체로 매우 피에 굶주려 있습니다. 살인에서 그들이 원하는 것은 오로지 대량 출혈이며, 이 부분을 천박하게 전시하는 것만으로도 그들에게는 충분합니다. 그러나 계몽된 감식가의 취향은 좀 더 세련되었습니다. 철저히 함양한다면 여타 모든 교양이 그러하겠지만, 우리 예술의 결실은—바로 마음을 닦고 인간답게 만드는 것입니다. 참으로 그러하기에,

> 교양의 진실한 습득은
> 사람을 인간답게 하며 그 잔인성을 억누릅니다.[151]

철학에 조예가 깊으며 온화한 성격과 자선 활동으로 잘 알려진 한 친구의 제언에 따르면, 간택 대상은 또한 어린 아이들이 있는 가족을 혼자 먹여 살리는 가장이어야 합니다. 이는 살인의 파토스를 더욱 깊게 만드는 한 가지 방법이며, 이것이 적절한 조언임은 의심의 여지가 없습니다. 그러나 저는 이 조건을 너무 강하게 고집하진 않겠습니다. 엄격한 취향을 따지면 이런 조건이 필요함은 의문

의 여지가 없으나, 그래도 간택 대상이 도덕과 건강이라는 측면에서 받아들일 만하다면 저는 예술가의 영역을 좁힐 수도 있는 제한 조건을 별스럽게 빈틈없이 고수하지는 않을 것입니다.

사람에 대해서는 이쯤 하겠습니다. 시간과 장소와 도구에 대해 저는 할 말이 많습니다만 지금은 길게 말할 여유가 없습니다. 현역 예술가의 예리한 감각은 주로 밤 시간과 홀로 있는 공간에 끌립니다. 그러나 이 규칙에서 벗어나 탁월한 효과를 거둔 사례들도 적지 않습니다. 시간과 관련해서는 앞서 언급한 루스컴 부인 사건이 그 멋진 예외입니다. 그리고 시간과 공간에 둘 다 관련해서라면 『에든버러 연보』(1805)에 그 훌륭한 예외가 있습니다. 이 사건은 모든 에든버러 아이들에게는 친숙하지만, 왠지 모르게 잉글랜드 애호가들 사이에서는 그 정당한 몫의 명성을 얻지 못했습니다. 이는 한 은행의 사환이 대낮에 돈 가방을 운반하다가 살해된 사건입니다. 그는 유럽에서 가장 붐비는 거리 중 하나인 하이 스트리트를 지나 막 골목으로 들어서던 중이었습니다. 그리고 그 살인범은 지금 이 시각까지 밝혀지지 않았습니다.[152]

그러나 한편 시간은 달아난다. 시간은 돌이킬 수
　　없이 달아난다.
애착에 사로잡힌 우리가 작은 것들을 매만지며
　　머뭇거리는 동안.[153]

신사 여러분, 이제 결론으로, 저는 저 자신이 바로 전문직업인이라는 모든 주장을 다시금 엄숙히 부인하는 바입니다. 저는 1801년 한 수고양이를 상대로 한 것을 제외하면 평생 그 어떤 살인도 기도한 적이 없습니다. 그리고 그것조차 제 의도와 다른 결과를 낳았습니다. 애초 제가 품었던 목적은 단순 무지한 살인이었습니다. 저는 말했습니다. "뭐? 나는 내내 듣기만 한다고? 말대답도 못한다고?(Semper ego auditor tantum? Nunquamne reponam?)"[154] 그리고 저는 밤 1시에, '적의(animus)'를 품고 확실히 살인자의 사악한 표정을 지은 채 톰을 찾아 아래층으로 내려갔습니다. 그러나 제가 그를 찾아냈을 때 그놈은 빵과 그 밖의 것들을 저장한 창고를 약탈 중이었습니다. 이로써 국면은 새롭게 전환되었습니다. 물자가 전반적으로 부족하여 심지어 기독교도들조차 감자빵이나 쌀빵 따위를 먹는 신세로 전락했던 시기에, 일개 수고양이가 좋은 밀빵을 그런 식으로 허비하는 짓은 노골적인 대역죄였습니다. 그놈을 처형하는 일은 그 자리에서 애국적 의무로 탈바꿈했습니다. 그리고 저는 번쩍이는 무기를 드높이 들어 올려 흔들면서 나 자신이 마치 애국자의 무리 중에 찬연히 빛나는 브루투스[155]처럼 떨쳐 일어나는 모습을 상상했고, 그놈을 찌르면서 저는,

툴리의 이름을 큰 소리로 외치며
조국의 아버지에게 만세를 불렀습니다.[156]

그 이후 늙어 꼬부라진 암양, 너무 노쇠한 암탉, 아주 "작은 짐승"[157]의 목숨을 노려볼까 하는 생각을 지나가면서 품어보기도 했지만, 이는 제 가슴속 비밀로 간직되어 있습니다. 하지만 이 예술에서 좀 더 고차원적인 영역에 대해 저는 완전히 부적격자임을 고백하는 바입니다. 제 야심은 그렇게 드높지 않습니다. 그렇습니다, 신사 여러분, 호라티우스의 말을 빌려,

> 저는 숫돌 역할을 맡겠습니다.
> 그것은 무기를 벼려줄 뿐, 베지는 못하지만
> 말입니다.[158]

1. 이 글은 『블랙우즈 매거진(Blackwood's Magazine)』 21호(1827년 2월)에 처음 발표되었다. 드 퀸시는 1854년 『발표된 저술과 미발표된 저술에서 고른 진지하고 쾌활한 선집(Selections Grave and Gay)』(전 14권) 제4권에 이 글을 군데군데 수정하고 상당한 주석을 덧붙여 살인에 대한 나머지 두 원고와 함께 다시 발표했다. 이 번역본은 처음 발표된 1827년 판본을 토대로 한 것이다.

2. 『블랙우즈 매거진』의 편집장은 1817년부터 1834년까지 자리를 지킨 윌리엄 블랙우드(William Blackwood, 1776~1834)였다. 하지만 이 잡지는 '크리스토퍼 노스(Christopher North)'라는 가상의 편집자를 내세우기도 했는데, 대부분 그 실제 인물은 이 잡지의 주요 기고자였던 에든버러 대학교 교수 존 윌슨(John Wilson, 1785~1854)이었다. 드 퀸시가 『블랙우즈 매거진』의 편집장에게 편지를 썼을 때 그는 이 두 사람을 염두에 두었다.

3. Society for the Promotion of Vice. 1698년 토머스 브레이(Thomas Bray)가 기독교 책자 보급을 위해 설립한 '기독교 지식 증진 협회(Society for the Promoting Christian Knowledge)'를 패러디한 듯하다.

4. Hell-Fire Club. 18세기에 영국에서 유행했던 귀족들의 비밀 사교 클럽으로 술, 신성모독, 성적 방종에 탐닉한다는 비난을 받았다. 그중 가장 유명한 것은 1750년경 프랜시스 대시우드 경(Sir Francis Dashwood)이 만든 클럽이었다.

5. 노예 폐지론자이자 정치가인 윌리엄 윌버포스(William Wilberforce)가 1802년 설립한 '악덕 근절 협회(Society for the Suppression of Vice)'를 패러디한 것이다.

6. 런던 보우 스트리트의 경찰 재판소는 1749년 설립된 사설 경찰 조직으로, 주로 절도범을 상대로 했고 관할구역도 넓지 않았지만 현대적인 의미를 띤 세계 최초의 경찰이었다. 이곳의 경찰들은 '보우 스트리트 러너스(Bow Street Runners)'라고 불렸다. 1829년 런던 시경이 공식 발족하면서 해체되었다.

7. 락탄티우스(Lactantius, 240?~320?)는 북아프리카의 초기 기독교 변증론자다. 여기서 드 퀸시는 락탄티우스의 『거룩한 교육에 대한 강요(Epitome Divinarum Institutionum)』 중 '강요 58(Epitome 58)'을 인용했다. 이 번역문에서 드 퀸시는 서두의 질문("살인만큼 끔찍하고 진저리 나는 일이 무엇이겠는가?")을 생략하고(1845년 판본에서는 삽입) '쾌락', '즐거움'이라는 뜻의 '볼룹타스(voluptas)'를 '취향(tastes)'으로 번역했다.

8. 드 퀸시는 이 자리에 다음의 라틴어 원문을 인용했다. "Quid tam horribile, tam tetrum, quam hominis trucidatio? Ideo severissimis legibus vita nostra

munitur; ideo bella execrabilia sunt. Invenit tamen consuetudo quatenus homicidium sine bello ac sine legibus faciat: et hoc sibi voluptas quod scelus vindicavit. Quod si interesse homicidio sceleris conscientia est, — et eidem facinori spectator obstrictus est cui et admissor; ergo et in his gladiatorum cædibus non minus cruore profunditur qui spectat, quam ille qui facit: nec potest esse immunis à sanguine qui voluit effundi; aut videri non interfecisse, qui interfectori et favit et proemium postulavit."

9. 「「맥베스」에서 문 두드리는 소리」 주석 16번(20쪽) 참조.

10. 이 편집자 주는 윌리엄 블랙우드 또는 존 윌슨이 드 퀸시의 동의 없이 넣은 것으로 보인다.

11. 르네상스 시대의 인문주의자인 데시데리우스 에라스뮈스(Desiderius Erasmus, 1469~1536)는 그의 책 『우신예찬(Moriae Encomium)』(1509)에서 당대의 신학자들과 종교의식의 타락을 풍자했다.

12. 영국계 아일랜드 작가이자 더블린 세인트폴 성당의 사제장을 지낸 조너선 스위프트(Jonathan Swift, 1667~1745)는 '온건한 제안(A Modest Proposal)'(1729)이라는 풍자 팸플릿에서, 아일랜드의 빈민층 아이들을 살찌워 영국 귀족들에게 식용으로 팔자는 제안을 했다. 드 퀸시는 「(「예술 분과로서의 살인」에 부치는) 후기」에서 꽤 장문을 할애해 스위프트의 글과 자신의 글을 비교했다. 123~127쪽 참조.

13. 살인자 존 윌리엄스를 기념하는 강연. 존 윌리엄스에 대해서는 「「맥베스」에서 문 두드리는 소리」 주석 5번(19쪽) 참조.

14. 윌리엄 워즈워스(William Wordsworth, 1770~1850)는 그의 「『서정가요집』 서문에 보충하는 에세이(Essays, Supplementary to the Preface to 'Lyrical Ballads')」(1815)에서, "위대하면서 독창적인 모든 작가들은 바로 자신이 감상의 대상이 되는 취향을 창조해야 할 임무가 있다"라고 썼다.

15. 순회재판은 영국 각 지방 카운티를 순회하며 정기적으로 열렸던 민·형사재판으로, 왕이 임명한 고등법원의 판사가 주재했다.

16. 1854년 판본에서 드 퀸시는 '신이여'를 '주피터여'로 바꾸었다.

17. 1797년 스위스 저술가 벵자맹 콩스탕(Benjamin Constant, 1767~1830)은, 이마누엘 칸트(Immanuel Kant, 1724~1804)의 윤리학 이론에 따르면 친구를 쫓는 살인범에게 친구의 소재에 대해 거짓말을 하는 것도 범죄가 된다고 비판했다. 이에 칸트는 「인간애의 발로로

거짓말을 할 권리에 대해(Über ein vermeintes Recht aus Menschenliebe zu lügen)」(1797)에서, 누가 '거짓말을 해서' 살인을 막았다면 그는 그로써 파생되는 모든 결과에 대해 법적으로 책임을 져야 하나, 진실을 엄격히 고수했다면 그 결과가 어찌 되었든 그에게 법적 책임을 물을 수 없다고 답했다. 하지만 칸트는 드 퀸시가 말한 것처럼 '희생자의 도피처를 알려주어야 한다'라고 주장하지는 않았다.

18. 1실링이 12펜스이므로 1실링 6펜스는 곧 18펜스다. 그러니까 '저명한 윤리학자들'은 한 푼도 내지 않았다고 비꼬는 말이다.

19. John Howship(1781~1841). 영국의 외과 의사, 저술가.

20. 새뮤얼 테일러 콜리지(Samuel Taylor Coleridge, 1772~1834)는 1812~3년 버너스 스트리트 71번지에 살았다. 이 거리에 살았던 다른 '천재들'로는 건축가 윌리엄 체임버스 경(Sir William Chambers), 화가 존 오피(John Opie)와 헨리 퓨즐리(Henry Fuseli) 등이 있다.

21. Plotinus(205?~270). 그리스의 플라톤주의 철학자.

22. 플라톤 주위에 있는 사람들.

23. 드 퀸시는 여기서 존 윌슨이 『블랙우즈 매거진』 15호(1824년 4월)에 게재한 대화 형식의 연재물 「암브로시아의 밤(Noctes Ambrosianae)」(14회) 중 다음 부분을 패러디하고 있다. "나는 그것을 그런대로 괜찮은 화재라고 하겠소…… 돌대가리들이 불 위에 물을 퍼부어서 그 효과를 망쳐놓을까 걱정이오. 앰브로즈 씨, 한번 가보고 진행 상황을 알려주시오." 이 등장인물은 바로 이어서, 드 퀸시의 강연문에도 등장하는 당대의 유명한 살인범 존 서텔(John Thurtell)에 대해 이렇게 칭찬하고 있다. "폭력적이고 방탕한 성향이 있긴 해도 서텔은 인정 많은 사람이었다오……. 감옥에서 그가 보였던 행동이 어찌나 감동적이고 사랑스러웠는지, 그와 간수가…… 작별을 나누는 모습은 심장이 돌로 이루어지지 않은 모든 이의 눈에 눈물이 맺히게 하기에 충분했다오!" 서텔에 대해서는 76쪽 주석 37번 참조.

24. 18세기 후반의 피아노는 음역이 5옥타브 반이었는데, 19세기 초반부터 6옥타브 반으로 건반을 늘린 피아노가 제작되기 시작했다.

25. 당시 소방대는 보험회사들이 운영했고 보험사들은 자사에 보험을 든 건물에 화재가 났을 때만 소방대를 출동시켰다. 영국 정부는 1865년까지 소방 활동에 관여하지 않았다.

26. 아리스토텔레스(Aristoteles, B.C. 384~322)의 별명. 스타게이로스는 그의 출생지였다.

27. 아리스토텔레스는 『형이상학』 5권 16장에서, '완벽함'이란 "같은 종류 내에서 능가할 자가 없는 것"이라고 정의하며, "이를 나쁜 것들에 적용할 때 우리는 완벽한 험담꾼이나 완벽한 도둑이라고 말한다 — 나아가 우리는 그들을 훌륭하다고 일컫기도 한다. 훌륭한 험담꾼과 훌륭한 도둑이라고 말이다."

28. 하우십은 『소화불량에 대한 실용적 고찰(Practical Remarks upon Indigestion)』(1825)에서 이렇게 썼다. "……이제 [충수] 끝에는 붉게 충혈된 점막과 선명한 대비를 이루는 흰색의 작고 부드러운 종양이 뚜렷이 보였다…… 잘 충혈된 정상 조직과 전혀 충혈되지 않은 종양의 대비는 아름다웠다."

29. 『니코마코스윤리학(Nicomachean Ethics)』은 아리스토텔레스의 아들인 니코마코스(Nichomachus)가 편집한 책이다. 『대윤리학(Magna Moralia)』은 아리스토텔레스가 직접 썼는지 아니면 그의 사후에 제자들이 편집한 것인지 확실치 않다. 제목이 주는 인상과는 달리, 실제로 『대윤리학』은 『니코마코스윤리학』보다 분량이 적다.

30. 키케로(Cicero), 『아티쿠스에게 보낸 편지(Ad Atticum)』, 4권 6장 2행. 이 문장은 키케로가 에우리피데스(Euripides)의 비극 『텔레포스(Telephus)』에서 인용한 것으로, 아가멤논이 스파르타 왕 메넬라오스에게 한 말이다. 이미 주어졌거나 자초한 일이니 이를 피할 수 없다면 최선을 다하라는 뜻이다.

31. 아우톨리코스(Autolycus)는 도둑질과 사기로 유명한 그리스신화의 인물로 헤르메스 신의 아들이다. 셰익스피어는 「겨울 이야기(The Winter's Tale)」에서 그를 차용해 사기꾼 겸 도둑 캐릭터로 등장시켰다.

32. 조지 배링턴(George Barrington, 1755~1804)은 아일랜드의 모험가이며 소매치기로도 악명을 떨쳤다.

33. 밀턴, 『실낙원』, 5편 481행.

34. 잉크스탠드는 잉크와 펜을 보관하는 용기다. 콜리지, 「콜리지 씨가 친구 및 문필가들과 주고받은 서간문 발췌록(Selection from Mr Coleridge's Literary Correspondence with Friends, and Men of Letters)」, 『블랙우즈 매거진』 10호(1821), 256쪽: "A: 저는 아직 제 맘에 쏙 드는 잉크스탠드를 찾지 못했습니다. B: 당신은 한 개의 잉크스탠드에 어떤 자질과 속성들이 결합되길 바라십니까? (…) 이런 '희망 사항들(*desiderata*)'의 조합이 바로 잉크스탠드에 대한 '당신의 이상'일 것입니다."

35. 각각 '그것은 완료되었다', '그것은 끝났다'라는 뜻이다. 해당 대사는 에우리피데스의 비극

「메데이아(Medeia)」 293행에 나온다.

36. 키케로, 『제2차 카틸리나 반박문(In Catilinam)』, 1.

37. 전직 해병대 장교이며 아마추어 권투 선수 겸 흥행사로 유명했던 존 서텔(John Thurtell, 1794~1824)은 동료 도박꾼인 윌리엄 웨어(William Weare)가 자기에게 300파운드를 사기 쳤다고 믿고 그를 시골로 유인해 살해했다. 그는 공범과 함께 웨어의 목을 주머니칼로 벤 후, 총신에 뇌수가 가득 찰 정도로 머리를 세게 내리쳐 죽이고 시체를 연못에 던졌다. 서텔의 재판과 처형은 센세이션을 일으키며 대중의 큰 관심을 모았다.

38. "카인이 아내와 한자리에 들었더니, 아내가 임신하여 에녹을 낳았다…… 에녹에게서 이랏이 태어났고, 이랏은 므후야엘을, 므후야엘은 므두사엘을, 므두사엘은 라멕을 낳았다. 라멕은 두 아내를 데리고 살았는데, 한 아내의 이름은 아다요, 또 한 아내의 이름은 실라였다…… 실라가 낳은 두발카인은 구리와 쇠를 다루는 대장장이가 되었다." 「창세기」 4장 17~19, 22절.

39. 요크셔 주 남부의 셰필드는 19세기 세계 철강 산업의 중심지였다.

40. 『실낙원』, 11편 444~447행.

41. 조너선 리처드슨(Jonathan Richardson), 『실낙원에 대한 주석과 논평(Explanatory Notes and Remarks on Paradise Lost)』(1734), 497쪽. 여기서 리처드슨은 '횡격막(midriff)'을 쳤다는 표현에 대해 설명하고 있다.

42. 호메로스의 『오디세이아』에 나오는 외눈박이 괴물 키클롭스 무리 중 하나. 오디세우스는 폴리페모스의 동굴에 갇혀 잡아먹힐 뻔했다가 꾀를 내어 탈출한다.

43. 셰익스피어, 「헨리6세(Henry VI)」, 제2부, 3막 2장. 1854년 판본에서 드 퀸시는 장문의 주석을 덧붙여 이에 대해 부연했다. 그는 글로스터 공작의 시체에 대한 셰익스피어의 묘사가 시적임과 동시에, 그의 사인이 자연사가 아니라 정적에 의한 살인임을 입증하는 의학적, 법적 요건에도 충실하다고 평가했다.

"그러나 보시오, 그의 얼굴은 붉고
　충혈되었으며
두 눈알은 살았을 때보다 튀어나왔고
목 졸린 자처럼 눈을 부릅떠 소름 끼치게
　응시하고 있소.
머리털은 곤두서고, 콧구멍도
　몸부림치느라 넓어졌소."

44. 「맥베스」, 2막 2장과 3막 3장.

45. 아테네 정치가 페리클레스(Pericles, B.C. 495?~429)는 아테네의 정치적, 문화적 전성기를 이끈 인물이다.

46. 1854년 판본 주석에서 드 퀸시는 이

생각을 철회한다고 적었지만 그 이유에 대한 설명은 다른 지면으로 미루었다.

47. '그는 죽음을 당했다. 그는 피살되었다.'

48. '그는 살해당했다.'

49. 제프리 초서(Geoffrey Chaucer)의 『캔터베리이야기』에서, 수녀원장은 아시아에 사는 어떤 기독교도 소년이 등굣길에 성가를 불렀다는 이유로 유대인들에게 살해된 이야기를 들려준다. (초서의 책에는 소수녀원장[prioress]으로 표기되어 있는데, 드 퀸시는 대수녀원장 [abbess]이라고 썼다.) 이야기 끝에 가서 그녀는 그 소년을 유대인에게 살해되었다는 영국의 전설적인 소년 순교자 링컨의 휴(Hugh of Lincoln, 1245~55)에 비견한다. 링컨의 휴 사건은 유럽 전역에 큰 반유대 감정을 일으켰다.

50. 귀족 출신 선동가였던 카틸리나(Catilina, B.C. 108?~62)는 로마공화정을 무너뜨리고 그 지도자인 키케로 등을 암살하려는 음모를 꾸몄지만, 이를 알아챈 키케로에 의해 원로원에서 탄핵되었고 그 뒤 토벌군에게 목숨을 잃었다. 클로디우스(Clodius, B.C. 93?~52) 역시 키케로의 큰 정적이었다.

51. 폭력적인 성향과 공작 정치로 악명 높았던 케테구스(Cethegus)는 카틸리나의 음모에 가담하여 키케로의 암살 임무를 맡았다. 후에 원로원의 명령으로 처형되었다.

52. 아사신 파는 11세기경 결성된 이슬람 급진 분파로서 적대 종파들에 대한 암살로 악명이 높았다. 영어로 암살이라는 단어의 어원이 된 '아사신(Assassins)'이라는 이름은 대마초를 피우는 이들을 지칭하는 '해시샤시(Hash-shash)'에서 유래했다고 하는데, 이들이 대마초를 복용하고 환각 상태에서 암살을 수행했다는 이야기도 있다. 아사신 파의 지도자는 서구 세계에 '산속의 노인(Old Man of the Mountains)'이라는 별명으로 알려져 유럽인들의 공포와 상상력을 자극했다.

53. 이 일화의 출처는 불분명하다.

54. 1854년 판본에서 드 퀸시는 여기에 세 건의 암살 사건을 실례로 들었다. 이는 1812년 스펜서 퍼시벌 수상의 암살, 1820년 루이18세의 조카인 베리 공작 샤를 페르디낭의 암살, 1813년 나폴레옹 휘하의 장군이었던 장바티스트 베시에르의 암살이다.

55. 오렌지 공 윌리엄1세는 오라녜 공 빌럼1세(Willem I, 1533~84)의 영어식 이름. 네덜란드의 초대 총독이었던 그는 스페인 구교 세력에 맞서 네덜란드를 독립 전쟁으로 이끌었고, 가톨릭 광신도였던 발타자르 게라트(Balthasar Gérard)에게 암살되었다. 부르봉왕조 최초의 왕인 프랑스 앙리4세(Henri

IV, 1553~1610) 역시 가톨릭 광신도인 프랑수아 라바이야크(François Ravaillac)에게 칼로 찔려 살해당했다. 1854년 판본에서 드 퀸시는 1588년 기즈 공작 앙리의 암살과 1589년 앙리3세의 암살을 여기에 추가했다.

56. 제임스1세와 찰스1세의 측근이었던 초대 버킹엄 공작 조지 빌리어스(George Villiers, 1592~1628)는 승진에서 제외된 데 불만을 품은 해군 중위 존 펠턴(John Felton)에게 암살당했다. 대영박물관의 수석 사서였던 헨리 엘리스(Henry Ellis, 1777~1869)는 '더들리 칼턴 경이 여왕에게 버킹엄 공작의 암살을 보고한' 편지를 『영국사 서간문 사료집(Original letters, illustrative of English History)』(1824) 3권 254~260쪽에 공개했다. "버킹엄 공작은…… 펠턴이라는 자에게…… 단검으로 단칼에 살해되었습니다. 그는 비틀거리며 뒤돌아보고는 한마디 내뱉었습니다. '이 악당!'"

57. 구스타부스 아돌푸스는 스웨덴 왕으로 30년전쟁 중 신교 세력 편에서 싸웠던 구스타프 아돌프(Gustav Adolf, 1594~1632)의 라틴어 이름. 그는 암살된 것이 아니라 뤼첸전투에서 전사했다고 알려져 있다. 보헤미아의 군인이며 30년전쟁에서 신성로마제국 군대의 사령관이었던 알브레히트 벤젤 에우세비우스 폰 발렌슈타인(Albrecht Wenzel Eusebius von Wallenstein, 1583~1634)은 황제의 비밀 지령을 받은 자신의 부하 장교 월터 데버루(Walter Devereux)에게 살해당했다. 구스타프 아돌프와 발렌슈타인은 30년전쟁 중 라이프치히 서남쪽의 뤼첸에서 벌어진 전투에서 각기 신교군과 독일 황제군을 이끌며 맞붙었고, 여기서 구스타프는 전사했지만 스웨덴 군이 승리했으므로 이 전투는 발렌슈타인이 황제의 눈 밖에 나는 구실이 되었다.

58. 여기서 드 퀸시는 월터 하트(Walter Harte, 1709~74)가 쓴 『스웨덴 국왕 구스타부스 아돌푸스의 생애(The History of the Life of Gustavus Adolphus, King of Sweden)』(1759)를 가리키고 있다. 하트의 설명에 따르면, 구스타프의 부하들이 "철수할 준비를 하고 있을 때, 한 제국군 기병이 눈에 띄지 않게 접근하여…… '나는 오래전부터 네놈과 싸워왔다!'라고 외치면서 총을 쏘았고 이는 폐하의 옥체를 관통했다".

59. 1854년 판본에서 드 퀸시는 여기에 부연 설명을 추가했다. "공개된 살육의 전장이라는 드넓은 무대 위 짧은 막간에 사적이고 은밀한 살인을 끼워 넣는다는 발상은, 마치 비극 안에 비극을 삽입한 햄릿의 교묘한 장치와도 같습니다."

60. 호라티우스(Horatius), 『시론(Ars Poetica)』(1691) 1권, 269쪽. 여기서 호라티우스가 말하는 '모범'은 그리스의 고전 시인들을 가리킨다.

61. 드 퀸시가 존 로크와 그의 철학에

대해 품었던 반감은 그의 다른 글에서도 간간이 드러난다. "나는…… 페일리와 로크 같은 작가들이 교사로서 혹은…… 진리의 신탁으로서 그토록 드높고 영향력 있는 위치를 차지한다는 것이 영국의 대학에 충격적이고 거의 저주스러운 일이라는 불워 씨의 생각에 동의함을 고백해야겠다. 로크에 대해 말하자면 나는 소년 시절에, 만약 로크 생전에 공개되고 밝혀졌다면 그의 철학 전체를 의혹으로 얼룩지게 만들었을 한 가지 우스꽝스러운 오류를 발견한 바 있다. 이는 아리스토텔레스의 삼단논법과 관련된 것으로, 로크가 조롱을 목적으로 쓴 것이다. 이른바 오류를 검증하는 과정에서 끔찍한 오류를 저지르는 것, 조롱거리를 폭로하면서 스스로 조롱거리를 노출하는 것은 치명적인 일이다. 그의 생전에 로크를 반박하는 2절판 책을 썼던 리(Lee)와 그 밖의 논자들이 이를 발견하지 못했던 것이 놀라울 따름이다. 이에 대해 나는 다른 지면에서 폭로할 것이다. 그리고 이와 비슷한 폭로가 한두 건 더 이루어진다면 그것은 내리막길에 접어든 이 철학의 몰락을 가속시킬 것이다."『테이츠 에든버러 매거진(Tait's Edinburgh Magazine)』(1835) 2권에 실린「한 영국인 아편쟁이의 자서전(Autobiography of an English Opium-eater)」, 549쪽.

62.『데카르트 선생의 생애(La Vie de Monsieur Des-Cartes)』(1691)를 쓴 아드리앵 바이에(Adrien Baillet, 1649~1706)는 프랑스 학자, 비평가, 르네 데카르트의 전기 작가다. 드 퀸시의 이야기는 이 책 102~103쪽에서 바이예가 설명한 내용과 거의 일치한다.

63. 독일 북부 엘베 강 어귀, 함부르크에서 엘베 강을 따라 북서부 방향에 있는 도시다.

64. 프리슬란트(Friesland) 혹은 프리지아(Frisia)는 현재의 독일과 네덜란드에 걸쳐 있는 북해 연안 지역의 옛 이름이다. 대체로 동프리지아는 현재의 독일 북부 해안 지역, 서프리지아는 현재의 네덜란드 북부 해안, 북프리지아는 현재의 독일과 덴마크 접경 지역에 해당하며, 이 지역에서는 프리지아 어를 사용한다.

65. 이튼 칼리지는 1440년 설립된 영국의 사립 중등학교다. 옥스퍼드영어사전(OED)은 'funk'를 '몸을 움츠러들게 만드는 공포'라고 정의하며 옥스퍼드 대학교에서 처음 생겨난 은어라고 밝히고 있다.

66. 재고 서적이나 파본에서 나온 종이들은 트렁크의 안감을 대는 데 많이 사용되었다.

67. Zuyder Zee. '남쪽의 바다'라는 뜻으로, 북해에 면한 네덜란드의 만(灣)을 가리켰다. 1932년 이 만 입구에 댐이 세워져 그 대부분의 해역이 농경지로 바뀌었다.

68. 유령 선원들의 전설에 나오는 유령선으로, 영원히 항해해야 하는 저주에 걸려 바다를 떠돈다. 바다에서 이 배를 마주치면 불길하다는 이야기가 있다.

69. 플루타르코스(Plutarchus), 『플루타르크영웅전(Bioi Parallēloi)』, 카이사르 전, xxxviii. 카이사르가 노예로 변장하고 배에 올라 적진을 몰래 지나가고 있는데 선장이 폭풍 때문에 뱃머리를 돌리려 하자 카이사르가 자신의 신원을 밝히면서 했던 말이다.

70. 이 일화는 출처가 불분명하다.

71. 통상적으로 스피노자의 사인은 결핵으로 알려져 있다.

72. 헤이그의 루터파 목사였던 요하네스 콜레루스(Johannes Colerus, 1647~1707)가 쓴 『베네딕트 데 스피노자에 대한 짧지만 믿을 만한 전기(Korte, dog waarachtige Levens-beschryving van Benedictus de Spinoza)』(1705)를 말한다. 드 퀸시는 이 책의 프랑스어 번역본을 참조했다.

73. 해군 군목이었던 헨리 통(Henry Teonge, 1621~90)은 1675년부터 1679년까지의 항해 기록을 일기로 남겼고, 드 퀸시의 절친한 친구였던 찰스 나이트(Charles Knight)가 1825년 이 일기를 편집하여 책으로 출판했다.

74. 동인도회사 소속의 외과의였던 존 프라이어(John Fryer, ?~1733)가 쓴 『동인도와 페르시아에 대해 8편의 편지에 담긴 새로운 이야기: 1672년부터 1681년까지 9년간의 여행(A New Account of East India and Persia in Eight Letters: being nine years travels, begun in 1672 and finished in 1681)』(1698)을 가리킨다.

75. 글자 그대로 하면 디아펜테는 다섯 가지의 조화, 디아테사론은 네 가지의 조화라는 뜻이다. 디아테사론은 4복음서의 조화라는 뜻도 있으며 4복음서를 한 권으로 묶은 책을 가리키기도 한다.

76. 17~18세기 네덜란드에서 통용된 은화.

77. 린들리 머리(Lindley Murray, 1745~1826)는 미국에서 태어나 영국에서 활동한 영문법 학자로, 당시 표준 문법책으로 통용된 『영문법(Grammar of English Language)』(1795)을 썼다.

78. 스피노자가 1670년 쓰기 시작했지만 완성하지 못한 『히브리어 문법 개요(Compendium Grammatics Linguae Hebraeae)』를 가리킨다.

79. 토머스 홉스(Thomas Hobbes, 1588~1679)는 『리바이어던(Leviathan)』(1651)에서 권위주의 국가의 사회계약 모델을 제시했다. 그는 자연 상태의 혼란에서

벗어나 사회를 안정시키려면 강력하고 집중된 절대적 국가권력이 필요하며, 윤리 법칙까지도 이 최고 권력에 종속되어야 한다고 주장했다.

80. 홉스는 1640년 수고 형태로 배포한 「법의 원리(Elements of Law, Natural and Politics)」에서 절대군주제를 옹호했다. 이 문건은 1650년 『인간 본성, 또는 정치의 근본 요소들(Human Nature, or the Fundamental Elements of Policie)』과 『정치체에 대하여(De Corpore Politico)』의 두 부분으로 나뉘어 출판되었다.

81. 문건의 필자, 즉 홉스를 가리킴.

82. 찰스1세는 1640년 4월 스코틀랜드와의 전쟁 비용을 대기 위해 11년 만에 의회를 소집했지만 의회는 자금 조달을 거부했고 이에 찰스1세는 5월 초 의회를 해산해버린다. 이를 '단기의회(Short Parliament)'라고 한다. 드 퀸시의 인용문은 『토머스 홉스의 명성, 충성, 예절, 종교에 대한 고찰(Considerations upon the Reputation, Loyalty, Manners, and Religion of Thomas Hobbes)』(1679), 『홉스 영문 저작집(The English Works of Hobbes)』(윌리엄 몰스워스[William Molesworth] 편집, 런던, 1839~45), 4권 414쪽에 실린 것이다.

83. 장기의회(Long Parliament)는 스코틀랜드와의 전쟁에서 패하고 배상금이 궁했던 찰스1세가 1640년 11월 다시 소집한 의회다. 그러나 왕에게 불만이 많았던 의회는 찰스1세의 항복을 노리고 강경한 조건을 내걸었다. 국왕과 의회의 충돌은 결국 내전으로 비화했으며, 여기서 패배한 찰스1세는 1649년 처형되었다. 이후 프랑스로 망명한 찰스2세를 대신해, 의회파의 사령관이었던 올리버 크롬웰(Oliver Cromwell)이 1649년 공화국(잉글랜드 연방)을 선포하고 호국경(Lord Protector)이 되어 1658년 사망할 때까지 영국을 통치했다. 장기의회는 중간에 크롬웰에 의해 잠시 해산되기도 했지만 공식적으로 1660년 찰스2세가 즉위하여 왕정복고가 이루어질 때까지 계속되었다. 홉스는 자신이 배포한 문건 때문에 의회파의 표적이 될 것을 두려워하여 1640년 프랑스로 피신했다.

84. 존 데니스(John Dennis, 1657~1734)는 영국의 비평가 겸 극작가로, 그의 유일한 성공작 『옹호된 자유(Liberty Asserted)』는 프랑스에 대한 격렬한 비난을 담고 있다. 그는 프랑스가 자신에게 복수하려 한다는 망상에 시달렸으며, 스페인 왕위 계승 전쟁 이후 위트레흐트조약(1713년) 협상 당시 프랑스가 자신의 신병 인도를 요구하고 있다고 믿고 조약에 자신을 보호하는 내용의 특별 조항을 넣어 달라고 청원하기도 했다.

85. 홉스는 크롬웰이 찰스1세를 처형한 뒤 스코틀랜드를 정벌 중이던 1651년

『리바이어던』을 발표하고 영국으로 돌아왔다.

86. 법관으로 찰스1세의 기소에 참여했던 아이작 도리슬라우스(Issac Dorislaus, 1595~1649)는 잉글랜드 연방의 주 네덜란드 대사로 임명되어 헤이그로 파견되었다가 왕당파들에게 암살당했다. 앤서니 아스컴(Anthony Ascham, 1618~50) 역시 잉글랜드 연방의 주 스페인 대사로 마드리드에 파견되었다가 왕당파들에게 암살당했다.

87. "Tum venit in mentem mihi Dorislaus et Ascham; Tanquam proscripto terror ubique aderat." 홉스, 「시로 쓴 자서전(Vita Carmine Expressa)」, 『홉스 저작집(Works of Hobbes)』, 1권 93쪽.

88. 이 책은 6보구와 5보구가 교대되는 애가조의 2행 연구(聯句) 시 형식을 취하고 있는데, 두 번째 행 뒷부분에서 무리하게 운율을 맞추느라 다소 어색한 문장이 되었다.

89. 홉스가 옥스퍼드 대학교 수학 교수였던 존 월리스(John Wallis, 1616~1703)에게 쓴 편지를 묶은 『토머스 홉스의 명성, 충성, 예절, 종교에 대한 고찰』을 가리킨다. 홉스는 이 책의 표지에서 월리스를 가리켜 "한 교양 있는 사람(a learned person)"이라고 적었다.

90. 실제로 홉스는 『리바이어던』의 무신론적 성향 때문에 비난을 받았으며, 세속 권력을 교회 권력의 우위에 놓은 그의 이론 탓에 성직자들의 미움을 샀다. 톰은 토머스 홉스의 이름이고 토머스 드 퀸시의 이름이기도 하다.

91. 드 퀸시는 콜리지가 『문학 평전(Biographia Literaria)』 10장에서 자신이 발행했던 신문 『더 프렌드(The Friend)』에 대해 했던 말을 패러디하고 있다. "……『더 프렌드』의 주요 목적은 이 구분을 확립하는 것이었다. 심지어 나 자신의 저작 목록에서도, 나는 출간되었다기보다 그냥 인쇄되었다고 해야 할 작품, 혹은 비록 출간되었지만 그냥 수고 상태로 남았더라면 불운한 저자에게는 더 좋았을 작품을 맞게 골라낼 수 있다."

92. 1670년 토머스 테니슨(Thomas Tenison, 1636~1715)이 발표한 『홉스 씨의 신념에 대한 고찰(The Creed of Mr. Hobbes Examined)』을 가리킨다. 테니슨은 1694년 존 틸롯슨(John Tillotson)이 죽은 뒤 그의 뒤를 이어 캔터베리 대주교가 되었다.

93. 원문에는 이 인용문을 닫는 따옴표가 빠져 있는데, 1854년의 수정본에는 이 자리에서 따옴표가 닫혀 있다.

94. 홉스는 「피크의 비경(De Mirabililus Pecci)」(1636)이라는 라틴어 시를 써서 이 지역의 아름다움을 극찬한 바 있다.

95. 온천과 동굴 등으로 유명한 관광지.

96. 채스워스 하우스는 더비셔에 있는 데번셔 백작(Earl of Devonshire)의 저택 이름이다. 홉스는 데번셔 백작 집안의 가정교사로 오래 일했다.

97. 홉스의 대표작 제목이자 욥기에 나오는 바다 괴물의 이름이기도 하다. 이 괴물은 절대 권력을 지닌 군주와 그 국가를 상징한다.

98. '데이프노소필라이'는 식도락가라는 뜻의 '데이프노소피타이(Deipnosophitae)'가 잘못 인쇄된 것이다. 드 퀸시는 나중에 「『블랙우즈 매거진』 편집장님께」에서 이 표기를 바로잡았다(228쪽 참조). 이는 아테나이오스(Athenaeus, 200년경 활동)가 쓴 책 제목으로, 여러 지식인들이 향연에서 만나 음식과 기타 주제에 대해 이야기하는 내용이다.

99. 키케로, 『로스키우스 변론(Pro Roscio Amerino)』, 7장, "그 아버지는 어느 날 저녁 만찬을 끝내고 돌아오는 길에, 팔라키나의 욕장 근처에서 피살되었습니다." 이는 아버지 섹스투스 로스키우스를 살해한 혐의로 기소된 아들 섹스투스 로스키우스(Sextus Roscius)를 키케로가 변호한 연설이다.

100. 키케로, 『신들의 본성에 관하여』(강대진 옮김, 나남, 2012), 1권 86장, 74~75쪽 참조.

101. 셰익스피어, 「오셀로(Othello)」, 2막 3장. "저 무서운 경종을 잠재워라, 이 섬을 잠에서 깨워 공포에 떨게 한다."

102. 니콜라 드 말브랑슈(Nicolas de Malebranche, 1638~1715). 프랑스의 사제, 철학자.

103. 조지 버클리(George Berkeley, 1685~1753), 아일랜드의 성공회 주교, 과학자, 철학자. 이 일화는 드 퀸시가 조지프 스톡(Joseph Stock)의 『조지 버클리의 생애(An Account of George Berkeley)』(1776)에서 인용한 것이다. 이 책에 따르면 버클리가 방문했을 때 말브랑슈는 "그의 독방에서, 당시 그가 앓고 있던 질환에 쓸 약을 작은 냄비에 담아 달이고 있었다…… 대화는 자연스럽게도 그의 신체를 자극했고, 상대편은 번역된 그의 저서를 통해 이 사실을 어느 정도 알고 있었다. 그러나 이 논쟁의 쟁점은 결국 불쌍한 말브랑슈에게 비극이 되었다.—논쟁이 달아오르자 그는 목소리를 한껏 높였고, 재사(才士)이자 프랑스인으로서 타고난 맹렬한 기질을 주체하지 못했다. 결국 그의 질환은 급격히 악화되었고 이는 며칠 후 그의 목숨을 앗아가버리고 말았다." 그러나 말브랑슈가 숙환으로 사망한 연도는 1715년이었고 당시 버클리는 영국에 있었으므로 이 일화는 신뢰성이 희박하다. 1713년에 버클리가 파리에 가서 말브랑슈를 만나려 했던 것은 사실이나, 실제 둘이 만났는지 여부는 불확실하다.

104. 호라티우스, 『서간집(Epistles)』, 2권 2장 102행. "나는 불같은 성미의 시인들을 달래기 위해 많이 인내합니다."

105. 셰익스피어, 「햄릿(Hamlet)」, 1막 5장. "그렇게 조작된 사인으로 덴마크 만백성의 귀를 야비하게 속였지." 햄릿에게 나타난 부왕의 유령이 하는 말.

106. 알렉산더 포프(Alexander Pope, 1688~1744), 「풍자에 대한 결언: 대화 II(Epilogue to the Satires: Dialogue II)」, 73행.

107. 인간의 정신과 육체 사이에 일어나는 모든 상호작용, 즉 우리가 무심히 행하는 모든 생각과 행동은 신의 의지가 작용한 결과물이라는 이론. 말브랑슈는 이 이론을 발전시킨 핵심 인물이었다.

108. 여기서 드 퀸시는 사실과 픽션을 뒤섞고 있다. 라이프니츠는 생전에 구두쇠라는 비난을 받았고 자손들에게 상당한 재산을 물려주었지만, 통풍과 배앓이로 1주일가량 거동을 못 하다가 침대에서 평화롭게 숨을 거두었다.

109. 새뮤얼 파(Samuel Parr, 1747~1825). 목사, 교육자. 논쟁을 일으키길 좋아했고 휘그당을 지지하는 맹렬한 논객이기도 했다. 매우 보수적인 토리당원이었던 드 퀸시는 그의 정견에 비판적이었다. 당시 버밍엄은 모조품과 위조품 생산지로 유명했는데, 드 퀸시는 파가 18세기 문장가 새뮤얼 존슨(Samuel Johnson)의 문체를 모방해 '버밍엄 박사'라는 별명을 얻었던 것을 비꼬고 있다. 파는 버밍엄 인근에 살았다.

110. Spital sermon. (지금은 없어진) 런던 세인트메리 구제 병원을 위해 14세기 후반부터 매년 부활절 즈음 행해져온 설교로, 현재까지도 런던 세인트로런스 주어리 교회에서 매년 열리고 있으며 런던 시장 등 고위 인사들이 출석한다. 파는 1800년 4월 15일 이 설교를 한 뒤 그 내용을 책으로 펴냈다.

111. 현재 러시아의 칼리닌그라드. 칸트는 이곳에서 평생 살았다. 칸트 생전에 이곳은 동프로이센 땅이었다.

112. 여기서 드 퀸시는 1819년 잉글랜드에서 일어난 실제 살인 사건을 염두에 두고 있는 듯하다. 이 사건은 당시 그가 편집을 맡고 있던 『웨스트몰랜드 가제트(Westmorland Gazette)』에 보도되었다. 살인범인 로버트 딘(Robert Dean)은 "먼저 롱맨 양을 살해하려 했으나, 그녀에게는 씻어야 할 죄가 있음을 고려하여 죄 없는 어린아이를 죽이기로 결심했다(죄 없는 어린아이는 죽으면 바로 천국에 들어갈 수 있으므로). 그래서 그는 그 불쌍한 갓난아이를 잡아다 목을 베었다." 「드 퀸시와 살인범의 양심(De Quincey and a Murderer's Conscience)」, 『타임스 리터러리 서플먼트(Times Literary Supplement)』(1936년 12월

5일), 1016쪽.

113. 1678년 잉글랜드의 치안판사였던 고드프리 경(Sir Edmondbury Godfrey)이 칼에 찔려 구덩이에 던져진 시체로 발견되자 가톨릭교도들이 범인이라는 소문이 떠돌았고, 이는 가톨릭교도들이 정권을 장악하려 한다는 '가톨릭 음모 사건'으로 비화되어 35명이 처형되기에 이른다. 그러나 소문의 배후인 국교회 사제 타이터스 오츠(Titus Oates)의 주장은 결국 조작으로 드러났고, 고드프리의 살인범은 끝내 밝혀지지 않았다. 제임스 조이스(James Joyce)는 "에드먼드베리 고드프리 경의 살인은 너무나 예술적으로 은밀하여 드 퀸시의 감탄을 불러일으켰다"라고 썼다. 『제임스 조이스: 수필, 비평, 정치적 글들(James Joyce: Occasional, Critical, and Political Writings)』(2000), 84쪽.

114. 마르티알리스(Martialis, 41?~103?), 『경구(Epigrams)』, 8권 56편 5행. "수많은 마에케나스가 있으라, 그러면 수많은 마로와 플락쿠스가 시들지 않으리라. 그리고 너의 분야에도 베르길리우스가 나타나리라." 아우구스투스의 고문이었던 마에케나스(Maecenas, B.C. 74?~8)는 베르길리우스(Vergilius, B.C. 70~19)와 호라티우스를 비롯한 여러 로마 문필가들의 후원을 도맡아 '메세나'의 어원이 되었다. 마로는 베르길리우스, 플락쿠스는 호라티우스의 별명이다.

115. 존 그론트(John Graunt, 1620~74). 통계학자로 인구학의 기초를 놓았다.

116. 프랜시스 루스컴(Frances Ruscombe)과 그 하녀 메리 스위트(Mary Sweet)는 1764년 9월 27일 살해되었다. 살인범은 금화 90파운드를 훔쳐 달아났고, 혐의자들이 체포되었지만 진범은 끝내 잡히지 않았다.

117. 조지 3세의 재위 기간은 1738년부터 1820년까지였다.

118. 여기 나오는 외과의는 드 퀸시의 어린 시절 그의 집안 주치의였던 찰스 화이트(Charles White)를 가리킨다. 그는 자신이 검시에 참여했던 한 노상강도 사형수의 골격을 자신의 개인 박물관에 소장하고 있었다. 드 퀸시는 그가 브리스틀 사건의 범인일 가능성이 높다고 믿었다. 화이트는 드 퀸시에게 자신의 박물관을 적어도 두 번 구경시켜 주었다.

119. 윌리엄 컴버랜드 크룩생크(William Cumberland Cruickshank). 해부학자.

120. 교수형에 처해진 사형수는 법에 따르면 숨이 끊어질 때까지 매달려 있어야 했다.

121. 자기 아버지를 독살하여 1752년 처형된 메리 블랜디(Mary Blandy) 사건을 가리킴.

122. 1780년 존 도넬런(John

Donnellan)이 자신의 처남인 시어도시어스 보우튼 경(Sir Theodosius Boughton)의 유산을 노려 그를 독살한 사건을 가리킴. 드 퀸시는 시어도시어스를 시어필러스로 잘못 표기했다.

123. 독약을 이용한 살인이 특히 이탈리아에서 성행한다는 생각은 15~16세기 보르지아(Borgia) 가문이 정적에 대한 독살로 악명을 떨쳤던 역사에서 유래한 듯하다.

124. 지오반니 볼파토(Giovanni Volpato, 1738~1803). 이탈리아 판화가.

125. 국교회 사제인 제러미 테일러(Jeremy Taylor, 1613~67)는 드 퀸시가 존경한 인물이었다. 이 부분은 그의 저서 『양심의 법칙(The Rule of Conscience)』 4권 1장 중 「공포와 폭력, 그리고 이것들이 어떻게 자기도 모르는 행동을 일으키는지에 대하여(Of Fear and Violence, and how these can make an Action Involuntary)」에서 인용했다.

126. 1826년 2인조 강도가 맨체스터 인근의 한 여관에 침입해 하녀를 죽였다. 이 범죄 현장을 목격한 여관의 심부름꾼 소년은 범인으로부터 달아나기 위해 계단 꼭대기에서 난간을 타 넘어 바닥으로 뛰어내렸다고 진술했다. 매킨드(혹은 매킨) 사건에 대해서는 「(「예술 분과로서의 살인」에 부치는) 후기」 194~202쪽 참조.

127. 이 이야기는 허구이지만, 1824년 만하임의 한 제빵사가 살해된 실제 사건을 토대로 착안했을 수 있다. 『워즈워스 서클(Wordsworth Circle)』 27호(1996) 77~80쪽에 실린 프레더릭 버윅(Frederick Burwick)의 「드 퀸시와 폭력의 미학(De Quincey and the Aesthetics of Violence)」 참조.

128. 빵을 희게 만들기 위해 넣는 화학 첨가제.

129. 직업 제빵사이자 권투 선수로 유명했던 잭 마틴(Jack Martin)을 가리킨다. 그는 존 서텔의 시합 동료이기도 했다. 롤은 롤빵이라는 뜻도 있지만 상대의 펀치 방향으로 몸을 움직여 공격을 피하는 기술을 뜻하기도 한다.

130. 녹다운 당해 수평으로 뻗는 모습을 재미있게 표현한 것.

131. 존 윌리엄스가 사용했던 살인 무기다.

132. 테일러(Taylor), 『거룩한 죽음(Holy Dying)』에 실린 글 「병상에서 회개의 은총을 행하는 것에 관하여(Of the practise of the Grace of Repentance in the time of Sickness)」 중에서 인용.

133. 마르쿠스 아우렐리우스(Marcus Aurelius Antoninus, 121~180), 『명상록(Meditations)』, 3권 1절. 드

퀸시는 제러미 콜리어(Jeremy Collier)의 1701년도 번역본을 인용하였다.

134. 살인자를 말함.

135. 드 퀸시는 「(「예술 분과로서의 살인」에 부치는) 후기」의 대부분을 윌리엄스 살인 사건에 할애하였다. 127~194쪽 참조.

136. '이 나무망치는 함부르크 출신의 독일인 선원 욘 페테르센의 것이었다.' T. A. 크리츨리(T. A. Critchley), P. D. 제임스(P. D. James), 『나무망치와 배나무: 1811년 래트클리프 하이웨이 살인 사건(The Maul and the Pear Tree: The Ratcliffe Highway Murders 1811)』(런던, 1971), 97쪽.

137. 윌리엄스는 1811년 12월 11일 뉴 그래블 레인의 한 선술집에 몸을 숨긴 다음 이곳 주인인 윌리엄슨 부부와 하녀 한 명을 살해했다.

138. 호라티우스, 『시론』, 173행.

139. 이는 누구인지 확인되지 않았다.

140. 키케로, 『신들의 본성에 관하여』(강대진 옮김, 나남, 2012) 2권, 5장 103쪽 참조.

141. 아령은 권투 선수들이 훈련할 때 쓰는 운동 기구이므로 아마추어 권투 선수였던 서텔이 쓰기에 자연스런 무기였다.

142. 베르길리우스의 『아이네이스(Aeneis)』는 호메로스의 『일리아드』를 전범으로 삼아 지어졌지만 그 자체로 독창적인 가치를 지니고 있다.

143. 여기서 드 퀸시는 아리스토텔레스의 『시학(Poetics)』 15장 첫 부분에 나오는 다음 구절을 패러디하고 있다. "'성격'에 있어 목표로 삼아야 할 것은 네 가지다. 그 첫 번째로 가장 중요한 것은 성격이 선량해야 한다는 것이다."

144. 아리스토텔레스, 『시학』, 6장. "비극은…… 연민과 공포를 재현함으로써 그러한 감정에 대한 카타르시스를 실현한다."

145. 에이브러햄 뉴랜드(Abraham Newland, 1730~1807)는 1778년부터 1807년 사망할 때까지 영국의 중앙은행인 영란은행의 출납국장을 지냈다. 그 기간 발행된 모든 지폐에는 그의 서명이 들어갔으므로 영국인이라면 모두 그의 이름을 알고 있었다.

146. Prester John. 옛 유럽인들이 극동에 있다고 상상한 기독교 국가의 황제.

147. "with every delicacy of the season." 이는 사교계 만찬 행사를 보도하는 신문 기사에 자주 등장한 상투 어구였다.

148. cockney. 런던 토박이를 다소 경멸투로 일컫는 말.

149. 런던 도심의 복잡한 미로를 가리킴.

150. 영어에 '재단사 아홉이 모여야 사람 한 명이 된다(Nine tailors make a man)'라는 옛 속담이 있다. 이 속담의 유래에 대해서는 여러 가지 설이 있는데, 그중 하나는 사람이 죽었을 때 종을 아홉 번 친다는 뜻의 '종 아홉 번에 사람 한 명(Nine tellers mark a man)'이라는 표현이 와전되어 생긴 말이라는 것이다.

151. "Ingenuas didicisse fideliter artes, Emollit mores, nec sinit esse feros." 오비디우스(Ovid), 『흑해에서 보낸 편지(Ex Ponto)』, 2권, 9번째 편지, 47~48행.

152. 1806년 11월 13일 오후 5시경 영국리넨회사은행의 사환이던 윌리엄 베그비(William Begbie)가 스코틀랜드 에든버러 하이 스트리트에 있는 은행 구내로부터 멀지 않은 곳에서 빵칼로 심장이 찔려 살해되었다. 범인은 4000파운드가 넘는 돈을 훔쳐 군중 속으로 달아났다. 큰 현상금이 걸렸지만 범인은 끝내 잡히지 않았다. 이후 에든버러에서 '베그비 살인 사건'은 풀리지 않은 미스터리를 일컫는 대명사가 되었다.

153. "Sed fugit interea, fugit irreparabile tempus, Singula dum capti circumvectamur amore." 베르길리우스, 『농경시(Georgics)』, 3권 284~285행.

154. 유베날리스(Juvenalis), 『풍자시(Satires)』, 1편 1~2행.

155. B.C. 44년 카이사르를 암살한 마르쿠스 유니우스 브루투스(Marcus Junius Brutus, B.C. 85~42)를 말함.

156. "called aloud on Tully's name, And bade the father of his country hail!" 마크 아컨사이드(Mark Akenside, 1721~70), 『상상의 즐거움(The Pleasure of Imagination)』, 1권 496~498행. 이 시는 브루투스의 카이사르 암살 순간을 상상력을 입혀 묘사한 것이다. '툴리'와 '조국의 아버지'는 모두 키케로의 별칭이다. 키케로는 카이사르의 암살 당시 현장에 있었는데, 브루투스는 거사 직후 피 묻은 단검을 치켜들고 키케로에게 "이제 공화정을 회복시키시오!"라고 외쳤다고 한다. 키케로는 카틸리나의 공화국 전복 음모를 분쇄한 후 '조국의 아버지'라는 칭호를 얻었다.

157. 셰익스피어, 「리어왕(King Lear)」, 3막 4장 138행. "길고 긴 7년 동안 톰이 먹은 거라곤 생쥐와 시궁쥐, 아주 작은 짐승뿐이었어."

158. "fungar vice cotis, ecutum; Reddere quæ ferrum valet, exsors ipsa secandi." 호라티우스, 『시론』, 304행.

「예술 분과로서의 살인」에 대한 두 번째 글[1]

노스 박사님,[2] 귀하는 자유로운 분입니다. 현대 정치가들과 교육 잡상인들이 쓰는 속어적 의미에서가 아니라 참으로 고전적인 의미에서 자유로운 분입니다. 그렇기에 저는 귀하께서 제 처지에 공감하시리라 확신합니다. 저는 박해받는 사람입니다. 노스 박사님, 특별히 심한 박해를 받고 있습니다. 박사님이 허락해 주신다면 그 경위를 간략히 말씀드리겠습니다. 흉악한 중상 비방의 현장이 폭로될 것이나, 박사님은 모든 일을 다시 바로잡아주실 것입니다. 박사님이 적절한 방향으로 눈살을 한번 찌푸려 주시거나 경고의 뜻으로 목발을 한번 흔들어 주신다면 저에 대한 여론은 바로잡힐 것입니다. 유감스럽게도 지금 여론은 제게 다소 적대적이며 이는 모두 비방꾼들의 사악한 술책 탓입니다. 하지만 제가 박사님께 진상을 알려 드리겠습니다.

제가 여러 해 전 살인 '애호가(*dilettante*)'로서 세상에 나왔던 것을 박사님은 기억하실 것입니다.[3] 어쩌면 애호가는 너무 강한 단어인지도 모릅니다. 소심하고 유약한 대중의 취향에는 '감정가(*connoisseur*)'가 더 적합합니다. 적어도 이 말에는 유해한 구석이 없습니다. 누군가 살인을 마주했을 때 그의 눈과 귀와 이해력을 무조건 주머니 속에 쑤셔넣어야 하는 것은 아닙니다. 그가 완전히 혼수상태가 아니라면, 취향의 관점에서 어떤 살인이 다른 살인에 비해 더 좋거나 나쁜지를 반드시 구분할 수 있을 것입니다. 조각상, 회화, 오라토리오, 음각 및 양각 세공 등이 그렇듯 살인에도 그 가치의 미묘한 차이가 존재합니다. 누가 말을 지나치게 많이 하거나 너무 공공연히 떠든다는 이유로 화를 낼 수는 있지만(지나치다는 표현이 나왔으니 말이지만, 취향은 아무리 수준 높게 다듬어도 지나치지 않습니다), 어떤 경우에도 생각하는 것만은 허락되어야 합니다. 그리고 박사님은 그 누구보다 이 주제에 대해 깊고 올바르게 생각하신다고 저는 확신합니다. 박사님께서 발표하신 저 짧은 예술적 에세이에 대해 제 이웃들 전부가 알게 되었다고 하면 믿으시겠습니까? 그와 동시에 공교롭게도 그들은 제가 관계하고 있던 클럽과 제가 주최한 만찬에 대해서도 알게 되었고—이 클럽과 만찬은 귀하의 에세이와 똑같이, 폐하의 신민들에게 올바른 취향을 보급한다는 소박한 목적을 위한 것이었습니다—저를 겨냥해 가장 야만적인 중상을 퍼부었습니다. 특히 그들은 저 또는 그 클럽—이 둘은 동일하게 취급되었습니다—이 훌륭히 연출된 살인 사건에 대해 포상금을 내걸었으며, 살인 과정에 결함이나 실수가 있을 경우 비밀 동조자들에게 배포한 표에 의거해 소정의 액수를 포상금에서 제한다고 말하고 다녔습니다. 자, 박사님, 제가 이 만찬과 클럽에 대한 모든 진실을 알려 드리겠습니다. 그러면 귀하는 세상이 얼마나 악의적인지 아시게 될 겁니다. 하지만 그러기 전에, 저는 이 문제에 대해 제가 품고 있는 참된 원칙을 우선 터놓고 말씀드리려 합니다.

살인에 대해 말하자면 저는 평생 단 한 번도 살인을 저지르지 않았습니다. 이는 제 친구들 모두가 익히 알고 있는 사실입니다. 저는 아주 많은 이들의 서명을 받아 이를 증빙하는 서류를 제출할 수도 있습니다. 실제로 그렇게 한다면 그 정도로 확실한 증빙서를 내놓을 수 있는 사람이 과연 많을지 저는 의구심이 듭니다. 모르긴 몰라도 제 것은 식탁보만 한 크기일 것입니다. 어느 날 밤 클럽 모임이 파하고 다른 사람들이 전부 자리를 떴을 때 제가 자기 목을 지나치게 함부로 다루었다고 주장하는 한 회원이 있긴 합니다. 그러나 보십시오. 그는 자신의 문맹…… 문명화 상태[4]에 따라 말을 바꾸고 있습니다. 취해서 인사불성이 아닐 때는 그도 제가 자기 목을 곁눈질하는 모습을 포착했으며, 그 후 몇 주 동안 제가 침울해했고 감정가의 예민한 귀에는 제 목소리가 놓친 기회를 아쉬워하는 듯이 들렸다고 주장하는 데 그칩니다. 그러나 낙담한 사람은 바로 그라는 것을, 연장도 없이 거사에 나선 치명적 태만에 대해 그가 가끔씩 투덜거렸음을 클럽 사람들 모두가 알고 있습니다. 더구나 이는 두 아마추어 사이에서 일어난 일이며, 이런 경우에 불거지는 악감정이나 거친 언사에 대해서는 모두가 눈감아줍니다. 귀하는 이렇게 말할지도 모릅니다. “그러나 살인자가 아니라 해도, 우리 잡지의 기고자가 살인을 부추기거나 심지어 주문했을지도 모른다는 얘기 아닙니까?” 아닙니다. 제 명예를 걸고 말하건대 그런 것이 아닙니다. 그리고 그것이 바로 제가 귀하께서 충분히 납득하실 만큼 주장하고자 했던 부분입니다. 사실 저는 살인에 관한 모든 것에 대단히 까다로운 사람입니다. 어쩌면 그 섬세함이 너무 지나친지도 모르겠습니다. 스타게이로스인은 타당하게도 양 극단 사이의 중간 지점(τὸ μέσον)에 미덕이 있다고 하였습니다.[5] 어쩌면 이는 저의 경우를 고려해서 한 이야기인지도 모릅니다. 중용이란 분명히 모든 사람이 목표로 삼아야 하는 것입니다. 그러나 말하기란 행하기보다 쉽습니다. 그리고 저는 모두가 알다시피 심장이 물러터진 허약 체질이기에, 살인이 너무 많은 것과 너무 적은 것 양극 사이에 안정된 적도선을 유지하기가 제겐 힘겹습니다. 저는 너무 여립니다. 박사님, 너무나 여립니다. 그냥 빠져나가선 안 되는 자들이 제 손에서는 손쉽게 빠져나가고 맙니다—아니, 단 한 번도 목숨을 위협받지 않은 채 살아갑니다. 믿건대 만일 제가 세상사를 관장한다면 연중 내내 거의 한 건의 살인도 일어나지 않을 것입니다. 사실 저는 미덕과 선과 그런 모든 것들의 편입니다. 그러한 미덕을 제가 얼마나 극단적으로 추구하는지 보여주는 두 가지 예를 귀하께 들어 보겠습니다. 그 첫 번째는 얼핏 하찮게 보일 수도 있습니다만, 제 조카를 아신다면 그렇게 보이지 않을 것입니다. 그 아이는 교수형 틀에 매달릴 운명을 안고 태어났으며, 제가 잔소리로 제지하지 않았다면 이미 오래전에 그렇게 됐을 것입니다. 그 녀석은 무서우리만큼 야심이 크며 자기가 살인의 대다수 분야에 대해 세련된 취향을 갖고 있다고 자부합니다만, 실은 제게서 엿들은 것을 빼면 그 주제에 대해 하나도 아는 게 없습니다. 이는 누구나 다 아는 사실이기에, 클럽에서는 그가 제 친척이라는 이유로 최대한의 관용을 베풀었음에도 녀석을 두 번이나 제명해야 했습니다. 사람들은 제게 와서 이렇게 말했습니다. "정말로, 회장님, 저희가 회장님 친척을 열심히 뒤치다꺼리하지 않겠다는 말은 아니지만, 그래도 뭐라 해야 합니까? 저 녀석이 우리 얼굴에 먹칠을 하리라는 걸 회장님 스스로가 잘 아시지 않습니까? 만약 우리가 저 녀석을 뽑으면, 우리의 선택을 정당화하기 위해 다음번엔 졸렬하고 참혹한 살인 사건 소식을 들어야 할 겁니다. 그리고 그게 어떤 꼴이 되겠습니까? 그게 예술가의 아틀리에보다 도살장에 더 잘 어울리는 불명예스러운 사건이 되리란 건 회장님도 우리만큼 잘 아실 것입니다. 그는 장터에서 술에 취해 돌아오는 덩치 큰 농부나 뭐 그런 거한에게 달려들겠지요. 유혈이 낭자할 테고, 그는 우리가 취향과 마감과 극적 배치를 내던지고 그따위 것을 용인하리라 기대할 것입니다. 그리고 다시 말하지만 그가 연장은 어떻게 사용하겠습니까? 십중팔구 커다란 식칼이나 보도블록 따위를 휘두르겠죠. 척 봐도(coup d'œil) 19세기의 섬세한 기술자보다는 흉측한 거인이나 키클롭스가 저지른 짓으로 보일 것입니다." 그 정황은 진실의 손으로 묘사되어 있었습니다. 저는 그 말을 받아들일 수밖에 없었고, 이 문제에 대한 개인적 감정으로 말하자면 그런 것은 처음부터 배제해놓은 터였습니다. 다음 날 아침 저는 조카를 불러 이야기했습니다. 이는 아시다시피 민감한 상황이었지만, 저는 배려에 치중하느라 의무를 회피하지는 않겠다고 결심했습니다. 저는 말했습니다. "존, 내가 보기에 너는 인생과 그 인생에서 해야 할 일에 대해 잘못된 견해를 갖고 있는 것 같구나. 너는 야심에 떠밀려, 네가 현실적으로 성취할 수 있는 일보다는 한번 해보면 근사할 것 같은 일을 꿈꾸고 있다. 내 말을 믿으렴. 남자가 꼭 살인을 저질러야만 존경받을 수 있는 것은 아니란다. 많은 사람들이, 훌륭하든 나쁘든 그저 그렇든 그 어떤 식의 살인도 기도하지 않고 매우 존경할 만한 삶을 살고 있단다. 네 첫 번째 할 일은 '네 어깨로 무엇을 감당할 수 있으며, 무엇을 감당할 수 없는가?(*quid valeant humeri, quid ferre recusent?*)'[6]를 스스로에게 묻는 것이다. 우리 모두가 이 삶에서 천재가 될 수는 없단다. 그리고 실패해서 모두에게 충격을 주기보다는 겸허한 위치를 충실히 지키는 데 만족하는 편이 너에게 이익이다. 그리고 그 실패는 네가 성공 가능성을 과시했던 것만큼 두드러져 보일 것이다." 존은 아무 대답도 하지 않았고 그 순간 아주 뿌루퉁해 보였습니다. 저는 이것으로써 제 가까운 친척이 구원되었기를 바랄 뿐입니다. 마치 서사시를 쓰는 것만큼이나 자기 능력을 넘어서는 일을 기도해서, 스스로를 웃음거리로 만들지 않게끔 말입니다. 다른 이들은 그가 저와 클럽 전체에 대해 복수심을 품고 있다고 말합니다. 그러나 저는 어쨌건 "제 영혼을 구원했으며(*liberavi animam meam*),"[7] 보시다시피 살인의 횟수를 줄이려는 소망으로 얼마간의 위험을 감수한 것입니다. 그러나 두 번째 사례는 제 미덕을 더더욱 힘 있게 보여주고 있습니다. 한 남자가 제 하인이 되겠다고 찾아왔습니다. 마침 그 자리는 비어 있었습니다. 그는 우리 예술 분야에 조금 발을 담가봤다는 평판이 있었고, 혹자는 그에게 볼 것이 전혀 없지 않다고도 했습니다. 그러나 제가 놀란 점은, 그가 이 예술을 제 하인으로서 자신의 정규 업무 중 하나로 알고 있었다는 것입니다. 그것은 제가 허락할 수 없는 일이었습니다. 그래서 저는 지체 없이 말했습니다. "리처드(혹은 경우에 따라서 제임스), 자네는 내 사람됨을 오해하고 있네. 만약 이 힘든(그리고 유감스럽지만 하나 더 추가하자면 위험한) 예술 분야를 꼭 실습해야 한다면 — 또 그 분야에 압도적인 천재성이 있다면, 뭐, 다른 사람보다는 내 밑에서 일하면서 자기 연구를 수행하는 편이 낫겠지. 그리고 자기보다 더 취향이 탁월한 사람에게 지도를 받는다면 자신한테나 그 작업 대상한테나 해로울 것이 없으리라고 보네. 천재성도 물론 중요하지만 예술을 오래 연구한 사람은 항상 조언할 자격이 있는 법이니까. 하지만 여기까지. 내가 일반적인 원칙은 제시해줄 것이네. 그러나 구체적인 사례에 대해서는 단호히 말하건대 일체 관여하지 않을 걸세. 자네가 계획하는 그 어떤 특정한 예술 작업에 대해서도 내게 말하지 말게. 이에 대해 나는 전적으로 반대하네. 일단 사람이 살인에 경도되면 이내 절도쯤은 우습게 생각하게 되고, 절도 다음에는 음주와 안식일 위반으로, 그다음에는 무례와 게으름으로 옮아가기 때문이지. 한번 이런 내리막길을 타게 되면 어디서 멈추게 될지 알 길이 없다네. 많은 이들의 타락이, 그 당시에는 대수롭지 않게 여겼을 그런저런 살인으로부터 시작되었다네. '(병이 생기기 전에) 애초부터 막아라(*Principiis obsta*).'[8] 그것이 나의 원칙이라네." 이상이 제가 한 말이었고, 저는 항상 그 말에 따라 행동했습니다. 이것이 미덕이 아니라면 과연 무엇이 미덕인지 저는 알고 싶습니다. 하지만 이제는 만찬과 클럽에 대해 말씀드릴 차례입니다. 이 클럽은 저 혼자서 만든 것이 아닙니다. 그것은 진리의 보급과 새로운 사상의 소통을 위한 다른 비슷한 협회들과 마찬가지로, 어느 한 사람의 제안에 의해서라기보다는 필요에 의해 자연스럽게 발생했습니다. 만찬에 대해서는, 만약 누구 한 사람을 그 책임자로 지목할 수 있다면 그는 바로 우리 사이에 '굴속의 두꺼비(*Toad-in-the-hole*)'[9]라는 별명으로 알려진 한 회원이었습니다. 그런 별명을 갖게 된 것은 인간을 혐오하는 그의 비관적 기질 때문이었습니다. 그는 현대의 모든 살인에 대해 그 어떤 정식 유파에도 못 낄 불완전한 실패작이라며 경멸을 감추지 않았습니다. 우리 시대의 가장 훌륭한 작품들에 대해 그는 냉소적으로 짖어댔습니다. 종내는 이렇게 짜증 잘 내는 성미가 더욱 고약해져서 그는 '옛날이 더 좋았다고 한탄하는 사람

(*laudator temporis acti*)'으로 악명을 떨치게 되었기에 아무도 그와 교제하고 싶어 하지 않았습니다. 이는 그를 더욱 공격적이고 신랄하게 만들었습니다. 그는 혼자 중얼중얼하고 딱딱거리면서 돌아다녔습니다. 어디서 마주치건 그는 "비열한 사기꾼 — 극적 배치도 없고 — 기법에 대해선 아무 생각도 없고 — 또……" 하는 식으로 더 이상 알아듣기 힘든 혼잣말을 중얼거리고 있곤 했습니다. 마침내 그는 일상생활을 잇는 것이 고통스러워진 듯했습니다. 그는 거의 말을 하지 않았고 공중에 뜬 유령들과 대화를 나누는 듯 보였으며, 그의 집 가정부가 우리에게 전한 말에 따르면 그의 독서 목록은 레이놀즈가 쓴 『살인에 대한 신의 복수』[10]와, 월터 스콧 경이 『나이젤의 운명』에서 언급한, 그보다 더 오래된 동명의 책[11]에 거의 한정되어 있었습니다. 어쩌면 『뉴게이트 캘린더』[12]의 1788년도 항목까지는 가끔씩 읽었을지도 모릅니다만, 그보다 후대에 나온 책은 일체 들여다보지 않았습니다. 사실 그는 프랑스혁명이 살인을 퇴보시킨 큰 원인이라는 이론을 가지고 있었습니다.[13] 그는 말하곤 했습니다. "머잖아 사람들은 닭 잡는 기술도 잊어버릴 거요. 이 예술의 기초 자체가 소멸될 거요!" 1811년 그는 사교계를 떠나 은둔했습니다. 굴속의 두꺼비는 사람들이 모이는 장소에서 자취를 감추었습니다. 우리는 그가 늘 찾던 곳에서 그를 볼 수 없었습니다 — 저 풀밭에도 숲에도 그는 없었습니다. 그는 하수도 도랑 옆에서 한낮의 나른한 몸을 길게 늘어뜨리고, 뒤범벅되어

흘러가는 오물들을 뚫어져라 바라보곤 했습니다.[14] "개들도 예전 같지 않아—마땅히 갖춰야 할 본성을 잃었어. 내 기억에 우리 할아버지 때만 해도 살인에 대해 개념을 갖춘 개들이 좀 있었어. 내가 알던 한 마스티프는 매복해 적수를 기다리다가, 좋은 취향에 걸맞도록 멋지게 그놈을 살해했다오. 그렇다오—또 내가 알던 한 수고양이는 암살자였지. 그런데 지금은," 그리고, 화제가 너무 고통스러워지자 그는 손으로 철썩 이마를 짚더니, 갑자기 벌떡 일어나 그가 가장 즐겨 머무는 하수도 도랑 쪽을 향해 가버렸습니다. 그곳에서 한 아마추어가 그를 목격했는데 말을 걸기가 위험해 보일 정도로 상태가 안 좋았다고 합니다. 그리고 얼마 안 있어 그는 완전히 틀어박혔습니다. 사람들은 그가 우울증에 빠졌다고 여겼습니다. 세인들은 그 굴속의 두꺼비가 결국 스스로 목을 맸다고 생각했습니다.

몇몇 다른 의문에 대해서도 그러하듯 그 점에서도 세인들은 틀렸습니다. 굴속의 두꺼비는 잠들었을지는 몰라도 죽지는 않았습니다. 그리고 우리는 그 증거를 똑똑히 눈으로 보았습니다. 1812년의 어느 날 아침,[15] 한 아마추어가 굴속의 두꺼비를 목격했다는 소식을 가져와 우리를 놀라게 했습니다. 그 아마추어는 그가 도랑가에서 급한 걸음으로 이슬을 털며 우체부를 맞이하러 가는 것을 보았다고 했습니다.[16] 그것만도 놀라운 일이었는데, 그가 깨끗이 면도하고 예의 그 칙칙한 옷을 벗어던진 뒤 옛 새신랑처럼 치장하고 있었다면 얼마나 더 놀라웠겠습니까?

이 모든 게 무슨 의미였을까요? 굴속의 두꺼비가 미쳐버린 것일까요? 어떻게 해서 그리 됐을까요? 그 비밀은 곧 밝혀졌습니다. 비유적인 의미를 넘어 정말로 '살인이 탄로 난'[17] 것입니다. 런던의 조간신문들이 배달되었고, 거기에는 그로부터 불과 3일 전 런던 심장부에서 전례를 능가하는 금세기 최고의 살인 사건이 발생했다는 뉴스가 실려 있었던 것입니다. 그것이 바로 래트클리프 하이웨이 29번지 마 씨 상점에서 윌리엄스가 일으킨 대살상의 걸작(*chef-d'œuvre*)이었음은 거의 말할 필요도 없습니다. 그것은 최소한 공개된 바에 따르면 그 예술가의 데뷔작이었습니다. 어떤 이들은 그로부터 12일 뒤 윌리엄슨 씨의 술집에서 일어난 것—첫 번째 것과 동일한 조각도에서 탄생한 그의 두 번째 작품—이 그보다 더 뛰어나다고 말하기도 했습니다. 그러나 굴속의 두꺼비는 이런 의견에 언제나 "극렬히 반대"했습니다. 그는 둘을 비교하는 데 대해 분통을 터뜨리기까지 했습니다. 그는 자주 이렇게 말하곤 했습니다. "라 브뤼예르의 말마따나 저속한 '비교 취향(*gout de comparaison*)'[18]은 우리의 파멸이 될 것이오. 각각의 작품은 저마다 별개의 특성을 갖고 있으며 그 자체로 비교가 불가능한 것이오. 어쩌면 누구는 『일리아드』를 들고 누구는 『오디세이아』를 들지도 모르오. 그런 비교를 해서 얻는 게 무엇이오? 둘 중 어느 하나가 다른 것을 뛰어넘은 적도 없고, 앞으로도 그럴 일은 없을 것이오. 당신들이 몇 시간을 떠든다 해도 문제는 다시 그 자리로 돌아올 것이오." 그러나 그 모든 비평이 헛될지라도 양쪽의 주장만 가지고 책 한 권씩을 채울 수 있다고 그는 자주 말하곤 했습니다. 심지어 그는 그 주제에 대해 4절판 책을 출판할 것을 제안하기도 했습니다.

그건 그렇고 그 굴속의 두꺼비는 어떻게 그토록 이른 아침부터 이 위대한 예술 작품에 대한 소식을 들을 수 있었는가? 그는 런던의 한 통신원이 발송한 우편을 속달로 받아 보았습니다. 그 통신원은 '두꺼비'를 대신해 예술의 진보를 주시하다가 평가할 만한 작품이 나타날 경우 그 비용이 얼마가 들든 특급 우편을 부치라는 대략의 지시를 받고 있었습니다. 그러니 예술의 극치가 등장한 상황에서는 얼마나 더 많은 비용을 아낌없이 들였겠습니까! 그 속달우편은 굴속의 두꺼비가 이미 잠자리에 든 한밤중에 도착했습니다. 그는 시간이 늦었다며 중얼중얼 툴툴댔지만 물론 나와서 문을 열어 주었습니다. 전보 내용을 확인한 그는 배달부를 얼싸안고는 그를 형제요 수호자라 치켜세웠습니다. 또 그에게 3대에 걸쳐 연금을 수여했고, 그에게 작위를 수여할 권한이 없는 데 대해 유감을 표시했습니다. 한편 그가 집 밖으로 나왔으며 따라서 목매달아 죽지 않았음을 알게 된 우리—그러니까 우리 아마추어—들은 곧 그가 우리들 눈앞에 다시 나타나리라 확신했습니다. 이에 부응하듯 그는 곧 도착했고, 서재로 들어오는 길에 그만 짐꾼과 세게 부딪쳐 그를 넘어뜨렸으며, 지나치는 모든 이들의 손을 부여잡았습니다—아니 거의 미친 듯이 움켜쥐고는 이렇게 외쳤습니다. "아, 이제야 비로소 살인 같은 것이 일어났구려! 이것이 진짜요—이것이 진품이오—인정할 만하고, 친구에게 추천할 만한 것이오. 이것이—이것이야말로—돌이켜보건대 모두가 말하는—모범으로 삼아야 할 거사요!" 그런 다음 그는 친구들 한 명 한 명을 돌아보면서 말했습니다. "아, 잭, 잘 지냈나? 아, 톰, 잘 지냈소? 맙소사, 당신은 지난번에 마지막으로 봤을 때보다 10년은 더 젊어 보이는구려." "아닙니다." 제가 대답했습니다. "10년 더 젊어 보이는 사람은 바로 당신인걸요." "내가? 그렇더라도 놀랄 일은 아니지. 이런 작품은 우리 모두를 젊어지게 만들기에 충분하니까." 그리고 실제로 그가 제2의 레오10세 시대[19]라 일컬은 이 같은 예술의 부흥이 없었더라면, 굴속의 두꺼비는 아마 죽었으리란 것이 대체적 견해였습니다. 그는 이 부흥을 기념하는 것이 우리의 의무라고 엄숙히 말했습니다. 그리고 지금 이 시점만큼은 그 자체로 우리의 관심을 반영하는 증거로서만이 아니라 대중적 공감대에 대중적으로 참여하는 기회로서, 클럽 회원들이 모여 만찬을 함께해야 한다고 그는 제안했습니다. 그리하여 클럽 주최로 화려한 공개 만찬이 열렸고, 여기에는 100마일 바깥의 아마추어들까지 전부 초대되었습니다.

이 만찬에 대해서는 클럽의 문서 보관소에 방대한 속기록이 남아 있습니다. 그러나 이 기록들은 외교 용어로 표현하자면 "문자로 정서되지" 않았고, 그 속기사는 실종되었습니다 — 저는 살해되었으리라 믿습니다. 한편 그날 이후 여러 해 뒤 그에 버금가게 흥미로운 일이 일어났을 때, 그러니까 서그 암살단[20]이 그 정체를 드러냈을 때도 만찬이 열렸습니다. 그 만찬에 대해서는 속기사가 또 불의의 사고를 당할 것에 대비해 저도 개인적으로 기록을 해두었습니다. 그리고 이 자리에서 그 기록을 보충하려 합니다. 저는 굴속의 두꺼비도 이 만찬에 참석했음을 언급해야겠습니다. 사실 그의 참석은 그 만찬장의 감상적인 사건들 중 하나였습니다. 1812년 만찬 당시에도 계곡만큼 나이가 많았던 그는, 1838년 서그 만찬 때는 당연히도 산만큼 나이를 먹었습니다.[21] 그는 다시 수염을 기르고 있었습니다. 왜, 어떤 생각으로 그랬는지를 말씀드린다는 건 제 감을 뛰어넘는 일입니다만[22] 하여간 그랬습니다. 또 그의 겉모습은 대단히 인자하고 덕망 있어 보였습니다. 그가 그 불운한 속기사의 안부를 물었을 때(사적인 스캔들을 하나 밝히자면, 그 속기사는 바로 창조적 예술의 환희에 사로잡힌 그의 손에 살해되어야 했음을 알려드려야겠습니다) 그의 미소는 천사처럼 비길 데 없는 광채를 띠었고, 이에 떠들썩한 웃음소리와 함께 우리 카운티의 부보안관이 발표했던 대답이 울려 퍼졌습니다. "발견되지 않았다(Non est inventus)."[23] 이에 굴속의 두꺼비는 폭소를 터뜨렸는데, 사실 우리 모두는 그가 숨이 막혀 컥컥거린다고 생각했습니다. 그리고 그 자리에 모인 손님들의 열렬한 요청에 힘입어, 한 작곡가가 그 행사에 대단히 아름다운 글리 합창곡[24] 한 곡을 헌정했습니다. 식사가 끝난 후 그 노래는 총 다섯 차례 연주되었고 그때마다 모두가 박수갈채를 보내며 웃음을 주체하지 못했습니다. 그 가사는 다음과 같습니다. (후렴구가 부자연스러운데 이는 굴속의 두꺼비가 낸 기이한 웃음소리를 가장 근사하게 흉내 내기 위해서입니다.)

굴속의 두꺼비가 물었네 — 속기사는 어디 있소?
누군가 웃으며 대답했네 — 발견되지 않았다.
(후렴)
웃음소리가 물결치며 모두가 그 말을 따라 했네.
발견되지 않았다.[25]

그로부터 약 9년 전, 굴속의 두꺼비는 이 예술 분야에서 버크와 헤어[26]가 일으킨 혁명에 대한 속보를 에든버러발(發) 속달우편으로 전해 받고 그 자리에서 머리가 돌아버렸음을 말씀드려야겠습니다. 그는 배달부에게 기사 작위는커녕 한 세대치의 연금조차 수여하지 않고 오히려 버크를 본떠 그를 목 졸라 죽이려[27] 달려들었습니다. 그 결과 그는 구속복 안에 처넣어지는 신세가 되었습니다. 그 당시 만찬회가 열리지 않은 이유는 그 때문이었습니다. 그러나 이때는 구속복 착용자와 미착용자를 막론하고 우리 모두가 팔팔하고 활기가 넘쳤습니다. 실제로 명단에 있는 회원 중 단 한 명의 불참자도 보고되지 않았습니다. 또 참석자 중에는 외국인 아마추어들도 많이 있었습니다.

식사가 끝나고 식탁보가 걷힌 후 많은 이들이 새 합창곡 「발견되지 않았다」를 신청했지만, 저는 이를 받아들이지 않았습니다. 이는 그 전에 먼저 건배를 하는 동안 유지되어야 할 모임의 엄숙성을 저해할 수도 있었기 때문입니다. 우선 조국을 위한 건배가 끝난 후, 그날의 첫 번째 공식적 건배는 '산속의 노인'을 위해 엄숙한 침묵 속에서 행해졌습니다.

그 답례는 굴속의 두꺼비가 훌륭한 연설로 대신했습니다. 그는 몇 가지 짧은 예를 끌어다 자신을 산속의 노인에 빗댐으로써 만찬객들을 폭소의 도가니에 빠뜨렸습니다. 그리고 학술서 『노인과 그가 거느린 아사신 파의 역사』를 쓴 폰 하머 씨[28]에게 감사를 표한 뒤, 그의 건강을 기원하며 말을 끝맺었습니다.

이에 저는 자리에서 일어나, 대단히 박학한 오스트리아 출신의 투르크 학자 폰 하머에게 동양학자들이 부여하는 발군의 지위에 대해서는 여기 모인 대다수 만찬객들도 익히 알고 있다고 말했습니다. 그리고 그가 이 걸출한 초기 예술가들, 즉 십자군 시대의 시리아인 암살자들과 관련하여 우리 예술 분야에 대해 대단히 깊이 있는 연구를 수행했으며, 그의 연구서는 우리 클럽의 도서관에 귀한 보물로서 몇 년째 소장되어 있음을 이야기했습니다. 나아가 '망치로(Von Hammer)'라는 뜻을 가진 저자 이름 또한 그가 우리 예술 분야의 역사가임을 시사하고 있다고 말했습니다.

"네, 네," 한시도 가만있지 못하는 굴속의 두꺼비가 끼어들었습니다. "네, 폰 하머 — 그야말로 '이단자의 망치(*malleus haereticorum*)'[29]를 위한 인물이지요. 우리 예술을 제대로 고려하지 않는다면 바로 그가 여러분의 '볼기짝을 때릴'[30] 것입니다. 여러분 모두는 윌리엄스가 망치 혹은 배 목수의 나무망치를 어떤 식으로 고려했는지 알고 계십니다.[31] 그 둘은 같은 것입니다. 신사 여러분, 이제 여러분에게 또 다른 위대한 망치를 선사하겠습니다. 그는 바로 '망치' — 프랑스어로 '마르토', 옛 프랑스어로 '마르텔' — 라는 별명을 가졌던 샤를 마르텔입니다.[32] 그는 사라센인들을 망치로 쳐부숴서 대갈못처럼 확실히 죽였습니다.[33] 정말로 그러했습니다."

"샤를 마르텔을 위해, 존경의 념을 담아!"

굴속 두꺼비의 열변에 이제 샤를마뉴의 할아버지를 위한 시끌벅적한 건배가 합세하자 모임은 수습 불가능한 상태로 빠져들었습니다. 사람들은 다시금 오케스트라를 향해 새 합창곡을 연주해달라고 거세게 외치기 시작했습니다. 저는 다시금 그 요구를 억누르기 위해 온 힘을 기울였습니다만, 아마 바람에 대고 이야기하는 편이 그보다 더 쉬웠을 것입니다. 저는 폭풍우 치는 저녁이 될 것을 예상하고 저와 부회장의 양옆에 웨이터를 세 명씩 대기시켜 방어막을 강화했습니다. 제어하기 힘든 열광의 징후들이 드러나기 시작했습니다. 그리고 오케스트라가 음악의 폭풍으로 그 포문을 열고 "굴속의 두꺼비가 물었네 — 속기사는 어디 있소?" 하고 열정적인 합창곡을 연주하기 시작했을 때는, 인정하건대 저 자신도 상당히 흥분했습니다. 그리고 모든 성부가 합세하여 "모두가 그 말을 따라 했네 — 발견되지 않았다"를 합창할 때, 격정의 광란은 완전한 대소동으로 바뀌었습니다.

이때쯤 저는 상황이 어떻게 돌아가는지 파악했습니다. 술과 음악이 대다수 아마추어들을 흥분으로 몰아가고 있었습니다. 특히 굴속의 두꺼비는 100살을 훌쩍 넘긴 나이에도 젊은 표범처럼 광포해졌습니다. 1812년에 그가 속기사를 살해했다는 사람들의 인상은 확고했습니다. 그때 이후로 (그러니까 26년 동안) "그 속기사"는 계속해서 "발견되지 않았다"고 보고되었기 때문입니다. 이 합창곡은 그 자체로도 격정적이고 환희에 넘쳤지만, 무엇보다 그 자신에 관한 것이었기에 그를 더욱 흥분시켰습니다. 압데라 시민들 사이에 유행했던 유명한 합창곡[34]처럼, "굴속의 두꺼비가 물었네"를 들어본 사람들은 누구나 이 선동적 노래 속으로 빠져들고픈 욕망에 전염되지 않을 수 없었습니다. 저는 제 보좌진에게 경계를 지시했고, 그날 저녁의 행사는 다음 순서로 진행되었습니다.

그다음 건배는 유대 시카리[35]들을 위한 것이었습니다.

이에 대해 저는 만찬객들에게 다음과 같은 설명을 했습니다. "신사 여러분, 아사신 파도 그 자체로 오래되었지만, 그보다 더 옛날 같은 땅에 그들의 선구자 종족이 존재했다는 사실에 여러분 모두가 흥미 있어 하시리라 확신합니다. 네로 황제 재위 초기 시리아 전역, 특히 팔레스타인에는 매우 새로운 방식으로 그들의 연구를 수행하는 살인자들의 집단이 존재했습니다. 그들은 살인을 밤중에 외딴 곳에서 행하지 않았습니다. 사람이 밀집해 혼잡한 상황에서는 대규모 군중이 그 자체로 일종의 암흑 구실을 하여 누가 공격을 가했는지 찾기가 불가능하다는 정확한 판단하에, 그들은 어느 곳에서든 군중 사이에 섞여 몸을 숨겼습니다. 특히 예루살렘의 유월절 대축일에는, 요세푸스의 확언에 의하면 실제로 성전 안까지 침투할 정도로 대담했습니다. 그리고 그들이 작업 대상으로 간택한 인물이 대제사장 요나단 말고 누구였겠습니까?[36] 신사 여러분, 그들은 그믐날 밤 캄캄한 골목에 홀로 있는 그를 습격한 것만큼이나 멋지게 그를 살해했습니다. 그리고 그 살인자가 누구이며, 어디에 있는가를 사람들이 물었을 때—"

여기서 굴속의 두꺼비가 끼어들었습니다. "그때 누군가 대답했네, 발견되지 않았다." 그러자, 제 다음 말을 무시한 채 오케스트라가 연주를 개시했고 모든 만찬객들은 우렁차게 노래를 부르기 시작했습니다. "굴속의 두꺼비가 물었네—시카리는 어디 있소? 모두가 대답했네—발견되지 않았다."[37]

폭풍 같은 합창이 휩쓸고 스러진 뒤, 저는 다시금 말을 이었습니다. "신사 여러분, 최소한 요세푸스의 저서들 중 서로 무관한 세 부분에서 시카리에 대한 매우 상세한 설명을 찾아볼 수 있습니다. 하나는 그의 『고대사』 제

20권 8장에 있고, 또 하나는 그의 『전쟁사』 제1권에 있습니다. 그러나 첫 번째로 인용한 장 10절에서 그들이 사용한 연장에 대한 구체적 묘사를 찾아볼 수 있습니다. 여기서 그는 이렇게 말합니다. '그들은 페르시아의 '아키나사이(*acinacae*)'와 크게 다르지 않지만 좀 더 휘었고, 로마의 '시카이(*sicae*, 낫)'와 아주 흡사한 작은 언월도를 무기로 사용했다.'[38] 그 이후 이어진 그들의 역사는 대단히 감명깊습니다. 살인자들로 이루어진 정규군(*Justus exercitus*)이 편성된 기록은 시카리의 사례가 유일합니다. 그들이 황야에서 얼마나 대단한 전력을 발휘했는지, 페스투스[39] 자신이 그들에 맞서 로마 군단 병력을 출동시켜야 했을 정도였습니다."

이에 저주스런 방해꾼인 굴속의 두꺼비가 갑자기 노래를 불렀습니다. "굴속의 두꺼비가 물었네 — 군대는 어디 있소? 모두가 대답했네 — 발견되지 않았다."

"아닙니다, 두꺼비 씨 — 이번만은 당신이 틀렸습니다. 이 아마추어들의 군대는 사막 한가운데서 전원이 난도질당한 채로 발견되었습니다. 신사 여러분, 이 얼마나 숭고한 그림입니까! 예루살렘을 배경으로, 살인자들의 군대를 앞에 놓고 황야에 선 로마 군단이라니!"

회원인 R 씨가 다음 번 건배를 들었습니다. "연장의 더 나은 개선을 위해, 그리고 위원회의 노고에 감사하며."

이 주제에 대해 보고서를 제출한 위원회를 대표해 L 씨가 감사에 답례했습니다. 그는 보고서의 내용을 흥미롭게 발췌해 소개했고, 이를 통해 옛 그리스와 로마의 교부들이 연장의 유형에 얼마나 큰 중요성을 부여했는지를 보여 주었습니다. 이 흡족한 사실을 재확인하기 위해, 그는 대홍수 이전 최초의 예술 작품과 관련해 매우 인상적인 진술을 했습니다. 학식 높은 로마 가톨릭 신부였던 메르센이 그의 노작(勞作) 『창세기 해설』의 1431쪽*에서, 몇몇 랍비들의 권위를 빌어, 카인과 아벨의 다툼이 실은 한 젊은 여자를 두고 일어난 것이라 했다는 것입니다.[40] 여러 다양한 설에 의하면 카인은 자신의 치아를 연장으로 썼다고도 하고, ('아벨은 카인에게 이빨로 물어뜯겼다[Abelem fuisse *morsibus* dilaceratum à Cain]') 또 다른 여러 설에 의하면 나귀의 턱뼈를 사용했다고도 하는데, 이는 많은 화가들이 채택하는 도구이기도 합니다. 그러나 과학이 발전함에 따라 좀 더 정통적인 견해들이 채택되었음을 알게 된다면 감수성을 갖춘 이들은 안도할 것입니다. 어느 책의 저자는 쇠스랑을, 성 크리소스톰[41]은 칼을, 이레나이우스[42]는 큰 낫을, 프루덴티우스[43]는 자루가 긴 낫을 저마다 내세우며 겨루었습니다. 이 마지막 저자는 자신의 견해를 다음과 같이 표현하고 있습니다.

> 그의 정결함이 증명되었음을 시기한 그의 형제는,
> 그 형제의 목을 구부러진 긴 낫으로 부러뜨린다.[44]

* 독자들이여, 1431쪽은 오자가 아니며 농담도 아니다.

“이상의 내용은 여러분의 위원회에 의해 삼가 제출되었습니다. 이는 의문에 대한 정답을 내놓기 위해서가 아니라(왜냐하면 그 정답은 없기 때문입니다), 크리소스톰과 이레나이우스 같은 인물들이 연장의 특징에 부여했던 중요성을 젊은이들에게 주지시키기 위해서입니다.”

“이레나이우스는 집어치우고!” 굴속의 두꺼비가 더 참지 못하고 다음 건배를 들기 위해 일어서며 말했습니다. “우리의 아일랜드 친구들[45]을 위해, 그들의 연장 유형과 기타 이 예술에 연관된 모든 부분에 신속한 혁명이 이루어지기를 기원하며!”

“신사 여러분, 저는 엄연한 진실을 이야기하겠습니다. 우리는 매일 신문을 받아볼 때마다 어떤 살인 사건 기사의 서두를 읽습니다. 그리고 말합니다. 이거 좋은데, 이거 멋지군, 이건 최고로군! 그러나 보십시오! 기사를 좀 더 읽어 내려가기도 전에, 티퍼레리 혹은 밸리나[46] 같은 지명이 튀어나와 이것이 아일랜드산(産)임이 드러납니다. 우리는 그 즉시 불쾌해집니다. 그리고 집사를 불러 이렇게 말합니다. ‘이보게, 이 신문 치워서 집 밖에다 내놓게. 이는 모든 올바른 취향을 완전히 거스르는 것이네.’ (장래성이 엿보이는) 어떤 살인이 알고 보니 아일랜드산임을 알았을 때, 누구는 마데이라 와인을 주문했는데 케이프 와인이 왔을 때나,[47] 버섯인 줄 알고 땄는데 알고 보니 독버섯이었을 때보다 덜 능욕당한 기분이 들지 모르나, 그 모든 분들에게 저는 호소합니다. 십일조[48]와 정치와 원칙적 잘

못이 아일랜드의 모든 살인을 오염시키고 있습니다. 신사 여러분, 이것이 개혁되지 않으면 아일랜드는 살 만한 땅이 될 수 없을 것입니다. 최소한 우리가 그곳에서 산다면, 우리는 모든 살인을 영국에서 수입해야 할 것입니다. 그 점만은 명백합니다."

그다음 건배는 이것이었습니다—"버키즘과 헤리즘[49]의 위대한 시대를 위해!"

모두가 열광적으로 잔을 비웠습니다. 그리고 이 주제에 대해 연설한 회원은 만찬객들에게 매우 흥미로운 이야기를 들려주었습니다. "신사 여러분, 우리는 버키즘이 우리 시대만의 순수한 발명품이라고 생각합니다. 그리고 실제로 판키롤루스는 『완전히 잊힌 것들에 대하여(de rebus deperditis)』를 쓰면서 이 예술 부문을 목록에 넣지 않았습니다.[50] 그러나 저는 이 중요한 예술 요소가, 유리에 그림을 그리거나 머린[51] 컵을 만드는 기술 등과 마찬가지로 고대인들에게 **알려져 있었음**을 확인했습니다. 이는 암흑시대에 들어 수요가 부족해지면서 소실되었습니다만, 플라누데스가 편집한 유명한 고대 그리스 에피그램 선집[52]에는 작지만 매우 멋진 버키즘의 사례를 소개한 에피그램이 실려 있습니다. 이 에피그램은 현재 제 손 닿는 곳에 없으므로 제가 여기 인용하는 것은 살마시우스가 이를 요약한 글입니다. 저는 이것을 살마시우스가 보피스쿠스의 저서에 단 주석에서 찾았습니다.[53] '루킬리우스의 참으로 우아한 에피그램이 있다(그는 이를 '우아'하다고 일컬었습니다!). 한 의사와 한 장의사가 합의하여, 의사가 자기에게 치료를 맡기는 환자를 죽이기로 했다는 내용이다.'[54] 이것이 이 계약의 골자였습니다. 보시다시피, 의사 측이 그가 담당하는 모든 환자를 살해할 것에 대해 본인과 그 수탁인은 적절한 절차에 따라 정확하게 동의하고 이를 계약했습니다. 하지만 왜 그랬을까요? 여기가 이 사건의 아름다운 부분입니다. '그리고 매장을 준비하기 위해 시체를 그의 친구인 염장(殮匠, *pollinctor*)에게 넘겨주어야 한다(Et ut pollinctori amico suo traderet pollingendos).' 아시다시피 '염장'이란 죽은 시신에게 옷을 입히고 매장을 준비하는 직업을 가진 사람을 가리켰던 말입니다. 이 거래의 근저에는 감상적인 동기가 자리하고 있는 듯합니다. 살인자 의사는 염장을 일컬어 이렇게 말합니다. '그는 제 친구였습니다. 그는 제게 소중한 사람이었습니다.' 그러나 신사 여러분, 법은 엄격하고 가혹합니다. 법은 이런 애정 어린 동기에 귀 기울이지 않습니다. 이런 성격의 계약이 법으로 인정받으려면 필수적으로 '대가'가 주어져야 합니다. 그럼 그 대가는 무엇이었을까요? 지금까지 말한 모든 대가는 염장 측에 대한 것입니다. 그는 자신의 서비스에 대해 후한 보수를 받지만 그동안 너그럽고 고결한 의사는 아무것도 받는 게 없습니다. 다시 묻습니다. 의사가 꼭 받아야 한다고 법이 주장하는 작은 대가는 무엇이었을까요? 계속 들어봅시다. '그다음에 장의사는 장례 준비 중인 시신에서 훔친 리넨 붕대를 의사에게 선물로 건네주어, 의사가 이를 환자들의 상처를 싸매는 데 쓸 수 있도록 해야 한다.'[55] 이제 사건의 전말이 명백해졌습니다. 이 모든 것은 까마득한 옛날부터 사람들 사이의 거래를 지탱해온 호혜성의 원리에 따라서 이루어졌던 것입니다. 그 의사는 외과 시술도 겸했으며, 자신의 환자를 전부 살해할 수는 없었습니다. 외과 환자 중 일부는 '손대지 못하고(*re infectâ*)' 고이 보내주어야 했습니다. 이 환자들을 위해 그는 리넨 붕대가 필요했던 것입니다. 그러나 공교롭게도 로마인들은 양털로 된 옷을 입었습니다. 로마인들이 그토록 자주 목욕을 했던 것은 그 때문입니다. 그 당시 로마에서도 리넨을 구할 수 있었지만 무지무지하게 비쌌습니다. 당시 사람들의 미신 때문에 시신을 감싸는 데는 '텔라모네스(τελαμῶνες),' 즉 리넨으로 된 붕대를 써야 했는데, 이는 외과 의사의 용도에 더할 나위 없이 적합했습니다. 그래서 그 의사는 그의 친구에게 시체가 떨어지지 않게 공급해주고, 그 대가로 앞서 말한 그의 친구는 피살 당사자 혹은 향후 피살 당사자의 유족에게서 받게 될 물품의 절반을 그에게 제공해주어야 한다는 계약을 맺었습니다. 의사는 예외 없이 그의 귀중한 친구인 염장(우리는 그를 장의사라 부르기로 합시다)을 추천했고, 장의사 역시 신성한 우정의 권리를 동등하게 배려하여 한결같이 그 의사를 추천했습니다. 마치 필라데스와 오레스테스[56]처럼 그들은 완벽한 우정의 본보기였습니다. 살아서 정이 두터웠던 그들이 교수대에서도 갈라지지 않았기를 바랍니다."[57]

"신사 여러분, 이 두 친구가 서로 차용증을 주고받는 모습을 상상할 때 저는 웃음을 참을 수 없습니다. '의사와 염장은 다음과 같이 거래했음. 의사는 채무자로서 염장에게 시체 16구를 지급했고, 채권자로서 염장으로부터 붕대 45개를 지급받았음. 그중 2개는 손상되었음.' 유감스럽게도 그들의 이름은 전해지지 않습니다만, 저는 그들이 퀸투스 부르키우스와 푸블리스 하리우스[58]였으리라 확신합니다. 그건 그렇고, 신사 여러분, 최근 헤어의 근황에 대해 들어보신 분 계십니까? 제가 아는 바에 의하면, 그는 아일랜드의 외딴 서부 지역에 안락하게 정착하여 가끔씩 작은 사업에 손대고 있습니다. 그러나 그가 한숨지으며 말한 바에 따르면 소매업만 한다고 합니다. 에든버러에서 그렇게 부주의하게 날려버린, 번창했던 번듯한 도매업체와는 비교도 안 되는 규모지요. '보시다시피 업무를 소홀히 한 결과입니다'—이것이 그가 과거의 경험에서 이끌어낸 주된 교훈, 바로 이솝이 말한 '에피뮈티온(ἐπιμύθιον)'입니다."[59]

마침내 그날의 주인공을 위한 건배 순서가 되었습니다—"서그 암살단과 그 모든 하위 분파들을 위해!"

이 만찬회의 가장 중대한 순간을 위해 연설을 이어나가려 몇 번이나 시도했는지 셀 수도 없습니다. 그러나 박수 소리가 너무 맹렬했고 음악 소리는 너무 격렬했으며 건배가 시원찮았던 술잔은 비우지 않겠다고 모두가 작심한 듯 술잔 부딪는 소리가 끝없이 이어졌기에, 이를 제대로 기록하기란 제 힘에 부치는 일입니다. 한편 굴속의 두꺼비는 이제 완전히 통제 불능이 되었습니다. 그는 사방으로 끊임없이 권총을 쏘아댔고, 하인을 보내 나팔 총을 가져오도록 시켜 실탄을 장전하라고 명령했습니다. 우리는 버크와 헤어에 대한 이야기에 자극받아 그의 예전의 광기가 되돌아왔거나, 혹은 또다시 인생이 지루해진 그가 총을 쏘아 대학살을 자행하기로 결심했다고 생각했습니다. 이는 용납할 수 없는 일이었으므로, 우리는 전원의 동의하에 그를 걷어차 내쫓을 수밖에 없었습니다. 모든 만찬객이 그의 백발과 천사 같은 미소에 연민을 느끼면서도 기꺼이 발 한 짝(uno pede)씩을 보탰습니다. 이 작업이 진행되는 동안 오케스트라는 예의 그 후렴구를 쏟아냈습니다. 모든 만찬객이 노래를 불렀고, (그 무엇보다 우리를 놀래켰던 일을 밝히자면) 굴속의 두꺼비도 이 노래에 맹렬히 합세했습니다.

> 모두가 물었네 — 굴속의 두꺼비는 어디 있소?
> 모두가 대답했네 — 발견되지 않았다.

1. 이 글은 『블랙우즈 매거진』 46호(1839년 11월)에 처음 발표되었다.

2. 크리스토퍼 노스(Christopher North)는 『블랙우즈 매거진』의 편집자였던 존 윌슨(John Wilson)의 필명이다.

3. 12년 전 드 퀸시가 『블랙우즈 매거진』에 발표한 「예술 분과로서의 살인」 첫 번째 글을 가리킨다.

4. 드 퀸시는 여기서 'state of civilization(문명화 상태)'이라는 말을 'state of civilation'이라고 일부러 잘못 표기했다. 그는 이것이 술에 취해서 혀가 꼬였을 때 나오는 발음이라고 나중에 설명했다. "고(故) 매긴 박사는…… 다양한 업적을 이룬 사람이었다…… 그가 내세운 독특한 견해 중에는 이런 것이 있었다. 그것은 어떤 사람이 아무리 문명화되려는 경향을 띠고 있다 하더라도, 그가 술에 취할 때까지는 문명의 정점에 완벽히 도달했다고 간주할 수 없다는 것이다. 그러한 정점에 다다르기 이전의 인간은 문명화의 유망한 대상일지는 몰라도 그 잠재성을 제외하면 아직 설익은 상태며, 따라서 그는 야만인에 가깝다고 간주되어야 한다. 당연한 일이지만, 그는 자신이 야만적인 맨 정신을 유지하고 있다는 의혹에서 멀어지면 멀어질수록 이 신념을 더더욱 소리 높여 공표했다. 그런 다음 그는 눈에 눈물을 가득 담고, 자신이 지극히 진실하게 문명(civilization)으로 개종했음을 열렬히 주장하곤 했다. 그러나 그토록 끔찍스럽게 긴 단어는 저녁의 휴식을 즐기는 신사를 피곤하게 만들기 때문에, 그는 아마도 무의식적으로, 밤 10시를 넘긴 이후에는 언제나 이 단어를 'civilation'으로 축약하여 발음하곤 했다. 이 단어는 그렇게 해서 탄생한 것이다. 그래서 나는 이 단어를 나의 영어 신조어 사전에 추가하며 다음과 같이 등재를 허가했다. '*Civilation*: 정확히 말하면 어중음 탈락, 엄밀히 말하면 딸꾹질에 의해, civilization의 음절이 생략된 단어." 『호그스 인스트럭터(Hogg's Instructor)』(1852)에 실린 「윌리엄 해밀턴 경의 논리적 개혁에 대한 일별(Sir William Hamilton, with a glance at his logical reforms)」(두 번째 글).

5. 아리스토텔레스, 『니코마코스윤리학』, 제2권 6장.

6. 호라티우스, 『시론』, 39~40행.

7. 클레르보의 베르나르(St. Bernard of Clairvaux, 1090~1153)가 쉬제르에게 보낸 편지(Letter to Abbot Suger, Epistles no. 371). 「에스겔서」 3장 19, 21절도 참조. "네가 만일 악인을 경고하고 타일러도 그가 악한 행실과 죄를 버리지 못하면 그는 자기 죄 때문에 죽을 것이며 너는 네 생명을 보존하리라…… 네가 만일 그 의로운 자를 깨우쳐 그가 네 경고를 듣고 범죄하지 않으면 그가 살게 될 뿐만 아니라 너도 네 영혼을 보존하리라."

8. 오비디우스, 『사랑의 기술(Remedia Amoris)』, 91행.

9. 이는 요크셔 푸딩 반죽에 소시지를 넣어 구운 영국의 전통 음식 이름이기도 하다.

10. 존 레이놀즈(John Reynolds)가 쓴 『신의 복수의 승리(The Triumph of God's Revenge)』(1621). 분노한 신이 죄인들을 찾아내 벌하는 내용의 이야기 모음집이다.

11. 이 책은 월터 스콧 경(Sir Walter Scott)의 소설 『나이젤의 운명(The Fortunes of Nigel)』(1822) 24장에 등장하는데 실제로 존재했던 책인지 가상의 책인지 확실치 않다. 등장인물 나이젤은 늦은 밤 이 책을 읽다가, 누군가 살해된 시체를 발견하고 지르는 비명을 듣는다. 스콧은 이 책이 레이놀즈가 쓴 책과 제목이 같지만 그것과는 다른 더 오래된 책이며, 현재 단 3부만이 남아 있다고 썼다.

12. 『뉴게이트 캘린더(Newgate Calendar)』는 런던 뉴게이트 감옥에 수감되었던 가장 악명 높은 범죄자들의 기록으로 1774년부터 1826년까지 발행되었다.

13. 단두대로 너무 많은 사람이 처형되었기 때문에. 프랑스혁명은 1789년에 일어났다.

14. 드 퀸시는 토머스 그레이(Thomas Grey, 1716~71)의 시 「한 시골 교회 묘지에서 쓴 비가(Elegy Written in a Country Churchyard)」 중 다음 구절을 패러디하고 있다. "늘어진 너도밤나무 발치에서 그는 | 한낮의 나른한 몸을 길게 늘어뜨리고, | 졸졸 흐르는 시냇물을 뚫어져라 바라보곤 했지요…… 그러나 개울가에도 저 풀밭에도, 숲에도 그는 없었소."

15. 윌리엄스의 살인 사건이 일어난 연도는 1811년인데 드 퀸시가 1812년으로 착각하였다.

16. 역시 앞에 나온 토머스 그레이의 「비가」 중 다음 구절을 패러디한 것이다. "아마 어떤 백발의 촌부가 이렇게 말하리라. | '우리는 동틀 녘에 그 사람이, 언덕 위 풀밭에서 | 해를 맞이하기 위해, 급한 걸음으로 이슬을 털며 | 가는 것을 종종 보았지요.'"

17. 'The murder is out'이라는 표현은 살인이 탄로 났다는 뜻이지만 비밀이 드러났다, 수수께끼가 풀렸다는 뜻의 관용어로도 쓰인다.

18. 프랑스 풍자 작가 장 드 라 브뤼예르(Jean de La Bruyère, 1645~96)의 『그리스어에서 옮긴 테오프라스토스의 성격론과 금세기의 성격 및 풍속론(Les Caractères de Théophraste traduits du grec avec les caractères ou les mœurs de ce

siècle)』에서 인용한 말이다.
19. 피렌체의 명문 메디치 가 출신인 교황 레오10세(재위 1513~21)는 미술과 문학의 위대한 후원자로 당대의 로마를 서구 세계의 문화적 중심지로 만들었다.

20. 서그(thug)는 인도에서 수백 년간 활동한 전문 암살단으로, 파괴를 상징하는 힌두교의 신 칼리를 숭배하며 여행자들을 유인하여 목 졸라 죽이고 물건을 약탈했다. 영국 정부는 1831년부터 1837년까지 이들에 대한 대대적인 소탕 작전을 벌여 3000명 이상을 체포하고 400명 이상을 처형했다. 그 후 이 단체는 소멸된 것으로 보인다. 이들로부터 폭력배, 암살자라는 뜻의 영어 단어 'thug'가 유래했다.

21. 'as old as the hills'는 아주 오래되었다는 뜻의 관용 표현이다. 계곡과 산을 대비시켜 말장난하고 있다.

22. 여기서 감은 먹는 과일인 감(persimmon)인데 '이해력'이라는 뜻으로 쓰였다. '제일 높은 장대로 감을 딸 수 있다'라는 속담에서 유래한 미국 영어의 관용 표현이다.

23. 카운티 보안관이 자기 관할구역 내에서 수배자를 못 찾았을 때 제출하는 '소재 불명 보고' 서류를 가리키는 말이다.

24. 18~19세기 초 영국에서 유행한 3성부 이상의 남성용 무반주 중창곡.

25. "Et interrogatum est à Toad-in-the hole — Ubi est ille reporter? Et responsum est cum cachinno — Non est inventus." (후렴) "Deinde iteratum est ab omnibus, cum cachinnatione undulante — Non est inventus."

26. 아일랜드 출신의 윌리엄 버크(William Burke)와 윌리엄 헤어(William Hare)는 1827~8년 스코틀랜드 에든버러에서 총 15명을 죽여 그 시체를 에든버러 의대 교수 로버트 녹스(Robert Knox, 1791~1862)에게 해부용으로 팔아넘겼다. 그들은 노숙자나 여행객들을 버크가 운영하던 하숙집으로 유인해 술에 취하게 한 뒤, 사체에 흔적이 남지 않도록 목을 졸라 질식시켜 살해했다. 버크는 살인죄로 1829년 교수형에 처해졌으나, 헤어는 버크에게 불리한 증언을 해 석방되었다. 이후 헤어는 눈이 먼 채로 떠돌이 거지가 되었다는 소문도 돌았지만 그 정확한 행방은 끝내 알려지지 않았다.

27. 여기서 목 졸라 죽인다는 뜻으로 쓰인 영어 단어 'burke'는 바로 윌리엄 버크의 이름에서 유래한 것이다.

28. 『아사신 파의 역사(Geschichte der Assassinen)』(1818)를 쓴 오스트리아의 동양학자 요제프 폰 하머푸르크슈탈(Joseph von Hammer-Purgstall)을 말한다.

29. 빈의 주교였던 요한 파베르(Johann Faber, 1478~1541)에게 붙었던 별명. 그는 마르틴 루터의 종교개혁을 비판하는 유명한 책을 써서 이런 칭호를 얻었다.

30. 셰익스피어, 「헨리4세(Henry IV)」 제2부, 2막 1장. '볼기짝을 때려줄 테다!(I'll tickle your catastrophe!)'

31. 존 윌리엄스는 첫 번째 살인에서 마 가족을 나무망치로 살해했다.

32. 샤를 마르텔(Charles Martel, 688?~741)은 프랑크왕국의 지도자이며, 후대에 서유럽 대부분을 통일한 샤를마뉴의 할아버지이다. 푸아티에 전투에서 피레네산맥을 넘어오려던 사라센 군대를 격퇴하여 '망치'라는 별명을 얻었다.

33. '대갈못처럼 죽다(as dead as door-nail)'는 완전히 죽었다는 뜻의 관용어인데, 망치와 대비시켜 말장난하고 있다.

34. 압데라는 고대 그리스의 도시 이름이다. 현재는 소실된 에우리피데스의 비극 『안드로메다(Andromeda)』를 이곳에서 공연했을 때, 극중에 나온 '오, 큐피드, 신들과 인간들의 주인이여(O Cupid, lord of gods and men)'라는 노래가 모든 시민들이 부르고 다닐 정도로 크게 유행했다고 한다.

35. 시카리(Sicarii)는 1세기, 유대인에 대한 로마제국의 지배에 폭력 항쟁으로 맞설 것을 주장했던 열심당 내의 극단주의 분파다. 그들은 대제사장을 비롯해 로마제국에 협력하는 이들을 납치하고 암살하였다.

36. 유대의 사제이자 역사학자 플라비우스 요세푸스(Flavius Josephus, 37?~100?)는 『유대 고대사(Jewish Antiquity)』와 『유대 전쟁사(The Jewish War)』를 집필했다. 대제사장 요나단의 암살은 『유대 고대사』 제20권 8장 5절에 실린 내용인데, 요세푸스는 당시 총독인 벨릭스가 시카리를 시켜 요나단을 청부 살인했다고 쓰고 있다.

37. "Et interrogatum est à Toad-in-the-hole — Ubi est ille Sicarius? Et responsum est ab omnibus — *Non est inventus*."

38. 『유대 고대사』 제20권 8장 10절.

39. 포르키우스 페스투스(Porcius Festus)는 벨릭스의 후임으로 부임한 팔레스타인 식민지의 총독으로 기병대와 보병대를 출동시켜 시카리 부대를 소탕했다. 요세푸스, 『유대 고대사』 제20권 8장 10절.

40. 프랑스의 수학자이자 철학자, 사제였던 마랭 메르센(Marin Mersenne, 1588~1648)이 쓴 『창세기의 유명한 의문들(Quaestiones Celeberrimae in

Genesim)』을 가리킨다.

41. 성 요한 크리소스톰(St. John Chrysostom, 347~407)은 콘스탄티노플의 대주교로 설교집을 다수 펴냈다.

42. 성 이레나이우스(St. Irenaeus, 120?~200?)는 리옹의 주교로 영지주의를 비판하는 책을 썼다.

43. 아우렐리우스 클레멘스 프루덴티우스(Aurelius Clemens Prudentius, 348~405?)는 로마제정 말기의 기독교 시인이다.

44. "Frater, probatae sanctitatis aemulus; Germana curvo colla frangit sarculo", 프루덴티우스, 『죄의 기원(Hamartigenia)』 중 서문, 15~16행.

45. 1800년 영국과 아일랜드의 강제 합병에 반대하여 폭력으로 저항했던 운동 세력을 가리킨다.

46. 티퍼레리는 아일랜드 남부의 지명이고, 밸리나는 아일랜드 북서부의 주 이름이다.

47. 마데이라 와인은 포르투갈령 섬 마데이라에서 생산되는 와인으로 알코올 성분을 강화한 것이다. 케이프 와인은 남아프리카 케이프 식민지에서 생산되었던 값싼 와인이다.

48. 영국 국교회가 아일랜드 가톨릭 신도들에게 강제로 십일조를 부과하는 데 저항하여 1831~8년에 일어난 십일조 전쟁을 가리킨다.

49. 버크와 헤어 사건 이후 버키즘(Burkism)은 시체를 해부용으로 팔려는 목적의 살인을 가리키는 신조어가 되었다. 헤리즘은 버키즘과 운을 맞추려고 넣은 말이다.

50. 이탈리아 법학자 귀도 판치롤리(Guido Panciroli, 1523~99)가 쓴 『고대에 잊혔다가 재발견된 기술과 발명품들의 역사(Rerum memorabilium jam olim deperditarum, & contrà recens atque ingeniose inventarum libri duo)』(1599)를 가리킨다.

51. 고대 로마에서 귀금속으로 취급되며 값비싼 꽃병이나 그릇을 만드는 재료로 쓰였다. 이는 형석이나 마노를 재가공한 광물로서 인도에서 들여온 것으로 추측된다.

52. 동로마제국의 신학자, 문헌학자인 막시무스 플라누데스(Maximus Planudes, 1260~1330)가 고대 그리스의 산문과 운문들을 집대성한 『그리스 사화집(Anthologia Hellēnikē)』을 가리킨다. 에피그램은 경구 혹은 짧은 풍자시를 뜻한다.

53. 4세기의 역사학자 플라비우스 보피스쿠스(Flavius Vopiscus)가 저자로

참여한 『로마 황제 열전(Scriptores Historiae Augustae)』(1671)을 17세기 프랑스의 고전 문헌학자인 클라우디우스 살마시우스(Claudius Salmasius, 1588~1653)가 편집한 것이다.

54. 'Est et elegans epigramma Lucilii, ubi medicus et pollinctor de compacto sic egerunt, ut medicus aegros omnes curae suae commissos occideret:' 『로마 황제 열전』 중 보피스쿠스가 쓴 「디부스 아우렐리아누스의 생애(Life of Divus Aurelianus)」 중에서 인용한 글이다. 루킬리우스(Lucilius)는 기원후 1세기 그리스의 풍자 작가다.

55. 'Et ut pollinctor vicissim τελαμῶνας quos furabatur de pollinctione mortuorum medico mitteret doni ad alliganda vulnera eorum quos curabat.'

56. 그리스신화에서 오레스테스는 아가멤논과 클리템네스트라의 아들이며 필라데스는 오레스테스의 사촌이었다. 클리템네스트라가 아가멤논을 죽이자 오레스테스는 필라데스의 도움을 받아 어머니를 살해한다.

57. 「사무엘상」 1장 23절, "사울과 요나단은 살았을 때 그렇게도 정이 두텁더니, 죽을 때도 갈라지지 않았구나."

58. 버크와 헤어의 이름을 라틴어식으로 부른 것이다.

59. '에피뮈티온'은 그리스어로 '이야기의 교훈'이라는 뜻이다. 19세기 출간된 그리스어 이솝우화집은 흔히 짤막한 우화를 실은 뒤 그 우화의 '교훈'을 따로 설명하는 형식으로 구성되어 있었다.

(「예술 분과로서의 살인」에 부치는) 후기[1]

무뚝뚝하고 음울하여 그 어떤 발랄한 글에도 싹싹하게 공감하지 못하는 부류의 독자들을 회유하기란 불가능한 일이다. 특히 그 발랄함이 도발의 영역으로 침범했을 경우는 더더욱 그렇다. 이런 경우, 공감하지 못하는 것은 곧 이해하지 못하는 것이며, 아무도 즐기지 않는 농담은 김이 빠지고 무미건조해지거나 완전히 무의미해진다. 다행히도, 이런 촌스런 독자들이 큰 불쾌감을 품은 채 전부 빠져나간 뒤 그 자리에 남은 대다수 독자들은 이 보잘것없는 글에서 흥미를 이끌어내고 이를 소리 높여 인정했으며, 그와 동시에 조심스러운 질책을 표현함으로써 그들의 칭찬이 진실함을 입증해주었다. 그들은 이 글의 도발이 분명히 의도적이며 글의 전체적인 발랄함을 완성하는 한 요소이기는 하지만, 그래도 너무 지나친 것 아니냐는 의견을 거듭 전했다. 나는 이 견해에 찬동하지 않는다. 이 졸고의 직접적 목표와 의도는 바로 공포의 순간을 건드리는 것이며, 그것이야말로 현실에서 맞닥뜨렸을 때 가장 불편한 부분임을 우호적인 검열관들에게 알려드리는 바이다. 사실 선을 넘은 도발 그 자체는 이 공론 전체가 단순한 허언에 불과함을 독자들에게 끊임없이 암시함으로써, 독자가 느끼는 공포의 중압으로부터 그를 해방시키는 가장 확실한 수단을 제공한다. 버려진 갓난아기들을 더블린과 런던의 기아 수용소에서 부양하던 시절, 세 왕국에 남아도는 이 갓난아기들을 요리해 먹어서 활용하자고 한 스위프트 사제장의 제안[2]과 그에 대한 비판을 한 번만 상기해보자. 이 제안은 실제로 나의 도발보다 더욱 대담하고 투박하리만큼 실용적인 도발이었으나, 심지어 아일랜드 국교회의 고위 성직자들 사이에서도 비난을 불러일으키지 않은 이유는 바로 그 기괴함 때문이었다. 릴리푸트, 라퓨타, 야후[3] 따위가 현실에서 터무니없이 불가능한 것들이었기 때문에 수용되었듯이, 그저 망언에 그친 도발은 허용되었고 통렬한 재담(Jeu d'esprit)으로 간주되었다. 그러므로 살인의 미학에 대한 본 강연과 같은 한낱 발랄한 물거품이 공격 대상으로서 가치가 있다고 여기는 사람이 있다면, 나는 사제장이 세워준 텔라몬의 방패[4] 밑에 잠시 몸을 숨기겠다. 그러나 (사실) 내 보잘것없는 글의 도발에 대해서는, 사제장의 망언에는 절대 가져다 붙일 수 없는 특별한 변명을 할 수 있다. 이는 내가 독자들을 이 후기에 붙들어놓고 있는 이유 중 하나이기도 하다. 단 한순간이라도 사제장 편을 들어, 갓난아기들을 식료품으로 바꾸는 것이 인간 사고의 정상적이고 자연스런 경향이라고 주장할 수 있는 사람은 없다. 상상할 수 있는 그 어떤 상황에서도 이는 가장 악질적인 형태의 — 가장 무방비한 이들을 상대로 자행하는 — 식인으로 여겨질 것이다. 반면 화재나 살인을 비평적 혹은 미학적으로 평가하는 경향은 보편적으로 존재한다. 만약 여러분이 대화재의 스펙터클 앞에 서게 된다면, 의심의 여지없이 처음에는 불 끄는 일을 도와야 한다는 충동을 느낄 것이다. 그러나 그 분투의 범위는 대단히 제한되어 있으며, 곧 이런 서비스를 위해 훈련받고 장비를 갖춘 정규 직업인들이 그 자리를 채운다. 화재가 사유재산에 일어났을 경우, 우리는 이웃의 재난에 대한 연민에 끌려 첫눈에 그 사건을 구경거리로 취급하는 것을 자제한다. 하지만 화재가 공공건물에 국한될 수도 있다. 그리고 어떤 경우든, 재난으로 여겨지는 그 사건에 대해 우선 유감의 뜻을 표하고 난 뒤, 우리는 어쩔 수 없이 그리고 주저 없이 그것을 하나의 극적 스펙터클로서 간주하게 된다. 장관에 도취된 군중의 입에서는 굉장하군! 멋지군! 하는 감탄사가 흘러나온다. 예를 들어 금세기 초 드루리 레인이 불타 무너졌을 때,[5] 그 지붕이 내려앉는 순간이 돋보였던 것은 바로 지붕의 정중앙 꼭대기에 얹힌 아폴로 수호상이 마치 자살을 하는 듯한 광경 때문이었다. 그 신상은 리라를 든 채 꼼짝 않고 서서 빠른 속도로 좁혀 들어오는 화마의 참상을 굽어보고 있는 듯했다. 별안간 그의 발아래 있던 버팀목이 부러졌고, 넘실대던 불꽃이 발작하듯 치솟으며 일순간 그 조상을 들어 올리는 듯했다. 이윽고 어떤 절망적 충동에 끌리듯, 우뚝 섰던 그 신은 화염 속으로 떨어지는 것이 아니라 마치 자기 몸을 던지는 것처럼 보였다. 그는 머리부터 곤두박질했고, 어떻게 보아도 그 낙하는 자발적 행동 같은 인상을 주었기 때문이다. 그러자 어떤 일이 벌어졌는가? 그 스펙터클이 내다보이는 강 위의 모든 다리와 그 밖의 공터로부터 그동안 억눌렸던 경탄과 감탄의 외침이 터져 나왔다. 이 사건이 있기 몇 년 전에도 리버풀에서 엄청난 화재가 일어난 적이 있다. 리버풀의 한 부두 근처에 있던 고리(Goree) 물류 창고가 불타 무너진 것이다.[6] 8층 혹은 9층 높이의 거대한 건물에 가득 들어찬 수천 뭉치의 면화, 수천 쿼터의 밀과 귀리, 그리고 타르, 테레빈유, 럼, 화약 등의 인화성 물질들은 여러 시간 동안 지속된 어둠 속에서 이 거대한 불길에 땔감을 공급해주었다. 여기에 지속적인 강풍이 불어 재난을 더욱 가중시켰다. 정박한 배들에게는 다행하게도 이 바람은 육지가 놓인 동쪽으로 불었다. 이 바람은 그곳에서 동쪽으로 18마일이나 떨어진 워링턴까지 닿았고, 대부분 럼주에 젖은 면화 솜털들과 상공의 대기를 뒤덮은 수많은 불똥들이 반짝이며 온 허공을 환히 밝혔다. 반경 18마일 이내의 들판 사방에 드러누워 있던 모든 가축들은 공포와 혼란의 도가니에 빠졌다. 물론 이 불꽃 튀는 소용돌이들이 빠르게 머리 위로 지나가는 광경을 본 사람들은 리버풀에서 어떤 거대한 재앙이 벌어지고 있다는 징표를 읽었고, 이에 너 나 할 것 없이 탄식했다. 그러나 이렇게 보편적인 공감의 분위기도 순간적으로 황홀에 싸인 경탄이 터져 나오는 것을 막거나 억누르지 못했다. 다채로운 불꽃의 진눈깨비는 돌풍에 실려 쏜살같이 날며 탁 트인 깊은 허공을 가르고 저 높은 검은 구름을 뚫었다.

이와 정확히 똑같은 반응이 살인에도 적용된다. 참살당한 이들에게 먼저 통석의 념을 표하고, 시간이 흘러

개인적 이해관계들이 매듭지어진 이후에, 몇몇 살인의 극적 요소(미학적인 비교 우위라 할 만한 것)들이 검토와 평가의 대상이 되는 일은 불가피하다. 한 살인은 다른 살인과 비교되며, 예컨대 놀랍거나 신비스러운 요소의 빈도와 효과 등 특정 살인에 우위를 부여하는 정황들이 수집 평가된다. 따라서 나는 내 도발을 변명하며, 그 불가피하고도 영구적인 근거로서 사람의 마음이 방심했을 때 취하게 되는 자연 발생적인 경향을 지적하는 바이다. 그러나 이에 상응하는 항변이 스위프트의 도발에도 적용된다고 주장할 사람은 아무도 없을 것이다.

나와 사제장의 이 중요한 차이점이 바로 내가 이 후기를 쓰게 된 한 가지 동기이다. 이 후기의 두 번째 목적은 총 세 건의 기념할 만한 살인 사건을 독자들에게 상세히 소개하는 것이다. 오래전에 애호가들의 여론은 이 사건들 — 그중에서도 특히 앞서 일어난 두 사건, 즉 1812년 윌리엄스가 행한 불멸의 살인 — 에 월계관을 씌워주었다. 그 작품과 연출가는 하나하나가 비할 바 없을 정도로 흥미롭지만, 1812년 이후 42년이 흐른 만큼 지금 세대의 사람들에게는 상세히 알려져 있지 않다.

전 기독교 세계의 연대기를 통틀어, 한 고립된 개인의 단독 범행으로는 1812년 겨울 존 윌리엄스의 살인만큼 사람들의 간담을 서늘케 한 힘을 발휘한 사건을 찾아볼 수 없다. 그는 총 두 집을 공격하여 그 두 가족 거의 전체를 각각 한 시간 안에 몰살하며 모든 카인의 후예들에 대한 자신의 우월성을 입증했다. 그사이의 약 2주일 동안 대중의 가슴을 지배한 감정적 광란을 제대로 묘사하기란 절대 불가능할 것이다. 어떤 이들은 분노의 경악으로 인한 망상에, 또 어떤 이들은 공포로 인한 망상에 사로잡혔다. 그로부터 이어진 12일 동안, 대도시를 발칵 뒤집어엎은 공포는 그 미지의 살인범이 런던을 벗어났다는 근거 없는 추측에 의거하여 섬 전체로 확산되었다. 그 당시 나는 런던에서 거의 300마일 떨어진 곳에 살고 있었지만,[7] 그곳에서도 아니 그 어느 곳에서도 공포는 형언할 수 없을 정도였다. 내가 개인적으로 친분이 있던 이웃의 한 부인은 당시 남편이 부재중이었고 몇 명의 하인과 함께 매우 호젓한 집에서 살고 있었는데, 그녀의 침실과 일체의 침입자 사이를 가르는 18개의 문 전부에 묵직한 빗장과 막대기와 쇠사슬을 친 뒤에야 비로소 휴식을 취할 수 있었다. (그녀는 이렇게 말하고 그것을 직접 내 눈으로 확인시켜 주었다.) 심지어 거실에서 그녀의 침실까지 가는 것도 마치 휴전 깃발을 들고 포위된 요새에 들어가는 것 같았다. 여섯 발을 내딛을 때마다 일종의 쇠창살로 된 성문에 가로막혀 걸음을 멈추어야 했다. 공포는 부자들에게만 국한된 것이 아니었다. 최하 계층의 여자들이, 수상쩍은 부랑자가 침입하려는 모습을 목격하고는 충격으로 그 자리에서 숨을 거둔 사건이 적어도 한 번 이상 있었다. 아마도 그 부랑자들은 기껏해야 좀도둑질을 하려는 의도였을 테지만, 런던의 신문 기사에 호도된 그 불쌍한 여자들은 그가 바로 그 무시무시한 런던 살인마라고 상상했던 것이다. 한편 당시 런던 중심부에 은신하고 있던 이 고독한 예술가는, 자신이 그 도시의 아틸라, 즉 '신의 채찍'[8]에 버금가는 대단한 존재가 되었음을 의식하고 그것으로 생계를 부양했다. 어둠 속을 헤매며 (나중에 알려진 것처럼) 살인에 의존하여 빵과 의복을 해결하고 삶의 승격을 도모했던 그는 언론에 대한 적절한 응답을 조용히 준비하고 있었다. 그리고 그의 첫 살인으로부터 12일째 되는 날, 그는 두 번째 공격을 날려 두 번째 일가족 몰살을 완수함으로써 자신이 런던에 있음을 만천하에 광고했고, 그에게 시골 성향을 전가하는 일이 부조리함을 만인에게 공표했다. 살인범이 몸을 낮추어 시골로 숨어들지 않았으며, 그 어떤 동기나 공포에 의해서든, 템스 강에 영구히 자리한 대도시, 거대 범죄의 '고정 주둔지(*castra stativa*)'를 단 한순간도 포기하지 않았다는 증거로 인해 지방 사람들의 공포심은 그나마 덜어졌다. 사실 이 위대한 예술가는 지방에서의 명성을 경멸했다. 그리고 그는 황동보다 오래가는 작품 — "영구 소장품(χλημα ἐς αει)"[9] — 자신의 스튜디오에서 연출된 작품으로서 그가 친히 인정할 만한 품질을 갖춘 살인이 지방 소도시나 시골 마을과는 터무니없이 안 어울린다고 느꼈음이 틀림없다.

이 빼어난 살인이 일어나고 몇 달 뒤 콜리지를 만났는데, 그는 당시 런던에 살고 있었음에도 자신은 도시를 온통 지배했던 공포에 휩쓸리지 않았노라고 내게 말했다.[10] 그 사건은 한 명의 철학자로서의 그에게 영향을 끼쳤을 뿐이었다. 이 사건은 아무 두려움 없이 모든 양심적 제약을 선선히 포기할 수 있는 사람이라면 곧바로 알아볼 수 있는 엄청난 힘에 대한 깊은 상념에 그를 던져 넣었다. 그러나 콜리지가 대중의 공포에 휩쓸리지 않았다고 해서 그 공포가 완전히 비이성적이라고 치부한 것은 아니었다. 그의 말대로 이 거대한 도시에는 오로지 여성과 아이들만 사는 집이 수천 가구나 있으며, 또 다른 수천 가구들도 긴 밤 내내 자신들의 안전을 일개 어린 하녀의 재량에만 맡겨둘 수밖에 없기 때문이다. 그리고 만약에 그 하녀가 자기 어머니나 누이나 애인의 전갈을 가져왔다고 사칭한 살인범에게 속아 넘어가 문을 열어주기라도 한다면 그 집의 보안이 뚫리는 일은 순식간이다. 하지만 문을 열기 전에 먼저 단단히 쇠사슬을 거는 관습은 그때부터 여러 달이 지난 뒤까지도 보편적으로 행해졌고, 오랫동안 이는 윌리엄스 씨가 런던에 얼마나 깊은 충격을 남겼는지를 증언하는 기록이 되었다. 덧붙이자면 사우디[11]는 이 사건에 대한 대중의 정서에 깊이 공감했고, 첫 번째 살인이 있고 1~2주일 뒤, 이것이 비록 개인에게 일어난 사건이지만 국가적 사건의 엄중한 서열로 뛰어올랐다고 내게 말했다.*[12] 그러나 이제는 독자 여러분이 이 살인의 무시무시한 짜임새를 실제 있었던 규모로 감상할 준비를 마친 만큼(이 시

* 사우디가 당시에 『에든버러 연감』의 편집을 맡고 있었는지 잘 기억이 나지 않는다. 만약 그랬다면 분명히 그 연감의 국내 섹션에서 이 사건 전체에 대한 훌륭한 설명을 찾아볼 수 있을 것이다.

기의 기록이 이미 42년 전 것이므로, 우리 세대 사람들 중에 이 사건에 대해 정확히 아는 사람은 넷 중 한 명도 안 될 것이다) 이 사건의 상세한 부분으로 넘어가도록 하자.

그러나 먼저 이 살인이 일어난 지역의 주변 환경에 대해 한마디 해야겠다. 래트클리프 하이웨이는 런던 동부의 항구 인근에서 가장 혼잡한 구역에 위치한 공공 대로다. 그리고 이 당시(1812년)에는 보우 스트리트의 탐정 경찰[13] 말고는 제대로 된 경찰이 없었다. 그들은 나름의 특수한 목적에는 훌륭했으나 수도 전역에 걸친 보편적 서비스에는 전혀 부적합했고, 이곳은 그중에서도 가장 위험한 구역이었다. 이곳의 세 명 중 최소한 한 명은 외국인으로 간주할 수 있었고, 한 걸음 내딛을 때마다 인도인, 중국인, 무어인, 흑인들과 마주칠 수 있었다. 유럽인의 눈으로는 도무지 과거를 헤아릴 수 없는 사내들의 다양한 모자와 터번 아래 철저히 감춰진 갖가지 잔학 행위들은 논외로 하더라도, 기독교 국가의 해군(특히 전시에, 상선 소속 해군)은 범죄를 저지르고 잠시 대중의 눈을 피해 은신한 온갖 살인범과 악당들의 피난처로 유명하다. 사실 이런 부류 중 '유능한' 선원으로서 자격을 갖춘 사람은 거의 없다. 그러나 각 배의 전체 (혹은 핵심) 승무원 중에서 이런 사람의 비율은 언제나 낮았고 특히 전시에는 더욱 그러했다. 승무원의 대다수는 정식 훈련을 받지 않은 육지 사람들이었다. 그러나 존 윌리엄스는 아마도 매우 뛰어난 선원이었을 것이다. 동인도회사의 여러 무역선과 그 밖의 배에 승

선한 그의 경력은 간간이 언급된 바 있다. 사실 그는 대체로 영리하고 노련한 사람으로, 온갖 돌발적 난국에 풍부한 지략을 동원할 능력을 갖추었고 다양한 사회적 상황에 유연히 적응했다. 윌리엄스는 중키(5피트 7.5인치에서 5피트 8인치)에 날씬한 체격으로, 다소 말랐지만 단단하고 적당한 근육질 몸에 군살은 전혀 없었다. (내 생각에 템스 경찰서에서) 조사를 받던 그를 목격한 한 부인은, 그의 머리카락이 대단히 드물고도 강렬한 빛깔, 그러니까 오렌지색과 레몬색의 중간 정도인 밝은 노란색이었다고 내게 알려주었다. 윌리엄스는 인도에 체류할 때 주로 벵골과 마드라스에 있었지만 인더스 강 유역에도 가 본 적이 있었다. 펀자브에서는 높은 카스트에 속한 사람들이 소유한 말에 흔히 진홍색이나 파란색, 초록색, 보라색 칠을 하는 것으로 악명이 높다. 그것이 자연스러운 머리색 같지는 않았으므로, 나는 윌리엄스가 잠시 동안 일종의 변장을 하려는 목적으로 이 신드와 라호르[14] 지방의 관습에서 힌트를 얻었을 수 있다는 생각이 들었다. 그 점을 빼고 나면 그의 외모는 별로 부자연스러운 부분이 없었다. 그리고 내가 런던에서 구입한 그의 석고 모형으로 판단하건대 그의 안면 구조는 평범하다고 말해야 할 것 같다. 그러나 한 가지 인상적인 부분은, 그의 타고난 맹수 같은 성격이 주는 인상과 부합하게도 그의 얼굴이 언제나 핏기 하나 없이 섬뜩하리만큼 창백했다는 점이다. 그 제보자는 이렇게 말했다. "그의 혈관에는 수치심이나 분노나 연민으로 얼굴을 달아오르게 만드는 붉은 혈액이 아니라, 인간의 심장에서 솟아 나오지 않는 초록색 수액이 흐르고 있다고 상상하게 되죠." 그의 눈은 저 뒤편에 숨은 어느 희생자에게로 눈빛이 온통 집중된 듯 냉랭하고 흐릿해 보였다. 지금까지의 말로 판단하면 그는 혐오감을 주는 외모였던 듯하다. 그러나 한편으로 많은 증인들의 일치된 증언과 사실이 전하는 무언의 증언을 종합하면, 그는 매끄러운 행실과 교활한 입담으로 섬뜩한 얼굴이 주는 혐오감을 완화했고 세상 경험이 없는 젊은 여성들 사이에서 매우 호의적인 평판을 얻어냈다. 그 중에서도, 윌리엄스가 필시 살해할 흉계를 꾸미고 있었을, 온화한 몸가짐을 한 어떤 아가씨는 이런 증언을 했다. 한번은 그가 그녀와 단둘이 앉아 있다가 이렇게 말했다고 한다. "자, R 양, 만약 내가 한밤중에 고기 써는 칼을 들고 당신 침대 옆에 나타난다고 하면, 당신은 뭐라고 하겠소?" 이에 사람을 쉽게 믿는 그 아가씨는 이렇게 대답했다. "오, 윌리엄스 씨, 그게 만약 다른 사람이라면 저는 겁에 질릴 거예요. 하지만 당신의 목소리를 듣자마자 평온해지겠지요."[15] 딱한 아가씨! 윌리엄스 씨가 대략 어떤 사람인지를 그녀가 알고 깨달았다면, 그녀는 그 시체 같은 얼굴과 불길한 목소리 뒤에 그녀의 평온을 영원히 뒤흔들 뭔가가 숨어 있음을 눈과 귀로 보고 들을 수 있었을 것이다. 그러나 먼저 무시무시한 경험을 거치지 않고서는 존 윌리엄스 씨의 가면을 벗겨낼 길이 없었다.

12월의 어느 토요일[16]에 윌리엄스 씨가 향한 곳은 바로 이 위험한 구역이었다. 우리가 추측건대 이미 오래 전에 첫 시도(coup d'essai)를 실행에 옮긴 바 있는 그는, 다음 볼일을 완수하기 위해 붐비는 거리를 헤치고 나아갔다. 그는 결심이 서 있었다. 그리고 이미 밑그림을 그려 놓은 그 계획을 오늘 밤 실행에 옮기리라고 스스로에게 은밀히 속삭였다. 그 계획은 완수된 바로 다음 날 런던의 '저 거대한 심장'[17]을 그 중심부부터 주변부까지 경악으로 몰아넣게 된다. 나중에 알려진 바에 따르면 그는 이 사악한 용건을 위해 밤 11시경 숙소를 떠났다. 하지만 이렇게 이른 시각부터 일을 시작하려는 의도는 아니었다. 그는 우선 정찰을 해야 했다. 그는 헐렁하고 널찍한 코트 속에 연장을 숨기고 단단히 붙들어 맸다. 이는 그의 섬세한 성격 그리고 야만적인 것에 대한 고상한 혐오와 잘 들어맞았다. 그의 훌륭하고 점잖은 매너가 돋보였다는 것은 일치된 의견이다. 맹수의 심장은 가장 간사하고 교활한 세련 아래 숨어 있었던 것이다. 그를 알았던 모든 사람들은 그의 위장이 대단히 영리하고 완벽했음을 증언하고 있기에, 가난한 동네가 으레 그렇듯 토요일 밤이면 붐비는 길을 헤쳐 나가던 그가 만약에 우연히 누구를 밀치기라도 했다면, 아마 그는 (그들 모두가 만족할 정도로) 걸음을 멈추고 가장 신사답게 사과했을 것이다. 그의 악마 같은 심장은 가장 흉악한 목적을 품고 있음에도, 그는 가던 길을 멈추고, 그로부터 약 90분 후 처리할 작은 볼일을 위해 그의 우아한 외투 밑에 단단히 감춰둔 큰 나무망치가 자기와 부딪친 낯선 사람을 아프게 하지 않았기를 바라는 상냥한 희망을 표시했으리라. 과거의 몇몇 위대한 화가들은 그림을 그릴 때 꼭 정장—레이스 주름 장식, 주머니 가발, 다이아몬드 자루가 달린 칼—을 갖춰 입는다는 원칙을 고수했다. 내가 알기로는 티치아노가 그랬고 루벤스는 확실하며 어쩌면 반다이크도 그러했다. 그리고 윌리엄스 씨는, 규모가 크고 복잡한(grand compound) 살인을 하러 나설 때 (다른 의미에서, 이를 '고액 납부자로 나서다[going out as Grand Compounder]'라는 옥스퍼드식 표현에 적용할 수도 있겠다[18]) 언제나 검은 실크 스타킹과 펌프스를 착용했다고 믿을 만한 이유가 있다. 모닝 가운을 입는 것도 예술가로서 그의 위상에 전혀 해가 되지 않았을 것이다. 그 두 번째 걸작의 연출 현장에서 윌리엄스 씨는 최고급 천을 쓰고 실크로 호화롭게 안감을 댄 파란색의 긴 프록코트를 입고 있었음이 특별히 목격되고 증언되었다.[19] 당시 그 문제의 목격자는 어느 은밀한 장소에서 죽을 것 같은 두려움의 고통으로 덜덜 떨며 (독자 여러분도 앞으로 볼) 이 참극의 유일한 관객이 되어야만 했다. 윌리엄스 씨를 둘러싼 일화들 중에는 그가 초일류 치과 의사와 초일류 발 치료사만 고용했다는 이야기도 있었다. 물론 그는 어떤 일이 있어도 이류 기술자에게 자기 몸을 의탁하지 않았을 것이다. 그리고 그가 종사했던 이 위험한 사업 분야에서 그는 의심의 여지없이 가장 귀족적이고 까다로운 예술가로 여겨졌을 것이다.

그러나 한편 그 희생자는 누구였으며, 그는 누구의 집으로 급히 가고 있었던 것일까? 확실히 그는 모종의 살인 기회를 찾아 길거리를 정처 없이 누비고 다닐 만큼 경솔하지는 않았을 테니까? 물론 그렇다. 그는 얼마 전에 아주 오래되고 친한 친구 한 명을 자기 입맛에 맞는 희생자로 점찍어놓은 터였다. 그는 살인하기 가장 좋은 사람은 바로 친구이며 친구가 없을 경우에는(이는 언제나 충족될 수 있는 사항이 아니기에) 지인이라는 좌우명을 품고 있었던 듯하다. 두 경우 모두 대상에 처음 접근할 때 의심을 누그러뜨릴 수 있기 때문이다. 반면에 그를 모르는 사람이라면 깜짝 놀랄 것이고, 살인자의 얼굴만 보고도 이를 경계 태세를 취하라는 신호로 받아들일 것이다. 하지만 이 경우 그의 예비 희생자는 두 가지 성격을 모두 갖추고 있었던 듯하다. 처음에는 친구였다가 나중에 모종의 타당한 이유로 적이 된 것이다. 하지만 그보다는 사람들의 말대로, 친구 관계나 적대 관계를 조성하는 감정 자체가 오래전에 사그라졌을 가능성이 높다. (친구로서든 적으로서든) 이번 토요일 밤의 작업 대상으로 선택된 그 불행한 사람의 이름은 마였다. 윌리엄스와 마의 관계에 대해 당시 떠돌았고 (옳든 그르든) 당국의 발표와 모순되지 않는 이야기는, 그 둘이 캘커타까지 가는 같은 동인도 무역선을 탔고 항해 중 다툼을 벌였다는 것이다.[20] 하지만 항해가 끝나고 배에서 내린 다음 다투었다는 이야기도 있다. 그 다툼의 발단은 바로 매우 예쁜 젊은 여성이었던 마 부인이었다. 그 둘은 그녀의 호감을 얻기 위해 서로 경쟁했고, 일찍부터 서로에게 심한 적대감을 품게 되었다. 몇몇 정황으로 볼 때 이 이야기는 개연성이 있다. 물론 어떤 살인이 충분히 해명되지 않았을 경우, 한낱 야비한 동기에 의해 충격적인 살인이 일어났다는 사실을 도저히 견딜 수 없는 순수하게 선량한 마음의 발로로, 일부 사람들은 살인범이 좀 더 고상한 자극에 이끌려 행동했다고 설명하는 이야기를 지어내고 대중이 그것을 믿는 일이 벌어지기도 한다. 그리고 이 경우 윌리엄스가 돈이라는 단 한 가지 동기 때문에 그토록 복합적인 한 편의 비극을 완성했다는 발상에 너무 충격을 받은 대중은, 그가 한 여성의 애정을 얻으려는 좀 더 열정적이고 순수한 경쟁으로 불거진 살의에 휘둘렸다는 이야기를 환영했다. 이 부분은 여전히 약간 의심의 여지가 있으나, 마 부인이 두 남자가 반목하게 된 실제 원인 — 가장 부정한 원인(*causa teterrima*)[21] — 이었을 가능성은 확실히 있다. 한편 이 반목이 현세에서 지속될 시간은 이제 얼마 남지 않았고, 모래시계의 모래는 다 떨어져가고 있었다. 그것은 바로 그날 밤에 종막을 고할 터였다. 그다음 날은 잉글랜드에서는 일요일, 스코틀랜드에서는 '안식일'이라는 유대식 명칭으로 부르는 날이었다. 명칭은 달라도 그 기능은 같아서 두 나라가 모두 휴식을 취하는 날이었다. 마, 그대에게도 그날은 안식의 날이 되리니, 쓰인 대로 이루어지리라. 또 그대, 어린 마 역시 안식을 찾으리라. 너희와 너희 집안과 너희 문 안의 객들이 그러하리라. 그러나 그 안식은 무덤 저편의 세상에 있으리니, 무덤 이쪽 편에서 그대들 모두는 마지막 수면을 취하게 되리라.

그날 밤은 이상하리만큼 캄캄했다. 그리고 이 런던의 하층민 주거 구역에서는 밤이 밝든 어둡든, 조용하든 시끄럽든 간에 모든 상점이 최소한 토요일 밤 12시까지 문을 열었고, 그보다 30분 늦게까지 여는 상점도 많았다. 정확히 언제부터 일요일인가에 대한 유대인들의 엄격하고 고지식한 미신에 매달리는 이는 없었다. 최악의 경우는 새벽 1시부터 그다음 날 아침 8시까지 꼬박 31시간 동안 일요일로 간주되기도 했는데, 이는 물론 충분히 긴 시간이었다.[22] 그 토요일 밤, 마는 그 밤이 좀 더 짧아져서 빨리 지나가길 바랐을 것이다. 그날 마는 16시간 동안이나 카운터를 지키며 힘들게 일했기 때문이다. 마의 사회적 위치는 이러했다. 그는 작은 양품점을 운영했고 상점의 물건과 비품을 갖추는 데 약 180파운드를 투자했다. 장사하는 사람들이 모두 그렇듯이 그도 걱정거리에 시달렸다. 그는 초보 장사꾼이었는데도 벌써 악성 부채를 짊어지고 있었고 지금의 매출로는 감당하기 힘든 청구서의 만기가 다가오는 중이었다. 하지만 그는 기질적으로 낙천가였다. 당시 그는 튼튼하고 생기 넘치는 27세 청년으로,[23] 경제적 전망 때문에 약간 불안해하긴 했어도 아직 활기를 잃지 않았으며, 최소한 그날 밤과 그다음 날 밤에는 걱정을 내려놓고 그의 피곤한 머리를 사랑스런 젊은 아내의 정숙한 가슴에 기댄 채 쉴 수 있으리란 (헛된!) 기대를 품고 있었다. 마 가족은 다음 다섯 사람으로 구성되어 있었다. 첫째로, 제한된 경제적 의미에서 설령 몰락하더라도 불의 피라미드처럼 다시 일어서 몇 번이고 폐허를 딛고 솟아오를 에너지를 갖춘 마 자신이 있었다. 그렇다. 불쌍한 마, 그대의 타고난 에너지가 무참히 유린되지만 않았다면 그대는 정녕 그러했으리라. 그러나 바로 그 시각 길 건너편에는 이런 온갖 유망한 전도를 단호히 부정하는 지옥의 사자가 서 있었다. 가족 명단의 두 번째 인물은 바로 그의 예쁘고 다정한 아내였다. 그녀는 겨우 스물두 살이었고 세상의 행복한 어린 아내들처럼 그녀도 행복했으며 걱정이 있다면 사랑스런 아기에 대한 것뿐이었다. 길거리에서 불과 9피트 밑 지하의 따뜻하고 아늑한 부엌에는, 세 번째 가족 구성원인 생후 8개월 된 아기가 요람에 누워 이따금 젊은 엄마의 손길에 흔들리고 있었기 때문이다. 마와 그녀는 결혼한 지 19개월 되었고, 이 아기는 그들의 첫아이였다. 저세상에서 주일의 깊은 안식을 취하고 있을 이 아이를 위해 슬퍼하지 말지어다. 부모를 둘 다 여의고 고아가 되면 뼛속까지 가난에 절게 될 터인데, 왜 굳이 낯설고 살기등등한 이승에 머물러야 한단 말인가? 네 번째로 열세 살 먹은 데번셔 주 출신의 통통한 소년이 도제로 머무르고 있었다. 데번셔 주 젊은이들이 대개 그렇듯 그는 이목구비가 잘생겼고* 자기 자리에 만족했다. 그는 혹사당하지도 않고 친

* 한 예술가가 내게 들려준 이야기에 따르면, 같은 해인 1812년에 데번셔 주 향토 연대 900명(자원병이든 의용군이든)이 그가 배치된 주둔지 옆으로 행군하는 광경을 우연히

절한 대우를 받았으며, 주인 부부가 자신을 친절히 대해준다는 것을 스스로도 잘 알았기 때문이다. 그리고 이 조용한 가족의 맨 끝에 선 마지막 다섯 번째로 하녀가 한 명 있었다. 그녀는 이제 성인이 된 젊은 여성으로 특히 마음씨가 고왔고 (하위 계층 가정에서 흔히 그렇듯) 여주인과는 자매 같은 관계였다. 약 20년 전부터 현 시점(1854년)에 이르기까지 영국 사회에는 큰 민주적 변화가 일어나는 중이다. '주인님'이라든가 '마님'이라고 말하는 것을 부끄러워하는 사람들이 늘고 있는 것이다. 지금 이 용어는 '고용주'라는 말로 느리게 대체되고 있는 중이다. 이 불손한 민주적 표현은 아무도 굳이 나서서 반박하지 않으므로 불필요한 독립 선언이기에 듣기 거북하긴 해도, 현재의 미국에서는 장기적으로 별 악영향을 끼치지 않는다. 그곳에서는 가내 '일꾼들'이 확실하고도 급속하게 자기 가정의 독립된 주인으로 이행되는 과정이 매우 보편적으로 진행되고 있으므로, 사실상 그들은 이런 관계가 어쨌건 앞으로 1~2년 이내에 해체되리라는 것을 잠시 모르는 체하고 있을 뿐이다. 하지만 끝없이 남아도는 땅에서 자원을 퍼다 쓸 수 없는 잉글랜드에서는 이런 변화의 추세에 고통이 따른다. 이 변화에는 굴레를 면제해줄 것을 요구하는 무뚝뚝하고 거친 표현이 뒤따르지만, 그 굴레는 언제나 가벼웠고 많은 경우 인자했다. 여기서 내가 말하려는 뜻은 다른

본 적이 있는데 그중에서 '잘생겼다'라는 흔한 표현에 부합하지 않는 남자가 채 열 명도 되지 않았다고 한다.

지면에 따로 설명하겠다. 이런 규범은 여기 마 부인의 하녀에게서 실제로 드러난다. 하녀인 메리[24]는 자기가 보기에 집안일에 착실하고 부지런하며, 어린 나이에도 자신이 가진 약간의 권위를 변덕스럽게 휘두르거나 눈에 띄게 내세우지 않는 여주인에 대해 거짓 없고 가식 없는 존경심을 품고 있었다. 모든 이웃들의 증언에 따르면, 그녀는 한편으로 겸손한 존경의 태도로 여주인을 대했으며, 다른 한편으로 여주인의 육아 부담을 덜어주기 위해 마치 친자매처럼 기쁘고 자발적으로 일했다.

자정을 3~4분 넘겼을 때, 마가 계단 꼭대기에서 갑자기 소리쳐 부른 사람은 바로 이 젊은 여성이었다. 마는 그녀에게 밖에 나가서 가족들이 저녁 식사로 먹을 굴을 사오라고 시켰다. 평생을 바꿔놓는 중대한 결과가 하찮은 우연으로 좌우되는 일은 얼마나 많은가! 마는 상점 일을 보느라 바빴고, 마 부인은 아파서 칭얼대는 아기를 돌보느라 둘 다 저녁을 거른 터였다. 시간이 늦어질수록 선택의 폭은 점점 좁아지는 중이었고, 아마도 굴은 12시를 친 이후 시장에서 구할 가능성이 가장 높은 품목이었을 것이다. 그러나 이 사소한 정황 덕분에 메리는 생명을 건질 수 있었다. 그녀는 가족들 중 이 몰살극에서 탈출한 유일한 인물이었다. 만약 평소대로 10시나 11시에 저녁 장을 보러 나갔다면 그녀는 탈출하지 못했을 것이 거의 확실하며, 너무나 명백하게도 다른 가족들과 운명을 함께했을 것이다. 이제는 서둘러야 했다. 그래서 메리는 급히 마에게서 돈을 받아 한 손에 장바구니를 들고 보닛은 쓰지 않은 채 상점 밖으로 나왔다. 그 순간은 그녀가 훗날 돌아 봤을 때 간담이 서늘한 기억이 되었다. 상점 문밖을 나서자마자 길 건너편에서 가로등 불빛에 비친 한 남자의 모습을 본 것이다. 그는 순간 우뚝 섰다가 다음 순간 천천히 움직였다. 그가 바로 윌리엄스였음은 그 직전 혹은 직후에(지금으로서는 어느 쪽이었는지 알 수 없다) 일어난 한 작은 사건으로 충분히 입증되었다. 앞서 말했듯 심부름을 할 시간이 충분치 않아 메리가 몹시 서두르며 전전긍긍했음을 고려할 때, 그녀는 이 낯선 남자의 움직임에서 알 수 없는 깊은 불안감을 느꼈던 것이 분명하다. 그렇지 않았다면 그녀는 확실히 그런 것에 주의를 돌릴 겨를이 없었을 터이기 때문이다. 그때 그녀의 머리에 어떤 생각이 스쳐 지나갔는지에 대해서는 나중에 그녀 자신이 약간의 실마리를 던져주었다. 그녀의 증언에 따르면, 어둠 때문에 그 남자의 이목구비를 확인하거나 그의 눈길이 정확히 어느 쪽을 향하고 있는지를 확신할 수는 없었지만, 그가 움직일 때의 몸가짐과 몸을 굽힌 모양새로 보건대 그는 틀림없이 29번지를 주시하고 있었다.

내가 앞에서 메리의 믿음을 사실로 입증해 주었다고 말한 작은 사건이란, 바로 자정에서 그리 멀지 않은 시각에 야경꾼이 이 낯선 사내를 특별히 눈여겨본 일이었다. 이 야경꾼은 그가 마의 상점 창문을 계속 엿보는 모습을 목격했다. 이 행동을 그 남자의 외모와 연결 지어보고 아주 의심스럽게 여긴 그는 마의 상점으로 들어가 자신이 본 것을 알려주었다. 이는 그가 나중에 치안판사 앞에서 진술한 사실이다. 그가 덧붙인 진술에 따르면 그 이후, 자정이 몇 분 지난 시점에(아마도 12시 8분이나 10분, 메리가 집을 나선 뒤에) 그가 평소대로 다시 30분 간격으로 순찰을 돌고 있는데 마가 그를 불러 셔터 닫는 것을 도와달라고 부탁했다. 이때가 그들이 대화를 나눈 마지막 순간이었다. 야경꾼은 그 이름 모를 낯선 사내가 이제는 확실히 자리를 떴다고 마에게 알려주었다. 야경꾼이 아까 마에게 경고한 이후로 그의 모습이 눈에 띄지 않았기 때문이다. 윌리엄스는 야경꾼이 마의 상점에 들어가는 것을 목격하고, 자신의 거동이 경솔했음을 시기적절하게 의식한 것이 분명하다. 그는 마에게 (헛되이) 주어진 경고를 활용했던 것이다. 그리고 그 사냥개는 야경꾼이 셔터 닫는 것을 도와주고 간 뒤 1분 이내에 작업을 개시했을 것이다. 윌리엄스가 더 일찍 작업에 착수하지 못한 이유는 길거리에서 상점 안쪽까지 훤히 들여다보였기 때문이다. 윌리엄스가 안전하게 일을 시작하려면 그 이전에 셔터가 확실히 닫혀 있어야 했다. 그러나 이 사전 예방 조치가 완료되고 바깥의 눈을 피해 숨을 수 있음이 확실해진 이후에는, 너무 서둘러서 위험을 자초하는 것보다 너무 지체해서 결정적 순간을 놓치지 않는 것이 훨씬 더 중요해졌다. 마가 문을 걸어 잠그기 전에 안으로 들어가느냐 마느냐에 모든 것이 달려 있었기 때문이다. 독자 여러분이 무언의 사실을 제대로 해석한다면 깨닫게 되겠지만, 만약 다른 식으로 들어갔다면(예를 들면 메리가 돌아오기를 기다려서 그녀와 동시에 들어간다든지), 윌리엄스는 그가 활용한 특별한 이점을 누리지 못했을 것이다. 윌리엄스는 야경꾼의 발소리가 멀어질 때까지 기다려야 했다. 아마 한 30초 정도 기다렸을 것이다. 그러나 일단 위험이 지나가자, 그다음 위험은 바로 마가 문을 걸어 잠그는 것이었다. 그가 열쇠만 한 번 돌리면 살인범은 바깥에서 닭 쫓던 개 신세가 될 터였다. 그래서 그는 곧바로 안으로 뛰어들어가, 마가 이 치명적 전략을 알아채지 못하게끔 왼손을 민첩하게 움직여 열쇠를 돌렸다. 이 괴물이 밟은 자취를 낱낱이 뒤쫓으며, 이 사건의 무언의 상형문자가 이 피비린내 나는 드라마의 모든 과정과 움직임을 마치 우리 자신이 마의 상점에 숨어 있거나 자비로운 하늘에서 — 무엇이 자비인지는 모르겠지만 — 이 냉혈한을 내려다보는 것처럼 분명하고 온전하게 드러내는 모습을 지켜보는 일은 진정 멋지고 흥미로운 일이다. 그가 자물쇠에 행한 트릭을 비밀스럽게 재빨리 숨긴 것은 확실하다. 그렇지 않았다면 마는 곧바로 화들짝 놀랐을 것이기 때문이다. 특히 야경꾼의 경고를 들은 터라 더더욱 그랬을 것이다. 그러나 우리가 곧 보게 되듯이, 마는 놀라지 않았다. 사실 윌리엄스가 확실히 성공을 거두기 위해서는 마 상점에서 고함이나 고통의 비명이 새어나가지 않게끔 가로막고 억누르는 것이 더할 나위 없이 중요했다. 길거리와 아주 얇은 벽 하나만 사이에 두고 가냘프게 차단되어 있는 상황에서, 이런 비명은 거리에 나와 소리 지르는 것이나 다름없이 크게 들렸을 것이다. 그러니까 반드시 큰 소리가 나지 않게 해야 했고, 실제로 아무 소리도 나지 않았다. 그가 어떻게 그렇게 했는지 독자 여러분은 곧 알게 될 것이다. 하지만 지금은 살인범을 피해자들과 더불어 홀로 놔두기로 하자. 그가 50분 동안[25] 마음껏 쾌락을 좇도록 놔두기로 하자. 우리가 알다시피 이제 대문은 잠겼고 구조의 손길은 미칠 수 없다. 도와줄 사람은 없다. 그러니 이제 우리의 시선을 메리에게로 옮겨보자. 그리고 모든 것이 끝났을 때, 우리는 그녀와 함께 돌아와 다시금 커튼을 젖히고, 그녀가 자리를 비운 동안 벌어진 무시무시한 사건의 기록을 읽어보도록 하자.

자신도 이해할 수 없을 정도로 마음이 불안했던 이 불쌍한 아가씨는 굴을 파는 상점을 찾아 이리저리 돌아다녔다. 하지만 평소에 자주 다녀 안면을 익힌 범위에서는 그 시간까지 문을 연 상점을 찾지 못한 까닭에, 좀 더 먼 곳까지 나가 봐야겠다는 생각이 들었다. 저 멀리서 아직까지 깜빡이며 일렁이는 불빛들은 그녀에게 유혹의 손짓을 보내고 있었다. 하지만 기이하리만큼 캄캄한 밤에 조명이 침침한 낯선 거리로 들어선 데다,* 그곳이 런던에서

* 나는 가스등의 역사를 시간 순서대로 기억하지 못한다. 그러나 런던에서는 윈저 씨[26]가 가스등의 가치와 거리 조명으로서의 응용 가능성을 보여주고 오랜 시간이 흐른 뒤까지도 많은 구역이 여러 해 동안 이 새로운 시스템을 채택하지 못했는데, 이는 과거 기름 판매업자들과 맺은 장기 계약이 존속하고 있었기 때문이다.

도 흉포한 소란이 많이 벌어지는 구역이라 계속 지름길을 놔두고 돌아가야 했으므로, 그녀가 길을 잃은 것은 당연했다. 그때쯤 그녀가 애초에 생각했던 목적은 난망한 일이 되었고, 이제는 왔던 길을 다시 밟아가는 수밖에 없었다. 하지만 그것도 힘든 일이었다. 어둠에 가려 그 생김새를 제대로 분간할 수도 없는 행인을 아무나 붙들고 길을 묻기가 두려웠기 때문이다. 마침내 그녀는 손전등으로 한 야경꾼을 알아보고 그의 안내를 받아 올바른 길로 들어설 수 있었다. 그리고 10분이 더 흐른 뒤 그녀는 29번지 대문 앞으로 돌아왔다. 하지만 이때 그녀는 자기가 50~60분 동안이나 집을 비웠음을 깨달았다. 그때 멀리서 야경꾼이 한 시가 지났음을 외치는 소리를 들었기 때문이다. 이 소리는 시계가 한 시를 치고 몇 초 뒤 시작되어 잠시 멎었다가 10~13초 동안 계속되었다.

얼마 후 그녀를 경악에 빠뜨린 고통스런 사건 때문에 산란해진 머리로, 곧 그녀 앞에 차례로 입을 벌린 의심과 경계와 희미한 불안감을 똑똑히 기억하기란 당연히 힘든 일이었다. 그러나 그녀가 기억하는 한, 처음 집에 도착했을 때까지만 해도 그녀는 특별히 놀라운 낌새를 알아채지 못했다. 많은 도시에서는 바깥과 집 안 사이를 이어주는 수단이 주로 초인종이었지만, 런던은 노커가 대세였다. 마의 집에는 노커와 초인종이 둘 다 달려 있었다. 메리는 초인종을 누르는 동시에 노커로 가만가만 문을 두드렸다.[27] 주인 부부가 아직까지 깨어 있으리라 확신했으므로 그들을 깨울지 모른다는 걱정은 없었지만, 혹시 아기가 깨어 여주인에게서 또다시 하룻밤의 휴식을 앗아갈까 신경이 쓰였기 때문이다. 그리고 그녀는 세 사람 모두 자기가 돌아오기만을 이제나저제나 기다리고 있을 것임을 잘 알았다. 아마도 지금쯤 그들은 그녀가 늦는 것을 크게 걱정하고 있을 터이니, 문밖에서 아주 작은 소리만 나도 그중 한 명이 문으로 달려올 것이다. 그런데 어찌된 일일까? 놀랍게도 부엌에서는 아무런 기척도 말소리도 들려오지 않았다. 놀라움과 함께 싸늘한 공포가 그녀를 엄습했다. 그 순간 오싹한 고통과 더불어, 헐렁한 짙은 색 코트를 입고 있던 낯선 사람의 불분명한 이미지가 머리에 떠올랐다. 아까 전에 침침한 가로등 밑에서 주인의 동태를 너무도 명백히 주시하다가 슬그머니 가버린 그 사내였다. 그때 자기가 아무리 마음이 급했어도 그 의심스런 행동을 마 씨에게 알렸어야 했다는 통렬한 자책감이 그녀를 휘감았다. 가여운 아가씨! 물론 그녀가 알려주어서 마를 조심시킬 수도 있었겠지만, 그때 그는 이미 다른 사람에게서 경고를 받았다는 사실을 그녀는 알지 못했다. 그러니 그녀가 경고를 빼먹은 탓에—그것도 실은 주인의 지시를 따르느라 바빴기 때문이지만—나쁜 결과가 초래된 것은 아니었다. 그러나 그 순간만큼은 압도적인 공포가 이런저런 반성을 집어삼켜 버렸다. 초인종도 누르고 문도 두드렸는데 이를 아무도 듣지 못할 수 있다는 사실 하나만으로도 그 순간 공포를 불러일으키기 충분했다. 한 사람이 잠들었을 수는 있지만, 두 사람, 아니 세 사람 모두가 잠들었다는 것은 있을 수 없는 일이었다. 그리고 만에 하나 세 사람 모두가 아기와 함께 잠들었다고 해도, 이 철저하고도 완전한 적막을 어떻게 설명한단 말인가! 이 시점에 이 불쌍한 아가씨는 당연히도 히스테릭한 공포에 휩싸였고, 이제는 울렁거리는 두려움에서 우러나온 맹렬한 기세로 초인종을 눌렀다. 그리고 기다렸다. 비록 빠른 속도로 빠져나가는 중이긴 했지만, 그녀는 아직 이런저런 가능성을 숙고해볼 만한 침착성을 유지하고 있었다. 만에 하나 큰 사고가 터져서, 마 씨와 도제 소년이 맞은편 동네로 의사를 부르러 가느라 함께 집을 비워야 했다고 해도—그것도 상상하기 힘든 일이지만—그렇다고 해도 마 부인과 아기는 집에 남았을 것이다. 그리고 아무리 극단적인 상황이라도 그 불쌍한 엄마는 초인종 소리에 어떤 식으로든 응답할 것이다. 따라서 이 마지막 호소에 혹시 있을지도 모를 응답의 여지를 주기 위해, 그녀는 초인종을 누른 다음 숨을 죽이고 기다리기를 반복해야 했다. 그러므로 듣는다. 떨리는 심장 소리를. 귀를 기울인다. 20초 동안 죽음과 같은 침묵이 흐른다. 죽음의 침묵 가운데 그녀는 기다렸다. 그리고 그 무시무시한 적막 속에서 그녀가 숨소리를 죽이고 귀를 기울였을 때, 죽는 날까지 그녀의 귓가를 떠나지 않고 울리게 될 공포스런 일이 벌어졌다. 메리, 공포로 떨면서도 자신의 미친 듯한 마지막 호소에 친애하는 젊은 여주인이 응답할 여지를 주려는 마지막 안간힘으로 침묵을 지키며 스스로를 억누르고 있던 이 불쌍한 아가씨는, 마침내 집 안으로부터 아주 또렷하게 무슨 소리를 들었다. 그렇다. 이제 의심의 여지없이 그녀의 호출에 대한 응답이 오고 있었다. 그게 무엇이었을까? 계단 위, 부엌으로 내려가는 계단이 아니라 위층 침실로 이어진 계단 위에서 삐걱거리는 소리가 들렸다. 그런 다음에 아주 뚜렷한 발소리가 들렸다. 하나, 둘, 셋, 넷, 다섯 계단을 천천히 그리고 뚜렷하게 내려오는 소리였다. 그런 다음 이 끔찍한 발소리는 문으로 이어진 작고 좁은 복도를 따라 점점 다가왔다. 그 발소리는—오 하느님! 저것이 누구의 발소리란 말인가?—문 앞에서 멈추었다. 이제는 숨소리까지 들을 수 있었다. 이 집 안의 모든 숨소리를 침묵시킨 그 공포스런 존재의 숨소리를 말이다. 그와 메리 사이에는 한 겹의 문뿐이었다. 문 저편에서 그는 무엇을 하고 있는가? 계단을 내려온 조심스럽고 은밀한 발소리는 관처럼 좁은 복도를 따라 뚜벅뚜벅 걸어와, 마침내 문 앞에서 멈추었다. 그자의 숨소리는 얼마나 거칠었는가! 그는, 그 고독한 살인범은 문 저쪽 편에 있다. 메리는 문 이쪽 편에 있다. 이 시점에 그가 별안간 문을 열고, 메리가 경솔하게도 캄캄한 집 안으로 발을 디뎌 자신도 모르게 살인범의 품 안으로 몸을 던졌다면 어떻게 됐을지 상상해보자. 지금까지 상황으로 봤을 때 이는 가능한 일이다. 메리가 집에 막 돌아온 시점에 이 작은 트릭을 실행했다면 이는 확실히 성공했을 것이다. 그녀가 처음 초인종을 울렸을 때 곧바로 문이 열렸다면 그녀는 다짜고짜 집 안으로 들어가 죽음을 당했을 것이다. 그러나 이제 메리는 바짝 경계한 상태였다. 이 미지의 살인범과 그녀는 둘 다 문에 입술을 댄 채, 거친 숨을 쉬며 귀를 바짝 세우고 있었다. 그러나 다행히도 그들은 문의 서로 다른 편에 있었다. 문을 열거나 빗장을 푸는 희미한 낌새만으로도 그녀는 사방에 깔린 어둠의 피난처를 향해 곧바로 튀어 달아날 것이다.

복도를 따라 대문 앞까지 다가온 살인범의 의도는 무엇이었을까? 그 의미는 이러했다. 한 개인으로서 따로 떼어놓고 봤을 때 메리는 그에게 아무런 가치도 없었다. 그러나 한 가족의 일원으로서 고려했을 때 그녀는, 만일 잡혀서 살해된다면 이 집의 파멸을 완성하고 종결짓는다는 의미에서 가치를 지녔다. 그리고 그 사건은 모든 기독교 세계에 전해지면서 대중의 상상력을 사로잡을 것이다. 피해자 일가족 전체가 이렇게 덫에 걸렸으며, 가족의 파멸이 이같이 완벽하게 마무리되었다고 말이다. 그런 규모의 파멸과 대면했을 때, 만물을 지배하는 전능한 살인범의 손아귀에서 바들바들 떨며 무기력하고 속절없이 무너지는 것은 모든 남녀의 경향이리라. 그는 이렇게 말하기만 하면 될 것이다. 내 소개장은 래트클리프 하이웨이 29번지에서 받아온 것이오, 그러면 살인범의 방울뱀처럼 매혹적인 눈앞에서, 완패한 상상력은 힘없이 주저앉으리라. 메리가 마상점 대문의 바깥쪽에 서 있을 때 살인범이 그 대문의 안쪽에 서 있었던 동기는 — 만약 자기가 조용히 문을 열고 마의 목소리를 흉내 내어, 왜 이렇게 오래 걸렸어? 하고 속삭이면 아마도 그녀가 속아 넘어가리라는 희망의 발로였음이 분명하다. 그는 틀렸다. 그렇게 할 수 있는 시점은 지나버렸다. 이제 메리는 맹렬히 각성해 있었다. 이제 그녀는 정신 나간 기세로 초인종을 누르고 노커를 두드리기 시작했다. 그리고 그 소리에 방금 전 침대로 들어가 곯아떨어졌던 옆집의 이웃이 잠에서 깬 것은 당연한 수순이었다. 이제 미칠 듯한 충동에 내몰린 메리의 요란한 초인종 소리와 쾅쾅 문 두드리는 소리가 계속 이어지자, 그는 이 시끄러운 소란의 배후에 매우 끔찍한 어떤 일이 도사리고 있음을 느끼게 되었다. 그가 일어나서 창문을 벌컥 올리고 이 밤늦은 소동의 원인을 따져 묻기까지는 오랜 시간이 걸리지 않았다. 이 불쌍한 아가씨는 남은 정신을 추스르고는 자기가 한 시간 동안 집을 비웠고, 그사이에 마 가족이 전부 살해되었으며 바로 지금 그 살인범이 집 안에 있는 것 같다는 정황을 다급히 설명했다.

그녀에게서 이 설명을 들은 그는 바로 전당포 주인[28]이었다. 그는 대단히 용감한 사람이었음이 틀림없다. 이처럼 완벽한 승리로 그 기량을 명백히 과시한 이름 모를 암살자와 혼자 맞선다는 것은 단순히 체력을 시험한다는 면에서도 위험한 일이었기 때문이다. 국적도 나이도 동기도 모르는 미지의 안개에 싸인 존재를 향해 돌진하는 데는 상상력을 발휘해 자신을 극복하는 노력이 요구되었다. 그 어떤 전장에서도 군인이 이처럼 복합적인 위험과 대적해야 하는 상황은 드물다. 그의 이웃인 마 가족 전원이 진짜로 몰살당했다면, 이 정도 규모의 유혈 사태에는 가해자가 최소한 두 명은 있어야 할 것이다. 그리고 만약 한 명이 이런 참극을 완수했다면, 그의 배짱은 얼마나 두둑할 것이며 그의 기술과 동물적 힘은 얼마나 대단할 것인가! 게다가 이 이름 모를 적은 (한 명이든 두 명이든) 빈틈없이 무장했을 것이 분명하다. 그러나 이 모든 불리한 조건하에, 이 대담한 사내는 이웃집에 펼쳐진 학살 현장으로 주저 없이 돌진해 들어갔다. 그는 바지를 걸쳐 입고 부지깽이를 꼬나들 시간만 지체하고는 자기 집 뒷마당으로 내려갔다. 이렇게 다가가면 도주하는 살인범을 가로막을 기회가 있을 것이다. 반면 건물 앞쪽으로 접근하면 그런 기회는 없을 테고, 문을 부수고 들어가는 과정에서 시간이 상당히 지체될 것이다. 9~10피트[29] 높이의 벽돌담이 두 집의 뒷마당 사이를 갈라놓고 있었다. 그는 이 담을 뛰어넘었다. 그리고 촛불을 가지러 다시 돌아가야겠다는 생각이 든 순간, 마의 집 뒷마당 어딘가에서 이미 약한 불빛이 깜빡이고 있는 것이 보였다. 마의 집 뒷문은 활짝 열려 있었다. 아마도 살인범이 30초 전에 이 문으로 빠져나간 것 같았다. 이 용감한 사내는 재빨리 상점 안으로 들어갔고, 그날 밤 벌어진 살육의 흔적이 바닥에 널려 있는 것을 목격했다. 좁은 집 안은 어찌나 피범벅이었던지 발에 피를 묻히지 않고 대문까지 가는 일이 거의 불가능할 정도였다. 대문의 자물쇠에는, 이름 모를 살인범이 피살자들보다 치명적으로 유리한 위치에 서도록 도와준 그 열쇠가 아직까지 꽂혀 있었다. 그때쯤 이 비통한 소식은 (피해자 중 일부는 아직 의사의 도움을 받을 수 있는 상태일지도 모르며 경각도 지체할 수 없다고 여긴) 메리의 절규를 통해 주변에 전해져, 늦은 시간대임에도 사람들이 집 앞에 작은 무리를 이루고 있었다. 전당포 주인이 대문을 열어젖히자 한두 명의 야경꾼이 무리의 선두에 섰다. 그러나 끔찍한 광경에 그들은 멈칫했고 시끄럽던 말소리는 일순 잦아들었다. 이 참극은 자신의 내력을, 그것이 진행된 대략의 순서를 소리 높여 들려주고 있었다. 살인범의 정체는 아직까지 전혀 알 수 없었고 혐의가 가는 인물도 없었다. 그러나 그가 마와 안면이 있는 인물임에 틀림없다고 여길 만한 이유가 있었다. 그는 마가 상점 문을 닫은 후에 그 문을 열고 상점 안으로 들어갔다. 하지만 야경꾼이 마에게 경고를 전달한 상황에서, 그 늦은 시간에 그렇게 위험한 동네에서 그토록 비정상적이고 의심스런 경로를 통해(그러니까 상점 문을 닫은 후, 셔터를 내려 바깥과의 소통이 차단된 이후에) 낯선 사람이 상점 안으로 들어왔다면, 마는 당연히 긴장하여 경계 및 방어 태세를 취했으리라는 주장은 타당했다. 따라서 마가 그렇게 긴장하지 않았다는 표시는, 그의 불안감을 불식시키고 빈틈없는 경계심을 치명적으로 해제해 놓은 어떤 일이 벌어졌다는 확실한 증거일 터였다. 하지만 그 '어떤 일'이 벌어지려면, 그 살인범이 마의 의심을 사지 않을 만큼 그와 일상적으로 안면이 있는 사이라는 한 가지 단순한 사실이 뒷받침되어야 했다. 이 사실을 나머지 사건 전체를 푸는 열쇠로 상정하면, 그 이후 이어진 드라마의 경로 및 전개는 지극히 명백해진다. 분명히 살인범은 도로에 접한 문을 점잖게 열고 들어가, 마찬가지로 등 뒤에서 점잖게 닫았다. 그런 다음 그는 자신을 전혀 의심하지 않았던 마와 오랜 지인들 간에 나누는 평범한 인사말을 교환하면서 작은 카운터로 다가갔다. 카운터에 다다른 그는 표백하지 않은 면양말 한 켤레를 부탁했을 것이다. 마의 상점처럼 조그만 가게에서는 다양한 상품을 취급할 만한 선택의 자유가 별로 없었다. 살인범은 의심의 여지없이 이런 정황에 익숙했을 것이다. 그리고 그는, 방금 부탁한 그 품목을 꺼내려면 마가 그 자리에서 뒤돌아 머리 위 18인치[30] 높이의 선반을 올려다보며 두 손을 올려야 한다는 점을 사전에 확인해두었을 것이다. 이 동작으로 그는 살인범에게 가능한 가장 불리한 위치에 놓이게 되었다. 마의 손과 눈이 어색한 자세를 취하고 그의 뒤통수가 완전히 노출된 순간, 살인범은 그의 커다란 외투 밑에서 묵직한 배 목수용 나무망치를 끄른 다음 단 한 번의 일격으로 피살자를 완전히 기절시켜 저항을 무력화했다. 이 점은 마가 쓰러진 자세만 보아도 알 수 있다. 당연히도 그는 카운터 뒤에 쓰러졌고, 내가 암시한 사건의 정황을 입증하듯 두 손을 쓴 흔적이 없었다. 마에 대한 첫 배신의 표시인 이 최초의 일격이 곧 그의 의식을 앗아간 마지막 일격이었을 가능성은 충분하다. 살인범의 계획과 살인의 논리는 이렇게 피해자에게 뇌출혈을 가하면서, 혹은 최소한 오랫동안 의식을 잃기에 충분할 정도로 기절시키면서 체계적으로 시작되었다. 이러한 출발은 살인범의 다음 행보를 용이하게 해 주었다. 하지만 그래도 피해자가 의식이 돌아옴과 동시에 자기 존재가 완전히 노출될 수 있으므로 목을 따서 범행을 완수하는 것은 그의 뿌리 깊은 습관이었다. 본 사건에서 일어난 모든 살인은 하나의 고정된 유형을 따랐다. 먼저 즉각적인 보복 공격을 피하기 위해 두개골을 부쉈다. 그런 다음 모든 피해자를 영원한 침묵 속에 가두는 수단으로써 예외 없이 숨통을 끊었다. 드러난 나머지 정황은 다음과 같았다. 아마도 마가 쓰러질 때 둔탁하고 불분명하게 우당탕하는 소음이 일어났을 것이며, 상점 문이 닫혀 있었으므로 이 소리가 거리에서 벌어진 소동으로 오인되기란 불가능했을 것이다. 하지만 살인범이 마의 목을 베는 과정에서 부엌에 경보가 전해졌을 가능성이 더 크다. 시간에 쫓기는 살인범이 좁고 사방이 막힌 카운터 뒤에서 피해자의 목을 끝까지 젖히기란 거의 불가능했을 것이다. 목을 조금 베었다가 중단하기를 반복하는 무시무시한 작업이 진행되었을 것이다. 깊은 신음 소리가 나고, 이에 가족들이 뛰어올라왔을 것이다. 살인범은 본 작업 과정에서 유일하게 위험한 단계인 이 부분에 대비해 특별히 준비를 끝내놓았다. 젊고 혈기 왕성한 마 부인과 도제 소년은 당연히 길거리 쪽으로 면한 대문을 향해 뛰어갔을 것이다. 만약 메리가 집에 있어서 세 사람이 그 즉시 힘을 합쳐 살인범의 목표물을 교란시켰다면, 그중 한 명은 간신히 바깥으로 빠져나갈 수 있었을지 모른다. 그러나 살인범은 소년과 여주인이 채 문까지 닿기 전에 그들을 가로막고 육중한 나무망치를 무섭게 휘둘렀다. 둘은 상점 바닥 한가운데 길게 쓰러졌다. 그리고 그들을 무력화시킨 순간, 이 저주받은 사냥개는 면도날로 그들의 목을 갈랐다. 사실 마 부인은 불쌍한 마의 신음 소리를 듣고 그를 향한 연민에 눈이 멀어, 자신이 취해야 할 명백한 행동 방침을 망각했다. 그녀와 소년은 뒷문 쪽으로 달려가야 했다. 그렇게 했다면 그들은 이 위급을 바깥에 알릴 수 있었을 것이다. 그것만 해도 대단한 것이다. 게다가 그 경로를 택했다면 몇몇 수단을 써서 살인자의 주의를 흩뜨릴 수도 있었을 것이다. 하지만 고립된 비좁은 상점 안에서는 그런 것이 불가능했다.

이 통탄할 비극 앞에 모여든 구경꾼들을 전율시킨 공포를 전달한다는 것은 덧없는 시도일 것이다. 한 사람이 모종의 우연에 의해 이 대학살을 피했다는 사실이 군중에게 알려졌다. 하지만 그녀는 이제 말을 잃었고 의식이 혼미해 보였다. 그래서 그녀의 참담한 상황을 가련히 여긴 한 이웃 여자가 그녀를 자기 집으로 데려가 침대에 눕혔다. 그리하여 공교롭게도 그 자리에는 갓난아기에 대해 알 정도로 마와 친분이 있는 사람이 남지 않게 되었다. 그 대담한 전당포 주인은 검시관에게 연락하러 자리를 떴고, 또 다른 이웃은 긴급하다고 판단한 증거를 제출하러 동네 경찰서로 달려갔기 때문이다. 그러다 문득 살해된 부부에게 갓난아기가 있었음을 알고 있는 사람이 무리 가운데서 나타났다. 아기는 지하층이나 위층 침실 중 한 곳에 있을 터였다. 사람들은 당장 줄줄이 부엌으로 몰려갔고, 그곳에서 곧 요람을 발견했다. 하지만 요람은 이부자리가 말도 못 하게 흐트러진 상태였다. 엉킨 이불을 풀어보니 피 웅덩이가 드러났다. 요람의 차양이 박살 나 있는 것도 불길한 조짐이었다. 그 비열한은 두 번이나 낭패를 보았음이 분명히 드러났다. 첫 번째는 요람의 머리 부분에 달린 둥근 차양 때문이었고—그는 이것을 나무망치로 내리쳐 산산조각 냈다—두 번째는 아기의 머리 부근에 있는 담요와 베개 때문이었다. 망치를 마구 휘두르는 수법이 그렇게 실패로 끝나자, 그는 그 어리고 결백한 아기의 목에 면도칼을 가져다 대어 참극을 마무리했다. 그런 다음 그는 뚜렷한 이유 없이, 마치 자신이 저지른 잔혹 행위에 당황하기라도 한 듯, 분주히 이불 더미를 가져다 아기의 시체 위에 공들여 덮었다. 이 살인으로 인해 본 사건 전체는 부인할 수 없는 보복 행동의 특성을 띠게 되었고, 윌리엄스와 마 사이의 다툼이 경쟁의식에서 비롯됐다는 소문을 확인시켜 주었다. 한 필자는 이 살인범이 자신의 안전을 위해 아기 울음소리를 틀어막아야 한다고 판단했을지 모른다고 주장하기도 했다. 그러나 겨우 8개월 된 아기가 참극이 진행되는 것을 인지하고 울었을 리는 없으며, 그저 엄마가 없어진 것을 느끼고 평소대로 울었을 것이라는 일리 있는 반박이 뒤따랐다. 그리고 이 울음소리가 집 밖까지 들렸다 해도 주변 이웃들이 늘 듣고 지낸 아기 울음소리와 똑같았을 테니 특별한 주목을 끌지 못했을 것이고 살인범에 대한 합당한 경계심을 일으키지도 않았을 것이다. 실로 이 잔학 행위의 범벅을 다 통틀어, 갓난아기를 상대로 한 이 무용한 도륙만큼 미지의 흉한에 대한 대중의 분노에 큰 독기를 불어넣은 살인은 없었다.

4~5시간 후 일요일 아침이 밝았을 때 이 무시무시한 사건 소식이 사방으로 퍼져 나간 것은 당연한 일이었다. 하지만 이것이 수많은 일요 신문[31]들의 지면 중 어느 한 곳에라도 끼어들어 갔다고 여길 만한 이유는 없다. 통상적인 경로대로라면, 일요일 오전 1시를 치고 15분이 경과한 이후에 벌어지거나 알려진 일체의 사건 사고는 일요신문의 월요판과 월요일 자 일반 조간신문을 통해 처음 대중의 귀에 닿게 된다. 그러나 이 경우에 이런 통상적 관행을 따른다면 그보다 더한 불찰은 없을 것이다. 일요일에 벌어진 사건의 자세한 소식에 대한 대중의 수요를 맞춰주면 분명 떼돈을 벌 수 있으며, 이는 지루한 칼럼 몇 개만 취소하고 이를 전당포 주인과 야경꾼이 제공한 정황 진술로 대체하면 쉽게 할 수 있는 일이기 때문이다. 그리고 드넓은 대도시의 골목골목에 전단을 배포하면 아마 25만 부는 추가로 팔 수 있을 것이다. 날개 돋친 루머를 타고 곳곳을 휘저은 흥분과 더 많은 정보를 갈구하는 호기심에 부응하여 독점 자료를 수집한 신문이라면 말이다. 그로부터 1주일 뒤의 일요일(사건 당일로부터 세어 8일째[32] 되는

일요일)에 마의 장례식이 열렸다. 첫 번째 관에는 마가, 두 번째 관에는 아기를 품에 안은 마 부인이, 세 번째 관에는 도제 소년이 안치되었다. 그들은 관을 나란히 하여 함께 묻혔다. 3만 명의 노동자들이 공포와 슬픔이 서린 표정으로 장례 행렬을 뒤따랐다.

이 참사를 일으킨 끔찍한 장본인 — 장묘 인부들의 후원자 — 의 정체를 추측으로라도 시사하는 소문은 아직까지 들려오지 않았다. 그에 대해 엿새 후 전 국민이 알게 된 사실을 만약 장례를 치른 일요일 날 알았다면, 사람들은 묘지에서 곧장 그 살인범의 숙소로 쳐들어가 (지체 없이) 그의 사지를 찢어놓았을 것이다. 그러나 아직까지 합당한 혐의를 둘 만한 대상이 부재한 상황에서 대중의 분노는 오갈 데 없이 떠돌 수밖에 없었다. 대중의 감정은 진정될 기미가 전혀 없이 날이 갈수록 눈에 띄게 증폭되었고, 충격의 반향은 지방에서 수도를 향해 다시 올라오기 시작했다. 왕국의 모든 큰 도로에서는, 자기 신원을 충분히 밝히지 못하거나 윌리엄스에 대한 야경꾼의 불완전한 증언과 조금이라도 외모가 부합하는 부랑자와 "떠돌이"들을 상대로 끊임없이 체포가 행해졌다.

성찰적인 사람들의 생각 속에서는, 끔찍한 과거를 향한 이 엄청난 동정과 분노의 물결 밑으로 임박한 미래에 대한 무서운 우려의 물줄기가 스며들었다. 워즈워스의 인상적인 구절 중 한 부분을 인용하면,

지진은 한 번으로 끝나지 않는다.[33]

모든 재앙은 되풀이된다. 악의에 찬 재앙은 특히 더 그렇다. 격정에 의해, 비정상적 쾌락의 한 형태로서 유혈을 탐욕스럽게 갈구하여 살인을 저지른 자는 타성에 젖은 상태로 되돌아갈 수 없다. 이런 인간은 고산지대의 알프스산양 사냥꾼보다도 더 자신의 직업에서 위험과 간발의 탈출을 갈구하게 된다. 그에게 이는 일상의 무미건조한 단조로움에 치는 양념과도 같다. 마 가족 살인범이 이런 섬뜩한 본능에 의존하여 학살을 재개했음은 너무나 분명하다. 하지만 이와 별개로, 그는 어디에 잠복해 있었든 상관없이 궁핍한 사람이었음에 틀림없다. 그리고 이런 부류의 궁핍한 사람이 건실한 직업을 통해 자원을 추구하거나 조달할 가능성은 지극히 낮다. 폭력적인 사람들은 거만하게 싫증을 잘 내고 바람직한 습관을 갖추지 못했기 때문에 이런 직업에 특히 실격이다. 따라서 모두가 정체를 규명하길 열망하는 그 살인범은, 단지 생계를 위해서라도 적당한 시간이 흐른 뒤 어느 공포의 무대에서 부활하리란 것을 충분히 예상할 수 있었다. 물론 마 살인 사건을 지배한 주된 동기는 잔인한 복수의 충동이었지만, 여기서도 이러한 감정은 확실히 전리품에 대한 욕망과 얽혀 있었다. 그리고 이 욕망은 확실히 좌절되었다. 살인범은 마가 그 주에 쓰려고 모아둔 시시한 액수를 빼고는 갖다 쓸 만한 돈을 거의 찾지 못했기 때문이다. 그가 전리품으로 챙겼다고 할 만한 돈은 기껏해야 2기니 정도였을 것이다. 1~2주일이면 그 돈은 바닥을 드러낼 것이다. 따라서 한두 달이 지나 흥분의 열기가 다소 식거나 좀 더 신선한 흥미를 주는 다른 화젯거리가 그 자리를 대체하여 각 가정의 경계심이 늦추어졌을 때쯤, 그가 먼젓번 것만큼이나 끔찍한 새로운 살인을 저지르리란 것이 모든 사람들의 확신이었다.

이것이 대중의 예상이었다. 이 숨죽인 예상 가운데 알지 못할 힘의 다음번 공격을 예측하고 기다리지만, 한편으로는 살인범이 아무리 대담해도 그런 공격을 다시 기도하리라고는 차마 믿지 못하고 있는데, 마가 살해되고 나서 12일째 날 밤[34]에 바로 같은 동네에서 똑같이 불가사의한 두 번째 사건이, 똑같은 몰살극이 자행된 것을 모두의 눈이 목격했을 때, 그때 펼쳐진 순수한 공포의 광란에 대해서는 독자 여러분 스스로가 가늠해보시기 바란다. 두 번째 참극이 일어난 것은 마 살인 사건이 일어난 다다음 주 목요일이었다. 그리고 이 두 번째 사건은 소름 끼치는 흥미를 일으키는 극적 요소 면에서 첫 번째 것을 능가한다는 것이 당시 많은 이들의 생각이었다. 이 사건의 피살자는 윌리엄슨 씨 일가족이었다. 그리고 그의 집은 정확히 래트클리프 하이웨이에 있지는 않았지만, 이 공공대로로부터 직각으로 뻗은 한 지선 도로에서 모퉁이를 돌자마자 바로 있었다. 윌리엄슨 씨는 이 동네에 정착한 지 오래되어 부근에서 유명하고 신망이 높았으며 부유하다고 알려져 있었다. 그리고 돈을 더 모으려는 열망에서보다는 동네 사람들에게 일자리를 준다는 소명 의식에서 일종의 선술집을 운영하고 있었다. 그런 면에서 이 선술집은 가족적인 분위기였다고 할 수 있다. 그래서 상당히 부유한 사람들도 저녁에 이 집을 찾았지만, 장인이나 일반 노동계급 출신 손님들과 자리를 유난스럽게 분리하지 않았다. 예의만 지킨다면 누구든 자기 마음에 드는 자리에 앉아 자기가 좋아하는 주종을 시킬 수 있었다. 그래서 이곳의 사회적 구성은 대단히 다양했고, 일부는 단골이었지만 뜨내기손님도 일부분 있었다. 이 가족은 다음 다섯 명으로 이루어져 있었다.[35] — 1. 가장인 윌리엄슨 씨는 일흔을 넘겼고 자기 직분에 적임이었으며, 예의 바르고 까다롭지 않은 성격이었지만 기강을 유지하는 데는 단호했다. 그리고 2. 그보다 밑으로 열 살 정도 차이 나는 아내 윌리엄슨 부인, 3. 아홉 살가량 된 어린 손녀 하나, 4. 마흔에 가까운 하녀가 한 명, 5. 어느 제조업체(어떤 분야였는지는 잊어버렸다)에서 일하고 있던 26세 정도 된 젊은 직공이 한 명 있었다. 그 직공의 출신지 역시 지금은 기억이 안 난다. 윌리엄슨 씨의 가게에서는 시계가 11시를 치면 모든 손님을 예외 없이 퇴장시키는 규칙이 있었다. 이런 관습들 덕분에 윌리엄슨 씨는 이 험악한 구역에서 큰 소동에 휘말리지 않고 자기 가게를 지킬 수 있었다. 그 목요일 밤에도 모든 것이 평소대로 진행되었지만, 한 가지 의혹의 그늘이 옅게 드리워 한 명 이상의 주목을 끌었다. 아마 동요가 덜한 시기였다면 이는 거의 눈에 띄지 않았을 것이다. 하지만 그때는 사람들이 모였다 하면 모든 화제가 마 살인 사건과 그 미지의 살인범에 대한 의문으로 시작해서 그것으로 마무리되곤 했다. 그날 저녁, 헐렁한 외투를 걸치고 기분 나쁜 외모를 한 낯선 사람이 시차를 두고 가게 안팎을 드나들다가, 때로 조명이 들지 않는 침침한 구석 자리에 도사리고 앉아 있는 것은 당연히 모종의 불안감을 유발하기에 딱 좋은 상황이었다. 게다가 그가 그 집의 가족들만 이용하는 통로로 슬쩍 들어가는 것을 본 사람이 한 명 이상 있었다. 사람들은 그 사내가 윌리엄슨과 아는 사이일 것이라고 짐작했다. 그리고 그가 그 집을 가끔씩 찾는 손님 중 한 명으로서 정말로 윌리엄슨과 아는 사이일 가능성이 아주 없는 것도 아니었다. 하지만 시체같이 창백한 얼굴에 기이한 머리 색과 번들거리는 눈을 한 이 혐오스러운 낯선 남자가 저녁 8시부터 11시까지 간헐적으로 모습을 보이는 동안, 그를 꾸준히 지켜본 모든 사람들은 몸이 얼어붙는 듯한 기분을 느꼈고 그 모습은 그들의 기억 속에 계속 맴돌았다. 그것은 「맥베스」에서 두 자객이 뱅코우를 살해한 뒤 그로 인한 악취를 풍기며, 왕궁의 화려한 연회장과 대조를 이루는 자욱한 안개를 배경으로 어슴푸레 빛나는 끔찍한 얼굴을 한 채 등장할 때의 소름 끼치는 효과와 같은 것이었다.[36]

그동안 시계는 11시를 쳤고 손님들은 모임을 파했다. 입구의 대문은 거의 닫혔다. 그리고 모두가 뿔뿔이 흩어진 그 시점에 집 안에 남은 다섯 식구의 상황은 정확히 다음과 같았다. 세 명의 연장자, 즉 윌리엄슨과 그의 아내와 하녀는 모두 지층에 있었다. 윌리엄슨 자신은 가게 앞에서 동네 주민들에게 에일과 포터[37] 등을 따라서 팔고 있었기 때문에, 집의 대문은 그의 편의를 위해 12시를 칠 때까지 살짝 열려진 상태였다. 윌리엄슨 부인과 하녀는 뒤편 부엌과 작은 점포 사이를 오가고 있었다. 어린 손녀는 밤 9시 이후로 1층(런던에서 1층이란 언제나 길바닥 높이, 즉 지층에서 계단 한 층만큼 올라간 곳을 가리킨다) 침실에서 곤히 잠들어 있었다. 마지막으로 직공은 일찌감치 자기 방에 자러 들어간 터였다. 그는 이 집의 고정 하숙객이었고 그의 침실은 2층에 있었다. 그는 아까부터 옷을 벗고 침대에 누워 있었다. 일을 나가느라 매일 일찍 일어나야 했으므로 그는 당연히 가능한 한 빨리 잠들려고 노력 중이었다. 하지만 그날 밤에는 최근 29번지에서 일어난 살인 사건으로 불안한 마음 때문에 신경이 잔뜩 곤두서 좀처럼 잠을 이루지 못했다. 그가 의심스럽게 생긴 그 낯선 사내에 대해 누군가로부터 들었거나, 아니면 그 사내가 슬금슬금 배회하는 모습을 두 눈으로 직접 보았을 수도 있다. 하지만 그렇지 않더라도 그는 이 집에 위험을 끼칠 수 있는 몇몇 정황에 대해 알고 있었다. 이 동네 전체에서 벌어지는 흉악한 일들이 그랬고, 마 가족이 이 집에서 불과 몇 집 건너 살았다는 불유쾌한 사실이 그러했다. 이는 살인범 역시 여기서 멀지 않은 곳에 살고 있다는 표시이기도 했다. 이런 것들은 모두가 느끼고 있던 경계 신호였다.

하지만 이 집에만 국한된 특수한 문제도 있었다. 특히 윌리엄슨이 부자로 유명했다는 것이 문제였다. 근거가 있든 없든 사람들은 그가 자기 손에 끝없이 흘러들어오는 돈을 책상과 서랍 속에 잔뜩 모아두었다고 믿었다. 그리고 마지막으로 집의 대문을 한 시간 동안 열어놓는 습관은 위험을 대놓고 불러들이는 것이나 마찬가지였다. 게다가 친한 손님들은 11시에 다 집으로 가기 때문에, 이 시간대에는 이런 사람들과의 충돌을 두려워하지 않아도 된다는 확신을 만천하에 심어주어 그 위험이 더했다. 이 집의 개성과 평화를 유지하기 위해 여태껏 준수되어온 이 규칙이, 이제 꼬박 한 시간 동안 이 집이 노출되고 무방비한 상태임을 선언하는 결정적 신호가 된 것이다. 사람들은 비대한 데다 이제 칠십이 넘어 눈에 띄게 기력이 쇠한 윌리엄슨에게, 신중을 기하기 위해서는 저녁에 술집 손님들을 해산시킴과 동시에 문을 걸어 잠가야 한다고 입을 모아 말했다.

이상의 이유와 또 다른 불안 요인들(특히 윌리엄슨 부인은 상당한 수의 접시를 소장하고 있다고 알려져 있었다) 때문에 그 직공은 괴로운 상념에 빠져 있었다. 그리고 12시가 되기 28분 혹은 25분 전, 돌연 끔찍하게 폭력적인 손놀림을 알리는 굉음과 더불어 대문이 쾅 닫히고 잠겼다. 수수께끼에 싸인 래트클리프 하이웨이 29번지의 그 사악한 인간이, 의심의 여지없이 바로 여기에 와 있었다. 그렇다. 열이틀 동안 모든 사람들의 생각과 혀를 지배한 그 무시무시한 존재가 바로 지금 이 무방비한 집 안에 너무나 분명히 들어와 있었고, 앞으로 몇 분 이내로 이 집의 모든 식구들과 그 얼굴을 맞대게 될 터였다. 당시 대중의 머릿속에는, 마의 가게에서 범행을 저지른 장본인이 2인조가 아닌가 하는 의문이 아직까지 남아 있었다. 만약 그렇다면 여기에는 두 명이 와 있을 것이고, 둘 중 한 명은 즉시 위층으로 올라와 작업을 벌일 것이다. 이런 공격에서 피해자가 위층 창문을 통해 거리의 행인들을 향해 위급을 알린다면, 분명 이는 살인범에게 가장 빠른 치명타가 될 것이기 때문이다. 공포에 질린 이 불쌍한 청년은 침대에서 일어나 앉은 채로 약 30초 동안 꼼짝 않고 있었다. 그러나 다음 순간 그는 일어났고, 그가 취한 첫 번째 행동은 방문 쪽으로 다가간 것이었다. 침입에 맞서 문을 지키려는 의도는 아니었다. 문에는 그 어떤 잠금장치도 — 자물쇠도, 빗장도 — 없으며 방 안에는 문 뒤에 밀어붙여 방어막으로 쓸 만한 가구가 없음을 그는 너무나 잘 알고 있었다. 설사 그런 시도를 할 만한 시간이 있다 해도 말이다. 그가 방문을 연 것은 사리 분별을 발휘해서가 아니라 단순히 죽음의 공포에 홀렸기 때문이었다. 그는 한 걸음을 디뎌 층계 머리에 다다랐다. 그리고 난간 위에 머리를 숙이고 귀를 기울였다. 그 순간 아래층 점포 쪽에서 하녀의 고통스런 외침이 들려왔다. "주 예수 그리스도님! 이제 우리 모두 죽을 거예요!"[38] 단 한 번 흘긋 보는 것만으로 사형선고를 확신하기에 충분했다면, 마땅히 시체의 것이어야 할 듯한 그 무시무시하고 창백한 얼굴과 번들거리며 고정된 눈 속에는 어떤 메두사의 머리가 도사리고 있었음이 분명하다.

그때까지 세 번에 걸친 죽음의 사투가 각각 종료되었다. 그리고 몸이 얼어붙은 불쌍한 직공은 자신이 무얼 하는지 전혀 의식하지 못한 채, 맹목적이고도 순순히 공포에 굴복하여 계단 두 층을 다 내려왔다. 바닥없는 공포는 저돌적 용기가 고무하는 것과 똑같은 충동으로 그를 떠밀었다. 그는 잠옷 바람으로, 오래되어 삭은 탓에 이따금씩 발아래서 삐걱대는 계단을 멈추지 않고 내려와, 바닥에서 네 단을 남겨놓고 우뚝 멈춰 섰다. 상황은 이에 대해 나중에 남겨진 모든 기록을 초월할 정도로 무시무시했다. 단 한 번의 재채기나 기침 소리, 아니 거의 숨소리만 냈어도 이 청년은 살 기회나 사투 한 번 갖지 못하고 그대로 시체가 되었을 것이다. 당시 살인범은 작은 점포 안에 있었고, 그 점포의 문은 계단을 내려오는 그와 마주보고 있었다. 그리고 그 문은 약간 열려 있었다. 실은 '약간'이라고 부를 수 있는 것보다 훨씬 더 많이 열려 있었다. 그러니까 문이 복도 혹은 닫힌 상태에 대해 직각이 되도록 빙 돌아 열릴 때 그리는 90도의 사분원 중에서 최소한 55도가 노출되어 있었다. 열린 문 사이로 세 구의 시체 중 두 구가 청년의 눈에 들어왔다. 세 번째 시체는 어디에 있었을까? 살인범으로 말하자면 그의 모습은 아직 안 보였지만 들리는 소리로 짐작할 때 점포 여기저기를 빠르게 오가고 있는 듯했다. 그는 문으로 여전히 가려져 있는 곳에서 무슨 일엔가 열중해 있었다. 그 일이 무엇이었는지는 소리만

들어도 곧 알 수 있었다. 그는 찬장, 벽장, 책상, 기타 그 방의 숨은 공간에 차례로 열쇠를 넣고 돌려보는 중이었다. 살인범은 곧 그의 시야에 들어왔다. 그러나 청년에게는 다행하게도, 이 결정적인 순간 살인범은 자신의 목표물에 너무나 몰두한 나머지 계단 쪽으로 시선을 주지 않았다. 그가 한 번만 흘긋 보았다면 그 계단 위에 공포로 마비된 채 우뚝 서 있는 직공의 하얗게 질린 모습이 곧 발각되었을 것이고, 직공은 그 자리에서 무덤으로 직행했을 것이다. 사라진 세 번째 시체, 그러니까 윌리엄슨 씨에 대해 말하자면 그는 지하실에 있었다. 그가 그곳에 있었던 이유에 대해서는 이와 별개로 당시 숱한 갑론을박이 오갔지만 결국 의문으로 남게 된다. 하지만 윌리엄슨이 죽었다는 사실은 청년에게 분명했다. 그렇지 않았다면 꿈틀거리거나 신음하는 소리가 들렸을 터이기 때문이다. 그리하여 청년이 40분 전에 잘 자라는 인사를 하고 헤어진 네 식구 중 이제 세 명이 제거되고 40퍼센트(윌리엄스가 이대로 현장을 떠나기에는 너무 많은 수)가 남았다. 바로 그 자신과 그의 어여쁜 어린 친구, 윌리엄슨의 손녀딸이었다. 그녀의 어리고 천진한 마음은, 그때까지도 자신의 안위에 대한 두려움이나 늙은 조부모의 죽음으로 인한 비탄을 모른 채 꿈속에 잠겨 있었다. 그들은 영원히 떠나버렸지만, 다행히도 한 친구가 (만일 그가 이 아이를 그런 위험으로부터 구해 줄 수 있다면 그는 진실로 그 능력을 입증할 것이다) 그녀와 아주 가까이 있다. 그러나, 아아! 그는 살인범 쪽에 훨씬 더 가까이 있다. 이 순간 그는 그 어떤 행동을 취하기엔 너무나 겁을 먹은 상태다. 그는 얼음 기둥으로 변했다. 그의 눈앞에서 불과 13피트 간격을 두고 다음과 같은 상황이 펼쳐져 있었기 때문이다.—하녀는 무릎을 꿇은 채로 살인범에게 붙들렸다. 그녀는 난로 앞에 무릎을 꿇고 앉아 흑연으로 불판을 닦았고, 그 일을 끝낸 다음에는 불판 안에 장작과 석탄을 채우는 순서로 넘어갔다. 그 자리에서 불을 피우려는 것이 아니라 다음 날 불을 피울 준비를 해놓기 위해서였다. 살인범이 들어온 순간에 그녀가 바로 그 일을 하고 있었음은 쓰러진 모습만 보아도 알 수 있었다. 그 이후에 벌어진 사건의 순서는 아마 다음과 같았을 것이다.—직공이 들은 끔찍한 비명과 그리스도를 찾는 절규로 가늠해볼 때, 처음 살인범을 보고 깜짝 놀란 사람은 분명히 그녀였다. 하지만 비명이 들린 것은 문이 쾅 닫히고 나서 최소한 30초 혹은 2분이나 경과한 시점이었다. 그러니까 두 여성은 그토록 무시무시하고 시기적절하게 청년을 각성시킨 그 경고[39]를 모종의 알 수 없는 이유로 잘못 해석했음이 틀림없다. 세간의 말에 따르면 당시 윌리엄슨 부인은 귀가 어두워 곤란을 겪고 있었다고 한다. 그리고 하녀는 불판 닦는 소음 때문에 귀가 멍멍했던 데다 머리를 불판 밑으로 반쯤 들이밀고 있었기 때문에, 문이 쾅 닫히는 소리를 거리에서 나는 소음과 혼동했거나 짓궂은 소년들의 장난 탓으로 돌렸으리란 것이 사람들의 추측이었다. 하지만 어떻게 설명하든 간에,

그리스도를 찾는 비명이 터져 나오기 전까지 그 하녀가 일을 멈추고 확인해볼 정도로 의심스러운 점을 알아차리지 못했다는 사실은 분명하다. 그렇다면 윌리엄슨 부인도 아무런 낌새를 깨닫지 못했다는 얘기가 된다. 둘이 같은 방 안에 있었으므로, 만약 그랬다면 그녀는 하녀에게 경고를 전달했을 것이기 때문이다. 살인범이 집 안에 들어온 이후에 벌어진 일의 순서는 분명 다음과 같았을 것이다.— 윌리엄슨 부인은 공교롭게도 문 쪽으로 등을 돌리고 있었던 까닭에 아마 그를 보지 못했을 것이다. 살인범은 그녀가 자기를 채 돌아보기도 전에 쇠지렛대로 뒤통수를 세게 쳐서 그녀를 기절시켜 쓰러뜨렸다. 이 타격으로 두개골 뒤쪽이 산산조각 났다. 그녀가 쓰러지면서 난 소리가 (이 모두는 순식간에 벌어진 일이었지만) 하녀의 주의를 처음으로 일깨웠다. 이에 하녀는 청년의 귀에까지 들린 비명을 질렀다. 하지만 그녀가 다음 비명을 채 지르기도 전에, 살인범은 높이 치켜든 연장을 그녀의 머리에 찍어 내렸고, 부서진 두개골은 뇌수 안쪽까지 찌그러졌다. 두 여자는 돌이킬 수 없이 큰 손상을 입은 까닭에 더 이상의 잔학 행위는 불필요했다. 게다가 살인범은 시간을 지체했을 때 곧바로 닥칠 수 있는 위험을 의식하고 있었다. 그러나 그는 서두르는 와중에도 피해자 중 일부가 어느 정도 의식을 되찾아 정황을 증언할 경우 자신에게 미칠 치명적 결과를 철저히 인식했고, 이를 무력화시키기 위해 두 사람의 목을 베었다. 당시 현장에 펼쳐진 광경은 이 모든 정황과 그대로 일치했다. 윌리엄슨 부인은 머리를 문쪽으로 향한 채 뒤로 나동그라졌고, 하녀는 무릎 꿇은 자세에서 일어나지 못한 채로 자기 머리를 순순히 타격에 내맡겼다. 그다음에 악한은 그녀의 머리를 뒤로 젖혀 목을 드러내기만 하면 되었고, 이로써 살인은 종료되었다. 공포로 마비된 데다 잠깐이나마 사자 입을 향해 그냥 걸어 들어갈 정도로 확실히 공포에 홀렸던 그 젊은 장인이, 그럼에도 불구하고 중요한 사실들을 전부 눈여겨볼 여력이 있었음은 놀라운 일이다. 독자들은 이 시점에서 살인범이 윌리엄슨 부인의 시체 옆에 쭈그리고 앉아 어느 중요한 열쇠를 다시 찾아 헤매는 광경을 직공이 주시하고 있었다고 가정해야 할 것이다. 의심의 여지없이 이는 살인범에게 초조한 상황이었다. 그가 원하는 열쇠를 재빨리 찾지 못한다면, 이 모든 소름 끼치는 참극은 대중의 공포만 터무니없이 키워놓고 허무하게 끝나게 될 터였다. 경계는 열 배로 강화될 것이고, 그와 장래의 목표물 사이를 가로막는 장해물은 두 배 세 배로 늘어날 것이다. 아니, 걱정해야 할 일은 그보다 더 가까운 곳에 있었다. 충분히 가능성 있는 우연으로 인해, 그 순간 살인범의 안전이 위협받을 수 있는 상황이었기 때문이다. 그 집에 술을 받으러 오는 사람들은 대부분 경박한 어린 여자나 아이들이었고, 가게 문이 닫힌 것을 알면 그들은 무심히 다른 술집으로 향할 것이다. 하지만 정해진 영업 종료 시간이 아직 15분이나 남은 지금, 조금이라도 생각이 있는 남녀가 문밖에 다가온다면 그냥 억눌러 버리기에는 너무나 큰 의심을 불러일으킬 것이다. 갑작스러운 경보가 내려질 테고, 그 이후의 상황은 그저 운에 맡길 수밖에 없을 것이다. 많은 경우에 과도하게 치밀하면서 또 다른 쪽으로는 너무나 무모하고 부주의한 이 악한의 두드러지게 모순된 측면을 보여주는 놀라운 사실은, 바로 이 순간 작은 점포를 피로 물들인 시체들 사이에 서 있던 윌리엄스가 확실한 탈출 방법을 자신할 수 없는 상태였다는 점이다. 그는 집 뒤쪽에 창문이 있음을 알고 있었지만, 그 창문이 어디로 향해 있는지에 대해서는 확실한 정보가 없었다. 그리고 이렇게 위험한 동네에서 낮은 층에 달린 창문은 못으로 고정되어 있을 확률이 높았다. 높은 층의 창문은 열 수 있겠지만 뛰어내려야 할 일이 만만찮았다. 그러나 이 모든 사실로부터 이끌어낼 수 있는 단 하나의 실용적인 결론은, 더 많은 열쇠들을 여기저기 넣고 돌려서 숨겨진 보물을 최대한 빨리 찾아내는 것이었다. 주변 상황에 대한 살인범의 감각이 무뎌진 것은 그가 이 격렬한 탐색에 온통 정신을 쏟고 있었기 때문이다. 그렇지 않았다면 그는 분명히 그 청년의 숨소리를 들었을 것이다. 이 청년의 귀에 그것은 때로 무시무시할 정도로 또렷이 들렸다. 살인범은 한 번 더 윌리엄스 부인의 시체 옆으로 다가가 그녀의 주머니를 더욱 샅샅이 뒤져 여러 개의 열쇠 꾸러미를 꺼냈고, 그중 한 개가 바닥에 떨어져 쨍그랑하는 요란한 소리가 났다. 윌리엄스의 외투가 최고급 실크로 안감을 댄 것임을 비밀 장소에 숨은 이 은밀한 목격자가 알아본 것은 바로 그때였다. 직공은 결과적으로 봤을 때 그 순간에만큼은 수많은 유죄 정황들보다 더 큰 중요성을 띠게 된 또 한 가지 사실을 알아챘다. 그것은 필시 불쌍한 마의 돈으로 샀을 살인범의 새 구두가, 걸을 때마다 요란하게 삐걱거리는 소리를 냈다는 점이다. 살인범은 새로 꺼낸 열쇠 꾸러미를 들고 점포의 숨겨진 공간으로 모습을 감췄다. 이는 직공이 마침내 탈출할 기회가 왔음을 암시하는 신호였다. 그 모든 열쇠를 다 꽂아보려면, 또 열쇠가 맞는다면 그 후에 서랍을 뒤지는 과정에서 — 맞지 않는다면 억지로 열려는 과정에서 분명히 몇 분이 소요될 터였다. 따라서 직공은 다시 위층으로 올라갈 때 계단 삐걱대는 소리가 열쇠 짤랑거리는 소리에 덮여 살인범의 귀에 들어오지 않을 동안 숨 돌릴 짧은 시간을 벌 수 있을 것이다. 이제 그는 계획이 섰다. 그는 자기 침실로 되짚어 올라가, 적을 일시적으로 지연시킬 방편으로 방문 앞에 침대를 끌어다 막았다. 혹시 살인범이 이 소리를 들을지도 모르지만, 최악의 경우라도 앞뒤 안 가리고 뛰어내린다면 살 기회는 주어질 것이다. 이 전환은 최대한 조용히 수행되었다. 그는 시트와 베갯잇과 이불을 찢어서 널따란 리본처럼 만들었다. 그리고 이를 꼬아 밧줄로 만든 다음 서로 묶어 길게 이었다. 하지만 그는 시작부터 자신의 수고를 무위로 만들 난처한 장애물을 불현듯 깨닫는다. 밧줄을 꼰 다음에 안전하게 동여맬 꺾쇠, 갈고리, 창살, 혹은 기타 고정물을 어디서 찾을 것인가? 창턱 — 창틀의 가장 낮은 부분 — 에서부터 쟀을 때 땅바닥까지의 거리는 불과 22~23피트[40] 정도다. 이 길이에서 10~12피트 가량은 생략한다고 쳐도 될 것이다. 그 높이에서는 그냥 뛰어내려도 크게 위험하지 않을 테니 말이다. 그만큼이나 제하고 나도 한 12피트 정도 길이의 밧줄을 준비해야 할 것이다. 하지만 유감스럽게도 그의 방 창문 주변에는 튼튼한 쇠로 된 고정물이 없다. 가장 가까운 데 있는, 그런 것과 비슷한 사실상 유일한 고정물은 전혀 창문 가까이에 있지 않다. 그것은 바로 침대 캐노피에 (분명한 이유 없이) 고정돼 있는 못이다. 그런데 지금은 침대를 옮겼기 때문에 못의 위치도 변했다. 그 못에서 창문까지의 거리는 애초 4피트였지만 이제는 7피트다. 따라서 창문에서부터 재면 충분한 길이의 밧줄에 꼬박 7피트를 더 추가해야 한다. 그러나 분발하라! 기독교 세계 모든 국가의 격언에 따르면, 신은 스스로 돕는 자를 돕는다. 다행히 우리의 청년도 이에 동의하고 있다. 이미 그는, 애써 찾아낸 못이 여태껏 쓸모없는 곳에 박혀 있었다는 사실에서 신의 도우심이 존재함을 읽었다. 그의 수고가 단지 그 자신을 위한 것이라면, 그는 치하받을 만큼 헌신한다는 기분을 느낄 수 없었을 것이다. 허나 그렇지 않다. 마음속 깊은 진심으로부터, 그는 지금 자기가 잘 알고 사랑하는 그 불쌍한 아이에 대한 생각에 가슴이 들끓고 있다. 그는 파멸이 그녀를 향해 시시각각 다가오는 것을 느끼고 있다. 그 아이의 방문 앞을 지나칠 때 그의 머리에 스친 첫 번째 생각은, 그 아이도 자신의 기회를 나누어 가질 수 있게끔 아이를 침대에서 끌어내 두 팔로 들쳐 안고 올라오는 것이었다.[41] 하지만 다시 곰곰이 따져보았을 때, 갑자기 아이를 깨워놓고 이에 대해 귓속말로라도 무슨 설명을 해주는 것이 불가능한 상황이라면 아이는 소리 내어 울지도 모른다는 생각이 들었다. 그리고 피치 못할 상황이라도 한 명이 조심성 없이 행동하면 두 사람 모두의 목숨이 위험해질 것이다. 등반객의 머리 위에 위태롭게 걸린 알프스의 눈사태는 종종 단 한 번의 속삭임만으로도 동요한 대기를 뚫고 쏟아진다(고들 한다). 지금 아래층에 있는 사내의 살인적 악의도, 바로 그 단 한 번의 속삭임을 꿀꺽 삼켜 넘길지 그 여부에 위태롭게 걸려 있었다. 그러니 안 될 일이다. 아이를 구할 방법은 그것 말고도 또 있다. 아이를 구조하는 첫 번째 수순은 먼저 그 자신을 구조하는 것이다. 그리고 그는 그 첫발을 훌륭하게 디뎠다. 혹시 반쯤 부식된 나무에 박힌 못이 슬쩍 당기기만 해도 떨어져나가지 않을까 조마조마했지만, 자기 몸무게를 실어 시험해보았을 때 못이 튼튼하게 버텨주었기 때문이다. 그는 시트 조각 세 장을 이어 새로 만든 11피트 길이의 밧줄을 재빨리 이 못에 묶었다. 이것을 대충 꼬니 길이가 3피트 줄어들었다. 그런 다음 여기에 같은 길이의 밧줄을 하나 더 묶어서 이었다. 이로써 약 16피트 길이의 밧줄을 창문 밖으로 던질 준비가 끝났다. 최악의 경우라도 밧줄이 드리운 높이까지 타고 내려간 다음 대담하게 뛰어내린다면 아주 죽지는 않을 것이다. 이 모든 일은 약 6분 만에 완료되었다. 그동안 위층과 아래층 간의 뜨거운 경주는 꾸준하고도 격렬히 진행되고 있다. 살인범은 점포에서, 직공은 침실에서 각각 작업에 열중하고 있다. 아래층에서 악한의 작업은 아주 잘 되어가는 중이다. 그는 이미 지폐 한 뭉치를 자루에 챙겼고, 두 번째 돈뭉치 냄새를 열심히 좇고 있다. 또 그는 금화 한 무더기도 찾아냈다. 당시는 아직 소브린 금화가 없었지만 1기니 금화에는 개당 30실링씩이 매겨졌다.[42] 그리고 그는 1기니 금화를 묻어둔 작은 광맥을 발견해냈다. 살인범은 거의 희희낙락하고 있다. 그리고 만일 이 집 안에 아직까지 살아 있는 피조물이 있다면 — 그는 이를 기민하게 의심하고 있으며 곧 확인해볼 생각이다 — 그는 이 피조물과 더불어 기뻐하며 먼저 한 잔 들이킨 다음 그 피조물의 목을 딸 것이다. 그 불쌍한 피조물에게 한 잔 권하는 대신 그의 목을 선사할 수도 있지 않을까? 오, 천만에! 그건 있을 수 없는 일! 목은 그가 절대로 순순히 선사하지 않는 종류의 것이다. 사업을 — 무엇보다 사업을 우선시해야 한다. 실로 이 두 남자는, 순수하게 실무적 인간으로 고려했을 때 양쪽 다 치하할 만하다. 코러스와 세미코러스, 스트로페와 안티스트로페처럼[43] 그들은 서로에 맞서 대립하며 일하고 있다. 직공 이겨라, 살인범 이겨라! 제빵사 이겨라, 악마 이겨라![44] 직공으로 말하자면 그는 이제 안전하다. 마침내 그는 약 16피트짜리 밧줄에다 — 그중 7피트가 침대까지의 거리 때문에 상쇄되었다—거의 6피트를 추가로 이었다. 땅바닥까지 닿는 데에는 한 10피트 정도 모자라는 길이다. 그 정도 높이면 성인 남성이나 소년이 큰 부상 없이도 뛰어내릴 수 있을 것이다. 그러므로 이제 그는 모든 면에서 안전하다. 이는 점포 안의 악한이 처한 상황보다 한결 나은 것이다. 하지만 악한은 이 상황을 태연히 받아들인다. 바로 그것이, 그 교활한 악한이 평생에 단 한 번 이번만은 다른 사람의 꾀에 추월당하고 만 이유였다. 독자 여러분과 나는 알고 있지만 그 악한은 전혀 눈치채지 못한 다소 중요한 사실은, 바로 지금, 그가 꼬박 3분간에 걸쳐 한 사람에 의해 주시되고 관찰되었으며, 그 사람은 (무서운 책을 읽는 것처럼, 죽음의 공포에 떨면서도) 주어진 제한된 기회 안에서 볼 수 있는 최대한의 것을 정확히 기억해두었고, 삐걱거리는 구두와 실크를 댄 외투에 관해 틀림없이 증언할 것이라는 점이다. 그런 사소한 사실들이 살인범에게 전혀 유리하게 작용하지 않을 모처에서 말이다. 그러나, 윌리엄슨 부인의 주머니를 뒤지는 자리에 직공이 '입회했음'을 알아차리지 못한 윌리엄스 씨가 직공의 이후 행보(특히 밧줄 엮는 공정을 개시한 것)와 불길한 예감을 연결시킬 수 없었던 것은 사실이지만, 확실히 그는 꾸물거려선 안 되는 이유를 충분히 인식하고 있었다. 그럼에도 그는 꾸물거렸다. 그의 행동을 그가 남긴 무언의 흔적을 통해 해석한 경찰은 그가 마지막 단계에서 틀림없이 꾸물거렸음을 알게 되었다. 그리고 그렇게 하도록 그를 지배한 동기는 충격적이다. 증거가 남긴 기록에 따르면 — 그는 단순히 목표를 이루려는 수단으로서만 살인을 추구한 것이 아니라, 살인 자체가 목적이기도 했던 것이다. 그때쯤 윌리엄스 씨는 아마도 15분 혹은 20분째 집 안에 머무르고 있었다. 그리고 그 시간 동안 그는, 스스로에게 만족스러운 방식으로 상당한 양의 작업을 해치웠다. 그는 장사 용어로 말하면 '작업 수완이 좋았다'. 그는 지하층과 지층의 두 층에 있는 모든 사람을 '처리했다'. 하지만 아직도 최소한 두 층이 더 남았다. 그리고 이제 윌리엄스 씨는, 집주인의 다소 냉담한 태도 때문에 이 가족의 구성에 대한 자세한 정보를 얻을 수는 없었지만, 이 두 층 중 어딘가에 신선한 목덜미가 남아 있을 가능성이 크다는 생각이 떠올랐다. 그리고 약탈물로 말하자면 이미 전부 가방 안에 쓸어 담은 터였다. 가장 하찮은 쭉정이라도 주워 모을 것이 아직까지 남아 있을 확률은 거의 없었다. 그러나 목은 — 목은 — 혹시 기대를 걸 만한 이삭이나 알곡이 있을지도 모른다. 그리하여 늑대같이 피에 주린 윌리엄스 씨는, 그날 밤의 작업으로 거둔 모든 결실뿐만 아니라 자기 목숨까지 위험에 빠뜨리기에 이른다. 그 순간 그 살인범이 모든 것을 알았다면, 저 계단 위쪽에서 직공이 내려가기만을 기다리며 창문이 활짝 열린 광경을 그가 보았다면, 그 직공이 생사가 걸린 속도로 작업하는 모습을 그가 목격했다면, 그로부터 90초 뒤 이 밀집된 구역의 모든 주민을 흥분으로 몰아넣을 엄청난 대소동을 그가 예측

했더라면, 그는 최후의 도피를 위해 거리에 면한 대문 쪽으로 몸을 내던졌을 것이며, 그 다급한 고통은 겁에 질려 도망치거나 복수를 좇는 그 어떤 광인의 모습으로도 제대로 표현할 수 없었을 것이다. 그렇게 탈출할 길은 아직 열려 있었다. 심지어 그 순간에도 도주에 성공하여 그의 무시무시한 인생 모험담의 다음 번 혁명을 도모할 충분한 시간이 아직 남아 있었다. 그는 100파운드가 넘는 전리품을 주머니에 챙긴 상태였고 이 돈이면 완벽하게 변장할 수 있었다. 그날 밤이 가기 전 노란 머리카락을 다 밀고 눈썹을 검게 염색한 다음 아침이 밝는 대로 어두운 색깔의 가발과 진지한 전문 직업인의 인상에 부합하는 옷을 사 입는다면 그는 주제넘은 경찰들의 의심을 피할 수 있을 것이다. 그래서 (장장 2400마일에 달하는) 미합중국의 길고 긴 해안 중 아무 항구로나 향하는 100여 척의 배 중 아무것이나 올라타고 떠나버릴 수 있을 것이다. 그의 죄는 향후 50년간에 걸쳐 느긋하게 뉘우칠 수 있을 것이다. 그리고 심지어는 경건한 척하며 숨을 거둘 수도 있을 것이다. 한편 그가 좀 더 적극적인 삶을 선호한다면, 단순한 귀화 절차만으로 이방인을 즉석에서 가족의 일원으로 개종시키는 땅에서는 *그의* 명민함과 배짱과 악랄함을 발휘하여 대통령의 자리에까지 오르는 것도 불가능한 일은 아닐 것이다. 그는 죽어서 동상을 가지게 될지도 모른다. 그리고 훗날에는 그에 대한 4절판 3권짜리 전기가 쓰일지도 모른다. 그 전기에서 래트클리프 하이웨이 29번지를 암시하는 흔적은 눈 씻고도 찾아볼 수 없을 것이다. 그러나 이 모두는 향후 90초 내에 결판날 것이다. 그 시간 이내에 그는 급격한 전환을 감행해야 한다. 한쪽은 잘못된 방향이고 또 한쪽은 올바른 방향이다. 그의 선한 수호천사가 그를 올바른 방향으로 이끌어준다면 모든 것이 순조롭게 이승에서의 번창으로 인도될 것이다. 그러나 보라! 이 시점으로부터 2분 이내에 우리는 그가 잘못된 방향을 택하는 것을, 그래서 복수의 신이 돌연하고도 철저한 파멸을 이끌고 그를 바짝 뒤쫓는 것을 보게 되리라.

한편 살인범이 늑장을 부리는 동안에도 위층의 밧줄 제조공은 늑장을 부리지 않았다. 그는 그 가여운 아이의 운명이 칼날 위에 놓여 있음을 잘 알고 있다. 모든 것은 살인범이 그 아이의 침대로 손을 뻗치기 전에 위급을 알리느냐에 달렸기 때문이다. 그리고 바로 지금 이 순간, 극도의 불안으로 손가락이 거의 마비된 가운데, 그는 어둠 속에서 슬며시 올라오는 살인범의 느릿하고 은밀한 발소리를 듣는다. 원래 직공의 예상은, 윌리엄스가 위층에서 작업할 준비를 마치면 (거리에 면한 대문이 쾅 하고 요란한 소리를 내며 닫혔던 것으로 미루어) 맹수처럼 으르렁대며 긴 계단을 득의양양하게 뛰어올라 오리라는 것이었다. 주어진 본능을 따랐다면 그는 아마 그렇게 했을 것이다. 또 급습할 경우 이는 무시무시한 효과를 일으킬 수도 있을 것이다. 그러나 지금쯤 한껏 경계 태세를 취하고 있을지 모를 사람들에게 이런 식으로 접근한다는 것은 이제 위험한 일이 되었다. 발소리는 계단 위에서 들려왔다 — 그러나 어느 계단일까? 그는 맨 아래층 계단일 것이라고 생각했다. 그리고 이렇게 느리고 조심스럽게 움직이는 경우에는 이것조차 큰 차이일 수 있었다. 그러나 저 소리는 열 번째, 열두 번째, 열네 번째 단에서 나고 있지 않은가? 이 순간 가련한 직공이 깊이 잠든 아이에게 느낀 책임감은 세상 그 누구도 경험해보지 못했을 정도로 잔인하게 그를 압박하고 짓눌렀다. 미숙함에서든 공포에 대한 반작용에서든, 불과 2초간의 지체도 그 아이에게는 삶과 죽음을 가르는 차이였다. 아직은 희망이 있다. 이 희망의 근거를 말하는 것 자체가, 점성술의 언어로 말하면 지금 이 순간 악의적인 그림자로 생명의 집에 어둠을 드리우고 있는 그의 섬뜩한 본성을 그 무엇보다도 무시무시하게 폭로하는 것이다. 직공은 살인범이 이 가여운 아이를 무의식 상태에서 살해하는 데 만족하지 않을 것이라고 확신했다. 이는 그가 그 아이를 살해하는 목적 전체에 완전히 어긋나는 일일 것이다. 그 가여운 아이가 절망적인 상황을 온전히 이해하지 못한 상태에서 죽음의 쓴잔을 들이킨다면, 윌리엄스 같은 살인의 미식가에게 그것은 톡 쏘는 쾌락을 앗아가는 일이리라. 그러나 다행히도 여기에는 시간이 소요될 것이다. 아이는 첫째로 평소와 다른 엉뚱한 시간에 강제로 잠에서 깨서, 둘째로 상황을 파악하고 난 뒤의 공포로 인해 두 배로 혼란스러울 테고, 그 때문에 바로 기절해 버리거나 일종의 무감각 혹은 착란 상태에 빠질 것이며, 그 과정은 상당한 시간을 잡아먹을 테니 말이다. 요컨대 이 논리는 윌리엄스의 극단적 사악함을 그 절대 전제로 삼고 있었다. 만일 그가 살해 과정과 그 정신적 고통의 느긋한 연장에 무관심하고 아이를 죽인다는 사실만으로 만족한다면 그 경우에는 희망이 없을 것이다. 그러나 여기 있는 우리의 살인범은 자신의 가혹한 요구에 대해 까다로울 정도로 세심하기에 — 살인을 할 때 주변 상황의 극적 배치와 장식에 엄격하기에 — 준비 과정을 갈고닦는 데 시간이 든다는 점을 고려하면 그러한 희망을 가질 이유는 충분해진다. 단지 필요에 의한 살인이라면 윌리엄스는 빨리 해치워야 했다. 그러나 적대적 목격자를 제거하거나 전리품을 더 챙기거나 복수를 하거나 하는 일체의 이해관계를 떠나 순수한 관능적 만족을 위한 살인이라면, 서두르는 것은 분명히 일을 송두리째 망치는 길이다. 따라서 만약 이 아이가 구조된다면, 이는 순수한 미학적 고려에 의해서일 것이다.*

그러나 이 순간 이 모든 생각은 갑자기 중단된다. 두 번째 발소리, 그러나 여전히 은밀하고 조심스러운 발소리

* 윌리엄스를 순수한 악의 화신으로 보는 것이 과장되었거나 낭만적 견해라고 보는 독자들은, 그가 죽음으로 인한 절망의 고통을 누리고 즐기려는 사치스러운 목적을 제외하고는 크든 작든 간에 이 어린 소녀의 살인을 기도할 아무런 동기가 없었음을 상기하기 바란다. 그녀는 아무것도 보지도 듣지도 못한 채 깊이 잠들어 있었고 그녀의 방문은 닫혀 있었다. 그는 그녀가 자신에 대한 반대 증인으로서 쓸모가 없으며 그 점에서는 세 구의 시체와 다를 바 없음을 잘 알았다. 그럼에도 그는 그녀를 살해할 준비를 하고 있었고, 거리에 경보가 울리는 바람에 이를 중단해야 했다.

가 계단에서 들린다. 세 번째 발소리 — 이제 아이의 운명은 결정 난 듯하다. 그러나 바로 그 순간 모든 준비는 완료되었다. 창문은 활짝 열렸고, 밧줄은 허공에서 흔들리고 있다. 직공은 탈출을 개시했고 이미 밧줄을 타고 내려가기 시작했다. 그는 자기 몸무게에 의지해 아래로 내려가면서 두 손의 마찰을 이용해 속도를 늦추었다. 손 안에 든 밧줄이 너무 미끄러워서, 가속도가 붙어 땅에 쿵 떨어져버릴 위험이 있었다. 다행히도 그는 아래로 끌어당기는 힘을 이기고 버틸 수 있었다. 시트를 묶은 매듭 덕분에 내려가는 속도를 중간중간 늦출 수 있었기 때문이다. 하지만 밧줄의 길이는 그가 계산한 것보다 4~5피트 더 짧은 것으로 드러났다. 오랫동안 불안과 흥분에 시달렸음에도, 그는 한동안 차마 입을 떼지 못한 채 땅에서 10~11피트 떨어진 공중에 매달려 있었다. 혹시 다리가 부러질까봐 거친 마차용 포장도로 위로 과감하게 뛰어내릴 수도 없었다. 그날 밤은 마 살인 사건이 일어난 날 밤만큼 캄캄하지는 않았다. 그러나 공교롭게도 범죄자를 쫓는 경찰 입장에서는, 여태껏 살인범을 숨기거나 그 추적을 방해했던 그 어떤 캄캄한 밤보다도 더 상황이 안 좋았다. 런던 동쪽 끝에서 서쪽 끝까지 (강에서 피어오른) 짙은 안개 장막으로 덮여 있었기 때문이다. 그래서 청년이 공중에 매달려 있는 모습을 20~30초 동안 아무도 보지 못했던 것이다. 하지만 그의 흰 잠옷은 마침내 눈길을 끌었다. 서너 명의 사람들이 달려와서는, 어떤 무시무시한 소식을 예감하면서 팔을 벌려 그를 받았다. 이 사람이 어느 집에서 나왔을까? 그 순간에는 그것조차 분명치 않았다. 그러나 그는 윌리엄슨 씨 집 대문을 가리키면서 반쯤 목이 멘 소리로 겨우 속삭였다 — "마 살인범이 지금 여기에 있소!"

순식간에 모든 것이 명백해졌다. 사실은 침묵의 언어로 그 모습을 드러냈다. 래트클리프 하이웨이 29번지의 불가사의한 도살자가 두 번째 집을 방문했다. 그리고 보라! 단 한 사람이 이 소식을 전하기 위해, 잠옷만 입은 채 공중으로 몸을 던져 탈출했다. 미신적으로 봤을 때는 이 불가해한 범죄자를 추격하지 못하게 제지하는 뭔가가 있었다. 그러나 윤리적으로, 또 정당한 보복을 위해 추격을 일으키고 재촉하고 지속시킬 동기는 도처에 있었다.

그렇다. 마 살인범 — 그 불가사의한 인간 — 이 다시 나타나 활동하고 있었다. 그 순간, 어느 먼 곳이 아니라 바로 여기 — 이 무시무시한 소식을 들은 이들이 지금 몸을 대고 있는 바로 그 집 안 — 에서, 짐작건대 누군가의 생명의 등불을 끄고 있었다. 그 후 여러 날 동안 앞다퉈 보도된 신문 기사들로 가늠할 때, 또 그 상황의 특성으로 볼 때, 그 이후에 펼쳐진 장면의 혼란과 맹목적 소동은 내가 알기로 유례가 없을 정도였다. 만일 그 유례가 있다면 단 하나, 1688년 웨스트민스터의 7인 주교단이 무죄판결을 받은 이후 벌어진 소동뿐일 것이다.[45] 그러나 지금 여기에는 격한 열광 그 이상의 것이 있었다. 공포와 광기가 뒤섞인 미친 듯한 진동 — 그 순간 그 거리에서 터져

나와, 자석과 같은 지독한 전염에 의해 인접한 모든 거리로 울려 퍼진 복수의 포효는 오로지 셸리의 격정적인 구절로만 적절히 표현될 수 있을 것이다.

> 맹렬하고 가공할 환희의 도취는
> 공포의 날개에 실려 빠르게 날아
> 수없는 거리거리로 퍼져 나간다 — 굶주려 여윈 자는
> 우둔한 광기로부터 깨어나, 기쁨 속에서 죽는다.
> 처절한 고통 속에 시체 가운데 누워 죽어가는 자는
> 막 행복한 소식을 듣고, 희망 속에서
> 그 흐릿한 눈을 감는다. 산 자는 집집마다
> 드높은 환호로 응답하며 천국의 장막을 흔들었고,
> 놀란 땅을 반향으로 가득 채웠다.*[46]

실로, 그 근처에 있던 사람들이 군중의 외침을 듣자마자 그 진짜 의미를 이해했다는 사실에는 반쯤 설명하기 힘든 뭔가가 있었다. 사실 이 구역에서 그토록 맹렬하고도 한 목소리로 울려 퍼지는 복수의 포효가 가리킬 수 있는 대상은 오로지 단 한 명, 생각만으로 벌써 12일째 모두의 마음을 뒤덮어 지배하고 있던 그 악마뿐이었다. 인근의 모든 대문과 모든 창문이 마치 명령이 떨어진 것처럼 활짝 열렸다. 밖으로 나가는 정상적인 수단을 이용할 만큼 참

*「이슬람의 반란」, 제12편.

을성이 없었던 수많은 사람들은 당장 아래층 창문을 뛰어넘어 거리로 나왔다. 환자들은 침대에서 벌떡 일어났다. 또 마치 셸리의 이미지(4, 5, 6, 7행)를 생생히 입증하기라도 하듯, 얼마 전부터 죽기만을 기다리고 있던 한 남자가 자리를 박차고 일어나 칼로 무장한 채 잠옷 바람으로 길거리까지 내려오는 일도 있었다.[47] 그 사람은 정말로 그 다음 날에 죽었다. 이 굶주린 개를 결정적 순간에 — 그의 도살장 한가운데서, 그가 벌인 핏빛 향연의 카니발 현장에서 — 붙잡을 기회는 충분했고, 군중도 이를 깨달았다. 한동안 군중은 자신들의 머릿수와 분노에 압도되어 우왕좌왕했지만, 그 분노마저도 통제해야 할 필요성을 느꼈다. 어린 여자아이 한 명만 빼고는 집 안에 살아서 협력해줄 사람이 더는 남아 있지 않았기 때문에, 거리에 면한 육중한 대문을 부수고 들어가야 한다는 것은 분명했다. 순식간에 쇠지렛대가 능숙하게 동원되어 대문이 경첩에서 떨어졌고, 사람들이 급류처럼 안으로 밀고 들어갔다. 그들을 사로잡은 격분에 비추어볼 때, 그 구역의 한 주요 인사가 멈추고 조용히 하라는 신호를 내린 순간의 조바심과 격앙은 익히 상상할 수 있을 것이다. 군중은 어떤 쓸모 있는 정보를 듣기를 바라며 조용해졌다. 그 권위 있는 인물은 이렇게 말했다. "자, 귀를 기울이시오. 그자가 위층에 있는지 아래층에 있는지 알아야 하오." 그때 누군가 창문을 뜯는 소리가 들렸고, 그 소리는 분명히 위층 침실에서 나고 있었다. 그렇다. 살인범이 아직까지 집 안에 있다는 사실은 명백했다. 그는 덫에 걸려 있었다. 윌리엄슨 씨 집의 세부 구조에 익숙하지 않았던 그는, 어느 모로 보나 위층 어느 방에 별안간 갇힌 죄수가 되었던 것이다. 이제 군중은 그쪽을 향해 맹렬히 몰려갔다. 그러나 방문은 살짝 잠겨 있었다. 그리고 이 문을 부수는 순간, 창유리와 창틀이 함께 요란하게 뜯기는 소리가 나며 이 비열한의 도주를 알렸다. 그는 거기서 뛰어내린 것이다. 군중 속에 있던 몇 사람이 분노로 활활 타서 그를 좇아 뛰어내렸다. 이 사람들은 땅바닥이 어떤 상태인지 개의치 않았다. 하지만 이제 횃불로 비추어 그 상태를 조사한 이들은 땅바닥이 아주 축축하고 끈끈한 진흙으로 된 경사면 혹은 둑으로 이루어져 있음을 보고했다. 그자의 발자국은 진흙에 깊숙이 찍혀 있어서 둑의 꼭대기까지는 쉽게 추적할 수 있었다. 그러나 짙게 깔린 안개 때문에 더 이상 추적해봐야 소용없을 것임을 그들은 곧 깨달았다. 바로 2피트[48] 전방에서도 한 사람을 전혀 식별해낼 수 없었던 것이다. 그리고 설혹 따라잡더라도 그가 아까 시야에서 사라진 사람과 동일인물이라고 확신할 수가 없었다. 한 세기 전체를 통틀어도 도주하는 범죄자에게 이보다 더 유리했던 밤은 없었을 것이다. 이제 윌리엄스는 차고 넘치는 위장 수단을 갖게 되었다. 그리고 강 주변에는 그가 귀찮은 취조로부터 몇 년간 몸을 숨길 수 있는 은신처들이 수없이 많았다. 그러나 무모하고 감사할 줄 모르는 자에게 주어진 호의는 무용지물일 뿐이다. 그날 밤, 그의 미래 경력 전체를 좌우할 전환점이 제시되었을 때 윌리엄스는 잘못된 방향을 택했다. 그가 자신의 옛 숙소—지금 이 순간 잉글랜드 전체를 통틀어 그가 가장 피해야 할 장소—로 향한 것은 단순한 게으름의 소치였다.

한편 군중은 윌리엄슨의 집을 철저히 수색했다. 처음 제기된 의문은 어린 손녀의 안위에 대한 것이었다. 분명히 윌리엄스는 그녀의 방으로 들어갔다. 그러나 그는 이 방에 있을 때 길거리의 갑작스런 소란으로 놀랐음이 분명하며, 이후 그의 주의는 온통 창문 쪽으로 쏠렸다. 그것이 그의 앞에 열려 있는 유일한 도주로였기 때문이다. 그가 그쪽으로 도주할 수 있었던 것도 순전히 안개가 짙게 깔렸고 그가 때맞춰 서둘렀고 집 뒤쪽에서 접근하기가 어려웠기 때문이었다. 소녀는 그 시간에 낯선 사람들이 밀려들어 오는 통에 당연히 동요했지만, 그것만 빼면 자기가 잠들어 있는 동안 벌어진 무시무시한 사건에 대해 다행히도 전혀 알지 못했다. 그녀의 불쌍한 할아버지는 아직 실종 상태였다. 군중이 지하실로 내려가봤을 때까지는 말이다. 그는 지하실 바닥에 엎어진 상태로 발견되었다. 그는 지하실로 통하는 계단 꼭대기에서 밑으로 굴러떨어진 것이 확실했고, 어찌나 난폭하게 밀려 넘어졌는지 한쪽 다리가 부러져 있었다. 윌리엄스는 그를 불구로 만든 뒤 그에게로 내려와 목을 베었다. 당시 몇몇 신문에서는, 단독범의 소행으로 가정할 때 이런 사실들이 본 사건의 다른 정황적 요소들과 합치될 가능성에 대해 숱한 논의가 행해졌다.[49]

이 사건에 한 명만이 연루되었음은 확실해 보인다. 마 사건에서 목격되거나 소리가 들렸다고 보고된 사람은 단 한 명이었다. 윌리엄슨 씨의 점포에서 젊은 직공이 목격한 사람도 의심의 여지없이 그와 동일 인물인 단 한 명이었다. 그리고 진흙 둑에 찍힌 발자국을 보고 추적한 사람도 단 한 명이었다. 그는 명백히 다음과 같은 경로를 밟았다. 그는 윌리엄슨에게 맥주를 주문하면서 그에게 다가갔다. 이 주문 때문에 그 노인은 지하실로 내려가야 했다. 윌리엄스는 그가 지하실에 다다를 때까지 기다렸다가, 거리에 면한 문을 앞에서 묘사한 대로 거칠게 '쾅' 닫고 걸어 잠갔다. 윌리엄슨은 이 요란한 소리를 듣고 동요하며 올라왔을 것이다. 살인범은 윌리엄슨이 올라올 것을 예상하고 지하실 계단 꼭대기에서 그를 맞이한 뒤 밀어 넘어뜨린 것이 분명하다. 그다음에는 밑으로 내려가 그가 통상 하는 방식대로 살인을 완료했을 것이다. 이 모든 일에는 1분 혹은 1분 30초가 소요되었다. 이런 식으로 하면 거리로 면한 문이 닫히는 소음을 직공이 들은 시점과, 하녀가 애처로운 비명을 지른 시점 사이의 시간 간격을 설명할 수 있다. 또 윌리엄슨 부인의 입술에서 아무 비명도 나오지 않은 이유는 내가 앞에서 설명한 대로 그들이 서 있던 위치 때문이었을 것이다. 윌리엄슨 부인은 등 뒤로 다가온 살인범을 보지 못했고 귀가 어두웠기 때문에 소리를 듣지도 못했다. 살인범은 그녀가 아직 그의 존재를 깨닫지 못하고 있는 사이에 의식을 완전히 앗아가버렸다. 그러나 여주인에 대한 공격을 목격할 수밖에 없었던 하녀에 대해서는 앞서와 같은 완전한 우위를 확보할 수 없었다. 그래서 그녀는 고통스런 고함을 내지를 시간이 있었다.

앞에서 나는 마 살인범이 거의 2주 동안 혐의조차 받지 않았음을 언급했다. 이는 그 이전까지 윌리엄슨 살인범에게 어느 쪽으로든 혐의를 둘 만한 근거가 일반 대중이나 경찰의 머리에 전혀 떠오르지 않았음을 의미한다. 그러나 이 철저한 무지 상태에는 매우 한정된 두 가지 예외가 있었다. 몇몇 치안판사들은 철저히 조사한다면 범죄자를 찾아낼 개연성이 매우 높은 증거를 갖고 있었다. 하지만 그들은 그때까지 그를 찾아내지 못했다. 윌리엄슨 가족이 몰살된 다음 날인 금요일 아침까지, 그들은 (살인할 때 피해자를 기절시키고 무력화하는 과정에서 이용된) 배 목수의 나무망치에 'J. P.'라는 글자가 새겨져 있다는 중요한 사실을 발표하지 않았던 것이다. 이 나무망치를 마의 상점 안에 버려두고 간 것은 살인범 측의 기이한 실수였다. 흥미로운 사실은, 그러니까 만약 그 용감한 전당포 주인이 악당을 막아섰다면 그는 사실상 비무장 상태로 전당포 주인과 맞닥뜨리게 되었으리란 점이다. 이 증거가 공식적으로 발표된 것은 금요일, 즉 첫 번째 살인 이후 13일째 되는 날이었고, 이는 곧 (앞으로 보게 될) 가장 중요한 결과[50]로 이어졌다. 한편 또 한 가지 사실은, 런던 전체를 통틀어 딱 한 곳의 침실에서만은 윌리엄스가 애초 — 그러니까 마 가족 참극이 목격된 지 불과 한 시간 이내 — 부터 매우 깊은 의혹의 대상으로 지목되어 비밀리에 귓속말이 돌았다는 것이다. 그리고 두드러지는 부분은, 이 의혹이 전적으로 그 자신의 잘못에 기인했다는 것이다. 윌리엄스는 여러 국적의 다른 사람들과 더불어 어떤 여인숙에 묵고 있었다. 큰 공동 침실에는 대여섯 개의 침대가 놓여 있었고, 여기서 묵는 장인들은 대체로 건실한 사람들이었다. 한두 명의 잉글랜드인, 한두 명의 스코틀랜드인, 서너 명의 독일인, 그리고 출신지가 불분명했던 윌리엄스가 있었다.[51] 운명의 토요일 밤 1시 반경 윌리엄스가 무시무시한 노동을 마치고 돌아왔을 때, 잉글랜드와 스코틀랜드 사람들은 잠들어 있었지만 독일인들은 아직 깨어 있었다. 그들 중 한 명은 불붙인 양초를 든 채로 앉아 다른 두 사람에게 책을 읽어주는 중이었다. 이에 윌리엄스는 위압적이고 성난 어조로 이렇게 말했다. "저 촛불 꺼요, 당장. 침대 다 태워먹으려고?" 만일 이 방의 영국인들이 깨어 있었다면, 윌리엄스 씨는 이 거만한 명령에 대한 저돌적 저항에 부딪쳤을 것이다. 그러나 독일인들은 기질이 대체로 온화하고 유순해서 촛불은 고분고분하게 꺼졌다. 하지만 이 방에는 커튼이 하나도 없기 때문에 사실상 화재 위험도 전혀 없다는 생각이 독일인들의 머리에 떠올랐다. 한데 포개져 있는 침대보나 덮여 있는 책의 책장에서 불이 나지는 않을 것이다. 그래서 독일인들은, 윌리엄스 씨가 자기 몸과 옷을 시야에서 가려야 할 모종의 긴급한 동기가 있음이 틀림없다는 결론을 은밀히 끌어냈다. 그 다음 날 런던 전역에 퍼졌고 또 마의 상점에서 채 2펄롱[52]

도 안 떨어진 이 집에까지 물론 전해진 뉴스는, 그 동기가 무엇이었는가를 아주 분명히 밝혀주었다. 그 의혹이 침실을 같이 쓰는 다른 사람들에게까지 전달된 것은 당연했다. 그러나 그들 모두는 잉글랜드 법률하에서 어떤 사람에 대해 설령 사실일지라도 증거가 없는 혐의를 두는 일의 법적 위험성을 인식하고 있었다. 실제로 윌리엄스가 가장 명백한 예방 조치를 취했다면, 그냥 (돌 던지면 닿을 거리도 안 되는) 템스 강까지 걸어가 두 개의 연장을 강에 던져버렸다면, 그가 범인이라는 결정적 증거는 제시될 수 없었을 것이다. 그리고 그는 매달 치밀한 살인을 한 건씩 시행해 그달의 생계비를 조달하는 쿠르부아지에(윌리엄 러셀 경의 살인범)[53]의 전략을 깨우쳤을지도 모른다. 한편 침실 숙박객들은 나름 확신이 있었지만 다른 사람들을 납득시킬 증거가 나타나길 기다리고 있었다. 나무망치에 J. P.라는 이니셜이 새겨져 있다는 공식 발표와 동시에 이 집의 모든 사람들이 성실한 노르웨이인 배 목수 욘 페테르센의 익숙한 이니셜을 알아본 것은 바로 그 때문이었다. 그는 올해까지 잉글랜드의 조선소에서 일하다가, 지금은 이 여인숙의 다락에 자기 공구 상자를 놓아둔 채 잠시 모국에 돌아가 있었다. 이제 이 다락들에 대해 수색이 이루어졌다. 페테르센의 공구 상자가 발견되었지만 나무망치는 사라지고 없었다. 그리고 추가 조사를 통해 또 한 건의 결정적 발견이 이루어졌다. 윌리엄슨의 시신을 검시한 외과 의사가, 그의 목을 베는 데 면도날이 아닌 다른 모양의 도구가 쓰였다는 의견을 제시한 것이다. 그리고 최근에 윌리엄스가 특이한 구조를 한 큼직한 프렌치 나이프를 빌렸다는 사실이 알려지게 되었다. 그리고 이에 부응하듯, 윌리엄스가 최근에 입었다고 이 집 안의 모든 사람들이 맹세할 수 있는 조끼 한 벌이 오래된 잡동사니와 넝마 더미 안에서 발견되었다. 프렌치 나이프는 응고된 핏덩이와 함께 이 조끼 주머니 안감에 엉겨 붙어 있었다. 다음으로, 요사이 윌리엄스가 삐걱거리는 구두를 신고 실크로 안감을 댄 갈색 외투를 입었다는 것은 여인숙의 모두가 다 아는 사실이었다. 더 이상의 추측은 거의 필요 없었다. 윌리엄스는 그 즉시 구속되어 짧은 조사를 받았다. 이때가 금요일이었다. 토요일 아침(마 살인 사건으로부터 14일째 되는 날) 그는 다시 법정에 소환되었다. 정황 증거는 결정적이었다. 윌리엄스는 심리 절차를 지켜보았지만 입은 거의 열지 않았다. 심리가 끝난 뒤 그는 다음 재판에 회부되었다. 그가 감옥으로 송치되는 길에 성난 군중이 따라붙은 것은 두말할 필요도 없다. 군중이 너무나 흥분하여, 아마 평소와 같은 상황이었다면 그 자리에서 복수의 제물이 되지 않고 빠져나갈 희망이 희박했을 것이다. 그러나 이 경우에는 엄중한 호송 병력이 동원된 덕분에 그는 감옥 안에 안전하게 머무를 수 있었다. 당시 이 감옥의 규정에 따르면, 모든 죄수는 감방 문을 마지막으로 걸어 잠그는 오후 5시부터 밤새도록 양초 없이 감방에 갇혀 있게끔 되어 있었다. 그들은 (다음 날 아침 7시까지) 꼬박 14시간 동안 아무도 찾지 않는 완벽한 어둠 속에 홀로 남겨졌다. 따라서 윌리엄스가 자살을 기도할 시간은 충분했다. 시간을 제외하면 다른 자살 수단은 빈약했다. 감방에는 (내 기억이 맞다면) 램프를 매달기 위한 쇠막대가 한 개 있었고, 그는 거기에 멜빵으로 목을 매달았다.[54] 그때가 정확히 몇 시였는지는 확실치 않다. 몇몇 사람들은 자정이었을 것이라고 상상했다. 그리고 그들의 상상이 맞다면, 그는 정확히 14일 전 자기가 불쌍한 마 씨의 조용한 가족에 공포와 절망을 퍼뜨렸던 바로 그 시각에, 바로 그 저주받은 손으로 자기 입술 앞에 대령된 바로 그 컵을 들이켜야 했다.

여기서 특별히 언급하는 매킨 살인 사건 역시 그 두세 가지 정황의 무시무시한 생생함 덕분에 간략히 재론할 가치가 있다. 이 살인 사건의 무대는 (내 기억에) 맨체스터에서 몇 마일 떨어진 한 시골 여관이었다. 이 여관을 둘러싼 정황은 살인의 유혹을 두 배로 일으키는 유리한 환경이었다. 대개의 경우 여관은 당연히 이웃 동네에 바짝 둘러싸여 있다. 이런 입지는 애초에 그런 업종이 문을 열게 되는 동기이기도 하다. 그러나 이 경우 이 집은 외따로 떨어져 있어서 이웃에 사는 사람들이 비명 소리를 듣고 달려와 방해할 여지가 없었다. 그러나 한편으로 이 여관 주변은 사람이 대단히 많이 모이는 곳이기도 했다. 한 공제조합

이 이 여관에서 매주 모임을 갖게 된 것은 그 자연스런 결과였다. 그들은 이곳의 클럽 룸에 조합 적립금을 보관하고 여관 주인에게 관리를 맡겼다. 이 기금은 종종 상당한 액수—50파운드 혹은 70파운드—에 달했으며 그때마다 은행으로 옮겨졌다. 따라서 여기에는 낮은 위험을 감수하고 손에 넣을 수 있는 보물이 있었고, 이는 그 무엇에도 뒤지지 않는 조건을 약속하는 상황이었다. 이런 매력적인 환경에 대한 정확한 정보가 우연히도 매킨 형제(혹은 그 중 한 명)의 귀에 들어가게 된다. 공교롭게도 그 당시 매킨 형제는 대단히 불운한 상황에 처해 있었다. 그들은 행상이었고, 최근까지만 해도 남부끄럽지 않게 사는 사람들이었다. 그러나 사업에 실패가 닥쳐 그 둘은 완전히 파산해버렸고, 둘의 공동 자산은 마지막 1실링까지 탈탈 털렸다. 이 갑작스런 몰락은 그들을 절박하게 만들었다. 얼마 안 되는 그들의 재산이 큰 사회적 재난에 의해 털려버리자, 그들은 자기들의 돈을 도둑질해간 책임을 사회 전체에 돌렸다. 그리하여 사회를 먹잇감으로 삼게 된 그들은 자기들이 복수를 통해 야생의 정의를 추구하고 있다고 믿었다. 그들은 여러 개별 기부금을 쌓아 조성한 기금, 그러니까 확실히 공적인 성격을 띤 돈을 노렸다. 그러나 그들은 살인 행위를 도둑질의 예비 단계로 생각했음이 분명하며, 살인 행위에 대해서는 그런 상상의 사회적 관례에 호소할 수 없음을 망각했다. 모든 일이 순조로울 때 그들은 전적으로 자신들의 신체적 완력에 의존하여 거의 무력한 일가족을 상대했다. 그들은 각각 28세와 32세의 다부진 청년이었다. 키는 다소 작은 편이었지만 체격은 당당했고 두툼한 가슴팍과 떡 벌어진 어깨를 가졌다. 또 팔다리와 관절이 대칭을 이루어 아주 보기 좋은 체형이었기 때문에, 그들이 처형된 이후 맨체스터 병원의 외과 의사들은 그 유골을 조각상과 같은 흥미의 대상으로서 개인적으로 전시해놓기도 했다.[55] 한편 그들이 공격하려고 나선 가족은 다음 네 사람으로 이루어져 있었다.—1. 뚱뚱한 농부인 여관 주인—하지만 그들은 강도들 사이에 새로 도입된 '호커싱(hocussing)'이라는 수법을 써서 그를 무력화시킬 작정이었다. 이는 예컨대 피해자가 마시는 음료에 몰래 아편제를 타는 등의 수법을 말한다. 2. 여관 주인의 아내, 3. 젊은 하녀, 4. 열두 살 혹은 열네 살 난 소년. 문제는 이 집에 입구가 두 군데 있고 식구들은 아마도 집 안 곳곳에 흩어져 있으리란 점이었다. 그러므로 네 사람 중 어느 누군가 집 밖으로 탈출하여, 주변 지름길에 훨씬 익숙하다는 이점을 활용해 약 1펄롱[56] 떨어진 이웃집들 중 어느 한 곳에 구조 요청을 할지도 모른다는 위험이 있었다. 결국 그들은 일하는 방식에 대해서는 그때그때 상황을 따르기로 결정했다. 하지만 거사를 성공시키려면 둘이 서로 모르는 사이인 척하는 것이 중요하다고 여겼으므로 계획의 대체적인 윤곽을 사전에 협의해둘 필요가 있었다. 이런 전략을 썼을 때 가족들이 보는 앞에서 서로 의사소통한다면 강한 의심을 불러일으킬 터이기 때문이다. 이 계획에는 최소한 한 건의 살인이 포함되어 있었고, 거기까지는 확실했다. 그러나 그들이 이후에 취한 행동들을 보면, 그들은 최종 목표에 위배되지 않는 선에서 유혈을 되도록 최소화하기를 희망했음이 분명하다. 약속한 날 그들은 제각기 다른 시각에 이 시골 여관을 찾았다. 한 명은 일찌감치 오후 4시쯤 왔고, 또 한 명은 7시 반이 되기 조금 전에 왔다. 그들은 서로를 향해 넌지시 고개를 끄덕여 어색하게 인사했다. 그리고 모르는 사람들끼리 나눌 법한 말을 이따금씩 몇 마디 주고받았지만 친밀하게 교류할 마음은 없는 듯했다. 하지만 저녁 8시경 여관 주인이 맨체스터에서 돌아오자 형제 중 한 명이 그와 활발하게 대화를 나누기 시작했다. 그는 여관 주인에게 펀치 한 잔을 들 것을 권했고, 그가 잠시 자리를 비운 사이 펀치에 아편제 한 스푼을 넣었다. 얼마 후 시계가 10시를 치자, 형 매킨은 피곤하다며 방으로 안내해줄 것을 청했다. 두 형제는 여관에 도착하자마자 침대를 잡아놓았던 것이다. 이에 불쌍한 하녀는 촛불을 들고 와 그가 위층으로 올라가는 길을 밝혀주었다. 이 결정적 순간에 가족들은 다음과 같이 흩어져 있었다. 강한 최면제를 마시고 이에 마취된 여관 주인은 소파에 기대어 쉬기 위해 술집 공간 옆에 붙은 내실로 물러나 있었다. 그는 행동 능력을 완전히 상실한 듯이 보였고, 이는 그 자신의 안전을 위해서는 다행한 일이었다. 여주인은 남편 시중을 드느라 바빴다. 이렇게 해서 동생 매킨은 술집 안에 혼자 남게 되었다. 그는 조심스럽게 일어나, 위층 침실에서 내려올 도망자를 가로막기 위해 형이 방금 올라간 계단 밑에 자리 잡고 섰다. 하녀는 형 매킨을 그 침실로 안내한 뒤 침대 두 개를 가리켰다 — 그 중 한 침대에는 이미 소년이 누워 있었고, 다른 한 침대는 비어 있었다. 그녀는 서로 모르는 두 사람이 하룻밤을 어떻게 보낼지 알아서 합의하여 잘 지내야 한다는 취지의 말을 했다. 이렇게 말한 뒤 그녀는 그에게 양초를 건네주었고, 그는 그것을 받아 곧바로 테이블 위에 올려놓았다. 그런 다음 방에서 나가려는 그녀를 가로막고 마치 키스하려는 듯한 몸짓을 하며 그녀의 목에 팔을 둘렀다. 이는 분명히 그녀가 사전에 예측하고 방지하려 노력했던 상황이었다. 그러나 자신의 목을 움켜쥔 부정한 손에 면도칼이 들려 있으며 그것이 자신의 목을 거칠게 베고 있음을 느꼈을 때 그녀를 사로잡았을 공포는 가히 상상할 수 있을 것이다. 그녀는 한마디 비명도 내뱉지 못한 채 바닥에 힘없이 쓰러졌다. 아직 잠들지 않았던 소년은 이 무시무시한 광경을 목격했지만, 곧 눈을 질끈 감을 정도의 정신은 남아 있었다. 살인범은 급히 침대로 와서 소년의 상태를 초조하게 살폈다. 그런 다음 거기서 만족하지 않고, 소년이 동요했는지 여부를 심장박동으로 확인하기 위해 그의 가슴 위에 손을 올렸다. 그것은 무시무시한 시험이었다. 소년이 자는 척하고 있다는 사실이 들통 날 것임은 의심의 여지가 없었다. 그러나 바로 그때 별안간 무시무시한 광경이 살인범의 주의를 돌렸다. 으스스한 침묵이 흐르는 가운데, 방금 살해된 하녀가 죽음 직전의 섬망 상태에서 부스스 일어난 것이다. 그녀는 똑바로 서서 차분한 걸음걸이로 몇 발짝을 디딘 다음 문 쪽으로 방향을 꺾었다. 살인범은 그녀를 쫓아가기 위해 몸을 돌렸다. 그리고 바로 그 순간, 이 상황이 진행되는 동안 달아나는 것이 자신의 유일한 기회임을 깨달은 소년은 침대에서 뛰쳐나왔다. 계단 위의 층계참에는 한 명의 살인범이, 계단 밑에는 또 한 명의 살인범이 버티고 있었다. 이 소년에게 티끌만한 탈출 기회가 열려 있었다고 누가 믿을 수 있었겠는가? 그러나 그는 모든 장애물을 너무나 자연스럽게 극복했다. 공포에 질린 소년은 왼손으로 난간을 짚고 그 위를 훌쩍 뛰어넘어, 단 한 칸의 계단도 밟지 않고 바닥에 착지했다. 이렇게 해서 그는 살인범 한 명을 효과적으로 따돌렸다. 그러나 아직 나머지 한 명을 더 통과해야 했다. 갑작스런 일이 벌어지지 않았다면 이는 불가능했을 것이다. 여주인이 하녀의 희미한 비명 소리를 듣고 깜짝 놀라, 그녀를 돕기 위해 자기 방에서 황급히 달려 나온 것이다. 그러나 그녀는 계단 밑에서 동생에게 가로막혔고, 지금 이 순간 그와 사투를 벌이며 발버둥 치고 있었다. 소년은 이 생사를 건 다툼으로 어지러운 틈을 타 그들 옆을 돌아서 빠져나왔다. 운 좋게도 그는 방향을 틀어 부엌으로 들어갔고, 그곳에는 바깥으로 통하는 뒷문이 있었다. 뒷문은 빗장으로 잠겨 있었지만 단 한 번의 손 조작으로 쉽게 열렸다. 그는 이 문을 통해 집 밖의 들판으로 달려 나갔다. 그러나 바로 이 순간, 불쌍한 아가씨가 마침내 숨을 거두어 형이 소년을 쫓아올 수 있게 되었다. 섬망 상태에서 그녀의 머릿속에 떠오른 이미지가 일주일에 한 번씩 모이는 클럽이었음은 의심의 여지가 없다. 그녀는 지금 클럽 룸에 사람들이 모여 있다고 상상했음이 틀림없다. 도움을 청하고 피신처를 찾기 위해, 그녀는 비틀거리며 이 방으로 향했다. 방에 들어선 순간 그녀는 문간에서 다시 한 번 고꾸라졌고 곧바로 숨을 거두었다. 그녀의 뒤를 바짝 쫓던 살인범은 이제 소년을 추격할 여유가 생겼다. 이 결정적 순간에 모든 것이 달려 있었다. 소년을 붙잡지 못한다면 거사 전체가 실패로 돌아갈 것이다. 그래서 그는 동생과 여주인 옆을 멈추지 않고 그대로 지나쳐, 열린 문을 지나 들판으로 달려 나갔다. 그러나 그는 간발의 차이로 늦고 말았다. 소년은 자기 모습이 계속 눈에 띈다면 이 힘센 청년의 손에서 탈출할 기회가 없을 것임을 똑똑히 알고 있었다. 그래서 그는 도랑으로 지체 없이 몸을 던졌다. 살인범이 가장 가까운 도랑을 느긋하게 수색할 배짱이 있었다면, 그는 흰 잠옷을 입어서 눈에 잘 띄는 소년을 쉽게 발견했을 것이다. 하지만 그는 소년의 도주를 그 자리에서 막지 못한 것 때문에 아주 낙담한 상태였다. 일 초 일 초가 흐를수록 그의 체념은 더욱더 깊어졌다. 만약 이 소년이 정말로 이웃 농장까지 용케 탈출했다면, 앞으로 5분 이내에 사람들의 무리가 이리로 몰려올 것이다. 이곳 들판의 지리에 어두운 그와 그의 동생이 중간에 잡히지 않고 달아나기란 이미 힘들어졌는지도 모른다. 그렇다면 이제 남은 것은 동생을 불러내는 일뿐이었다. 이렇게 해서 여주인은 비록 심한 부상을 입었지만 목숨을 건졌고, 결국 회복하게 되었다. 여관 주인은 마취제 덕분에 무사할 수 있었다. 그리고 실패한 살인범들은 그들의 무시무시한 범죄가 완전히 무익하게 끝났음을 뼈아프게 깨달았다. 이제 클럽룸으로 통하는 길은 훤히 뚫려 있었다. 그리고 모르긴 몰라도 40초면 보물 상자를 꺼내오기에 충분한 시간일 것이다. 그다음에는 상자를 활짝 열고 느긋하게 약탈할 수 있을 것이다. 그러나 적에게 잡힐지 모른다는 공포가 너무 컸기에 그들은 급히 달아났다. 소년은 그들이 지나간 길에서 채 6피트도 떨어지지 않은 곳에 숨어 있었다. 그날 밤 그들은 맨체스터를 지났다. 날이 밝은 뒤에는 자신들의 범죄 기도 현장으로부터 20마일 떨어진 한 덤불 속에서 잠을 청했다. 둘째 날과 셋째 날은 밤에 걸어서 행군하고 낮에 자기를 번갈아 했다. 넷째 날 동이 틀 때쯤 그들은 웨스트몰랜드 카운티 내 커비론스데일 인근의 어느 마을로 들어가고 있었다. 그들은 직행 루트를 일부러 피했던 것이 틀림없다. 그들의 목적지는 고향인 에어셔 카운티였고, 통상적인 경로를 택한다면 새프, 펜리스, 칼라일을 지났어야 하기 때문이다. 아마도 그들은 역마차의 박해를 피해 가려는 중이었을 것이다. 역마차들은 지난 30시간 동안 모든 여관과 노상 술집들에 그들의 인상착의를 묘사한 전단을 뿌리고 있었다. 이 넷째 날 아침에 그들은 (아마도 일부러) 따로 갈라져서 10분 간격을 두고 각각 마을로 들어갔다. 발은 덧나고 지칠 대로 지친 상태였다. 이런 상태에서 그들을 멈춰 세우기란 쉬운 일이었다. 한 대장장이가 그들을 정찰하고 이들의 외모를 전단지의 묘사와 대조해 보았다. 이후 그들은 손쉽게 제압되어 따로따로 체포되었다. 랭커스터에서의 재판과 선고 절차는 신속히 진행되었다. 그것이 사형으로 귀결된 것은 그 당시에 당연한 일이었다. 만약 지금이라면 그들의 사건은 정상참작이 가능한 상황으로 간주되는 보호 범위 안에 들어가고도 남았을 것이다. 비록 그들이 목표물을 얻기 위해 살인을 감수하긴 했지만, 그래도 유혈을 가능한 한 최소화하려고 애썼음이 매우 분명하기 때문이다. 그러므로 그들과 괴물 윌리엄스 사이에는 헤아릴 수 없는 간격이 있었다. 그들은 교수대 위에서 죽었고, 윌리엄스는 앞에서 말한 것처럼 자기 손으로 죽었다. 그리고 당시의 법에 따라 그는 가슴에 말뚝이 박힌 채 '콰드리비움(*quadrivium*)', 즉 네 갈래 길(이 경우는 도심의 네거리)의 교차점 한가운데 매장되었다.[57] 그리고 그의 시체 위로는 절대로 쉬지 않는 런던의 소음이 영원히 지나가고 있다![58]

1. 이 글은 『진지하고 쾌활한 선집(Selections Grave and Gay)』 제4권(에든버러, 1854), 60~111쪽에 처음 발표되었다. 이 책에는 1827년에 쓴 「예술 분과로서의 살인」과 1839년에 쓴 「예술 분과로서의 살인에 대한 두 번째 글」의 수정판도 실렸다. 드 퀸시는 이 글의 제목을 그냥 '후기(Postscript)'라고만 붙였다.

2. 「예술 분과로서의 살인」 주석 12번 참조. (73쪽)

3. 조너선 스위프트(Jonathan Swift)의 『걸리버여행기(The Gulliver's Travels)』(1726)에서, 릴리푸트와 라퓨타는 걸리버가 방문한 가상의 섬 이름이고 야후는 말의 나라인 휴이넘에서 말들이 가축으로 사육하는 인간 종족의 이름이다.

4. 방패는 살라미스의 왕 텔라몬의 아들이자 『일리아드』에 나오는 영웅인 아이아스를 상징하는 무기다.

5. 드 퀸시는 1809년 2월 25일 드루리 레인 극장이 화재로 전소했을 때 런던에 있었다. 워즈워스에게 보낸 편지에서 그는 이 화재의 '숭고한' 스펙터클을 묘사하며 이렇게 썼다. "엄청나게 많은 사람들이…… 극장을 둘러싸고 모여들었습니다…… 어떤 사람이 드루리 레인의 지붕이 무너진 멋진 광경을 묘사했습니다. 그는 아폴로가 대좌에서 떨어지는 것을 보았습니다. 빛이 환하여 그의 하프에 달린 현의 개수까지 셀 수 있을 정도였습니다." 『드 퀸시가 워즈워스에게(De Quincey to Wordsworth)』(존 조던[John Jordan] 편집, 버클리, 1963), 102~103쪽.

6. 이 창고는 1802년 화재로 파괴되었다. 고리는 세네갈 다카르 항의 남쪽 해역에 위치하여 노예무역 기지로 유명했던 고리 섬의 이름을 딴 것이다.

7. 윌리엄스 살인 사건이 일어났을 당시 드 퀸시는 웨스트몰랜드 그래스미어에 있는 워즈워스의 집에 머물고 있었다.

8. '신의 채찍(Flagellum Dei)'은 로마인들에게 공포의 대상이었던 훈족 왕 아틸라(?~453)의 라틴어 별명이었다.

9. 투키디데스(Thucydides), 『펠로폰네소스 전쟁사(The Peloponnesian War)』, 1권 22장 4절.

10. 마 살인 사건이 일어난 다음 주, "『런던 크로니클』에는 서로 안 어울리는 두 칼럼이 나란히 실렸다. 한쪽 기사의 헤드라인은 '마 부인과 그 가족의 살인'이라고 비명을 지르고 있는데 그 바로 옆의 기사는 '콜리지 씨의 강연들'에 대해 안내하고 있었다." T. A. 크리츨리, P. D. 제임스, 『나무망치와 배나무: 1811년 래트클리프 하이웨이 살인 사건』(런던, 1971), 50쪽.

11. 로버트 사우디(Robert Southey,

1774~1843)는 역사학자, 전기 작가, 에세이스트이자 계관시인으로 호반 지방에서 여러 해 동안 드 퀸시의 이웃에 살았다.

12. 사우디는 1809년부터 1813년까지 『에든버러 연감(Edinburgh Annual Register)』의 편집을 맡았다. 『1811년 에든버러 연감(Edinburgh Annual Register for 1811)』, 206~211쪽, 219~231쪽에 윌리엄스의 두 살인 사건에 대한 요약이 실려 있다.

13. 72쪽 주석 6번 참조.

14. 신드는 현재 파키스탄 남부의 주 이름이고 라호르는 파키스탄 북동부 펀자브 주의 주도다.

15. 『1811년 에든버러 연감』 230쪽에 실린 내용에 따르면 호어 부인(Mrs Hoare)은 이런 증언을 했다. 마 가족이 살해되기 1주일 전, 그녀가 "벽을 노크하는 소리'를 듣고 '누구세요?' 하고 물었더니 윌리엄스가 '나요, 당신 집을 털러 왔소' 하고 대답했다. 그녀는 그의 목소리를 곧바로 알아듣고 이렇게 말했다. '강도든 아니든 들여보내 줄게요. 당신이 와서 기뻐요.'"

16. 1811년 12월 7일 토요일.

17. 워즈워스의 시 「웨스트민스터 다리 위에서(Composed Upon Westminster Bridge)」 중의 한 구절.

18. 옥스퍼드 대학에는 소득이 높으면 수업료를 더 많이 내는 제도가 있었고 그런 학생을 고액 납부자(Grand Compounder)라고 일컬었다. 이 제도는 1853년 폐지되었다.

19. 『1811년 에든버러 연감』 230쪽. '교도소 직원'이었던 윌리엄 해슬(William Hassel)에 따르면, 윌리엄스는 "실크로 안감을 댄 갈색의 큰 코트, 노란 단추가 달린 파란 속코트, 파란색과 흰색 조끼, 파란 줄무늬 바지를 입고 갈색 털실 스타킹과 신발을 신었다."

20. "윌리엄스는 마 씨의 동료 선원이었고, 약 1년 반 전에 동인도 무역선 도버캐슬 호를 타고 함께 고국으로 돌아왔던 것 같다…… 윌리엄스는…… 자기가 마와 같이 일했다고 자주 말했다." 『모닝 크로니클(Morning Chronicle)』, 13304호, 1811년 12월 28일.

21. 호라티우스, 『풍자시(Satires)』, 1권 3편. 트로이의 헬레나를 가리키는 말이다.

22. 이 부분에서 드 퀸시는 안식일이 토요일이라 일요일에 상점 문을 열어도 되는 유대 상인들을 염두에 두고 있는 듯하다. 유대 안식일은 일몰 시각과 별이 뜨는 시각을 기점으로 삼는데 그 정확한 시작과 끝에 대해서는 계산 방법의 차이로 의견이 분분했다.

23. 드 퀸시는 희생자들의 나이를 부정확하게 기억하고 있다. 티모시 마와 그의 부인은 24세, 아기는 생후 3개월이었다. 마고 앤 설리번(Margo Ann Sullivan), 『살인과 예술: 토머스 드 퀸시와 래트클리프 하이웨이 살인 사건(Murder and Art: Thomas De Quincey and the Ratcliffe Highway Murders)』(뉴욕, 1987), 23쪽 참조.

24. 하녀의 정확한 이름은 마거릿 주얼(Margaret Jewell)이었다.

25. 여러 신문 기사들은 하녀가 나가 있었던 시간이 이보다 훨씬 짧았다고 전하고 있다. "그녀는 약 30분 뒤 돌아왔다…… 그 비열한은 [그녀에게] 놀라서 집을 약탈할 기회가 없었던 것으로…… 추측된다." 『마 씨와 그 가족의 무시무시한 살인에 대한 페어번의 이야기(Fairburn's Account of the Dreadful Murder of Mr Marr and Family)』(런던, 1812), 4, 6쪽.

26. 프레데릭 윈저(Frederick Winsor, 1763~1830). 발명가 겸 사업가로 1806년 최초의 가스등 회사를 세웠다. 가스등이 런던 시내에 처음 설치된 해는 1814년이었다.

27. 『페어번의 이야기』 14쪽에 실린 마거릿 주얼의 증언: "누군가 계단을 내려오는 소리가 확실히 들렸습니다. 저는 그게 주인님이 문을 열어주러 오는 소리라고 생각해서…… 다시 초인종을 울리고 발로 문을 계속 두드렸습니다."

28. 존 머리(John Murray)는 "사망한 마 씨의 옆집인 래트클리프 하이웨이 30번지에 사는 전당포 주인"이었다. 『페어번의 이야기』, 15쪽.

29. 약 3미터.

30. 약 45센티미터.

31. 주로 일요일에 발행되는 주간 신문. 가장 오래된 일요 신문은 영국 『가디언(The Guardian)』의 자매지인 『옵서버(Observer)』로 1791년 창간되었다.

32. 기독교 교회력에서는 성탄절 등 주요 축일을 당일부터 8일(octave) 동안 '팔부 축일'로 기념하는 관습이 있다.

33. "The earthquake is not satisfied at once." 워즈워스, 『서곡(The Prelude)』(1805), 10권 84행.

34. 1811년 12월 19일.

35. 알려진 바에 의하면 이 가족의 성명과 나이는 다음과 같다. 존 윌리엄슨(John Williamson) 56세, 그의 아내 엘리자베스(Elizabeth) 60세, 하녀 애나 브리짓 해링턴(Anna Bridget Harrington) 50대, 손녀 키티 스틸웰(Kitty Stillwell) 14세, 하숙인인 존 터너(John Turner) 나이 미상.

36. 셰익스피어, 「맥베스」, 3막 4장, 9~31행.

37. 둘 다 맥주의 일종. 포터는 짐꾼들이 즐겨 마시던 흑맥주의 일종이다.

38. 여기서 드 퀸시는 사건이 일어난 시간 간격을 실제보다 늘려놓았다. 터너의 증언에 따르면, "대문이 아주 세게 닫히는 소리가 난 뒤 곧바로 '우리 모두 죽었어요!' 하고 하녀가 외치는 소리가 들렸다." 『1811년 에든버러 연감』, 221쪽.

39. 문 닫히는 소리.

40. 약 7미터.

41. 터너가 키티 스틸웰을 걱정하는 부분은 드 퀸시의 창작으로 보인다. 이 부분에 대한 터너의 증언은 다음과 같다. "나는 아래층으로 내려가서 악당들 중 한 명을 보았다…… 나는 그 즉시 계단을 올라와, 침대에서 시트를 벗겨 그것들을 서로 이은 뒤 침대 기둥에 묶었다. 그리고 야경꾼을 소리쳐 불러 위급을 알렸다." 『모닝 크로니클』, 13298호, 1811년 12월 21일.

42. 1파운드(20실링)짜리 소브린 금화는 윌리엄스 살인 사건이 일어나고 5년 뒤인 1816년에 처음 발행되었다. 1기니 금화의 가치는 원래 21실링이었지만 당시에는 금값이 많이 올라 30실링에 가까운 가격에 거래되었다.

43. 코러스는 고대 그리스의 극에서 합창과 무용을 담당했고 때로 두 파트의 세미코러스로 나뉘었다. 스트로페는 코러스가 무대 오른쪽에서 왼쪽으로 이동하면서 부르는 시절(詩節), 안티스트로페는 왼쪽에서 오른쪽으로 이동하면서 부르는 시절로, 서로 대구나 응답 구조를 이루고 있다.

44. 옛날에 제빵사와 악마가 싸움을 벌였는데, 남편이 이기길 바랐지만 악마가 무서웠던 제빵사의 아내는 하는 수 없이 양쪽을 둘 다 응원했다는 민담에서 유래한 구절이다.

45. 1688년 캔터베리 대주교 윌리엄 샌크로프트(William Sancroft, 1617~93)를 위시한 7인의 주교는 가톨릭 신자였던 제임스2세가 비국교도에 대한 제한을 폐지한 정책에 반대하다가 런던탑에 수감되었다. 하지만 두 달 뒤 무죄 석방되어 대중의 열렬한 환영을 받았다.

46. 셸리(Shelly), 「이슬람의 반란(The Revolt of Islam)」 제12편, 1연 1~9행. 두 번째 행은 원래 '공포의 바람에 실려'인데 '공포의 날개에 실려'로 잘못 옮겨졌다.

47. 이 일화는 『1811년 에든버러 연감』, 222쪽에 실린 조지 폭스(George Fox)의 증언을 윤색한 것으로 보인다. "나는…… 죽은 사람들의 집 바로 건너편에…… 살고 있다…… 사람들이 그 집 대문을

뜨는 동안 나는 단검을 가지러 우리 집으로 뛰어갔다."

48. 50센티미터.

49. 당시 언론에서는 범인이 두 명이라는 심증이 우세했다. "공식적으로 알려진 내용을 통해 볼 때, 이 두 잔인한 살인에 연루된 사람은 두 명뿐이다."『모닝 크로니클』, 13302호, 1811년 12월 26일. "증인들은 이 살인 사건에 한 명 이상이 관여했다고 확신했다."『모닝 크로니클』, 13304호, 1811년 12월 28일.

50. 윌리엄스의 체포.

51. 윌리엄스가 묵었던 페어트리 여관의 식구들은 다음과 같다. 여관 주인 로버트 버밀로(Robert Vermilloe)와 그의 아내 세라 버밀로(Sarah Vermilloe), 세탁부 메리 라이스(Mary Rice)와 그녀의 아들 윌리엄 라이스(William Rice). 당시 여관에 묵고 있던 손님들은 존(혹은 마이클) 커스퍼슨(John[or Michael] Cuthperson), 존 해리슨(John Harrison), 욘 페테르센(John Petersen), 존 프레더릭 리히터(John Frederick Richter), 그리고 존 윌리엄스 등 다섯 명이었다. 페테르센은 함부르크 출신이었고(87쪽 주석 136번 참조), 리히터는『더 타임스(The Times)』 8484호, 1811년 12월 27일 자에서 '젊은 외국인 선원'으로 소개되었다.

52. 약 400미터. 1펄롱(furlong)은 1마일의 8분의 1로, 201.17미터에 해당한다.

53. 1840년 5월, 윌리엄 러셀 경(Lord William Russell, 1767~1840)은 시종이었던 프랑수아 벵자맹 쿠르부아지에(François Benjamin Courvoisier)에게 살해당했다.

54. 간수는 윌리엄스가 "죄수들이 옷을 거는…… 쇠막대에 목을 매단" 것을 발견했다. "그는 완전히 죽어 차갑게 식어 있었다."『더 타임스』, 8485호, 1811년 12월 28일.

55. "목이 매달리고 약 한 시간 뒤에 시체가 내려졌다. — 알렉산더의 시신은 해부용으로 랭커스터로 보내졌고, 마이클의 시신도 같은 목적으로 맨체스터 병원으로 보내졌다." R. 불필드(R. Bulfield),『알렉산더 매킨과 마이클 매킨의 재판(The Trial of Alexander & Michael McKean)』(맨체스터, 1826), 64쪽.

56. 약 200미터.

57. "치안판사는 시신을 교차로에 매장하는 일반적 관습이 이 경우에 전례를 벗어나는지 여부를 타진하기 위해 내무성 장관과 면담을 가졌다…… 시체는 윌리엄스가 범죄를 저지른 동네에 대중이 볼 수 있게 전시하기로 결정되었다…… 이 행렬은 희생자의 집 앞에 각각 15분씩 두 번 멈추었다……

마지막으로 시체는 전시대에서 내려져 구덩이 속에 놓였고, 말뚝이 박힌 다음 흙으로 덮였다." 레온 라지노비치(Leon Radzinowicz), 『영국 형법사(A History of English Criminal Law)』(런던, 1948~86), 5권 198쪽.

58. 1886년 가스 공사를 위해 땅을 파던 인부들이 "몸에 말뚝이 박힌 한 남자의 해골을 발견했다…… 그 해골은 마 씨 부부와 그들의 갓난아기와 젊은 도제를 살해한 범인으로 여겨졌다." G. M. H. 플레이페어(G. M. H. Playfair), 「드 퀸시: 살인범 윌리엄스(De Quincey: The Murderer Williams)」, 『주석과 질문(Notes and Queries)』(1912), 5권 6쪽.

도판

마 씨의 포목 상점 겸 살림집 전경. 『런던 크로니클(London Chronicle)』에 실린 스케치. "1811년 12월 7일, 고(故) 마 씨가 그의 부인과 갓난아이, 도제와 함께 끔찍하게 살해된 래트클리프 하이웨이의 집."

1811년 12월 24일 『런던 크로니클』에 실린 삽화. "1811년 12월 15일 세인트 조지 인 디 이스트(St. Georges in the East) 교회에서 살해된 일가족의 장례식이 거행되었다. 마 씨의 부모와 형제, 마 씨 부인의 네 자매와 기타 친척들이 여기에 참석했다. 이 충격적인 살인 사건은 1811년 12월 7일 일어났다."

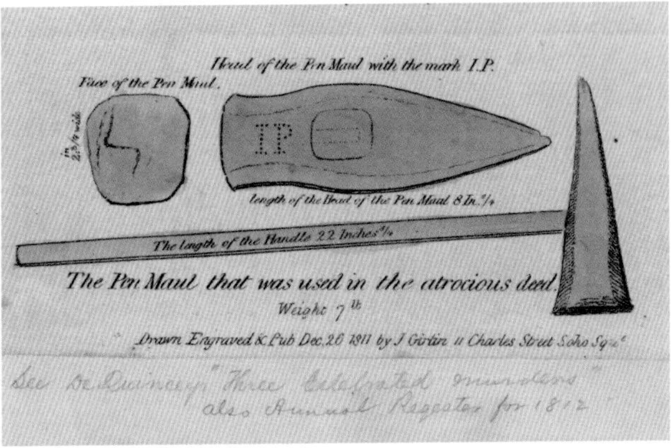

마 씨 일가족 살인 사건 현장에서 발견된 선원용 나무망치의 실측도. 망치 머리에 “IP”라는 글자가 새겨져 있다. 1811년 12월 26일 『런던 크로니클』에 실린 삽화. “이 잔혹 행위에 사용된 나무망치.” [삽화가가 나무망치의 주인이었던 욘 페테르센의 머리글자 J. P.를 I. P.로 착오한 듯하다. — 편집자]

ESCAPE of IOHN TURNER, by the SHEETS Knotted togethur, after he had seen one of the Murderers plundering the dead bodies.

『런던 크로니클』에 실린 삽화. "살인자 중 한 명이 시체를 약탈하는 장면을 목격한 존 터너가 침대 시트를 이어서 탈출하는 광경."

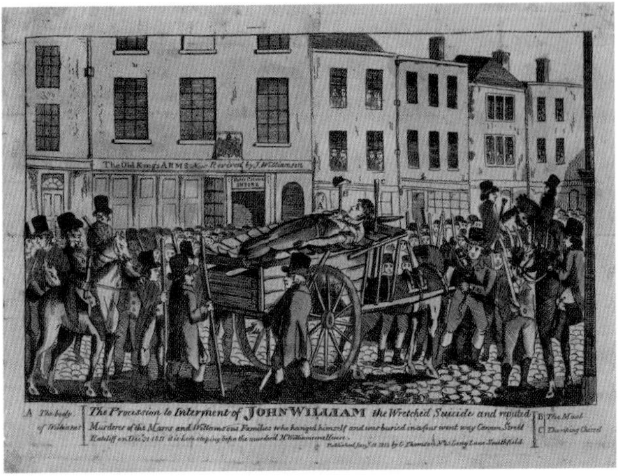

1812년 1월 10일 『런던 크로니클』에 실린 삽화. "존 윌리엄스의 매장 행렬. 마 씨와 윌리엄슨 씨 가족을 무참히 살해한 비열한 존 윌리엄스가 스스로 목을 매 자살한 뒤 1811년 12월 31일 캐넌 스트리트 래트클리프 사거리 밑에 묻혔다. 삽화는 살해된 윌리엄슨 씨의 집 앞에 행렬이 멈춰선 모습이다."

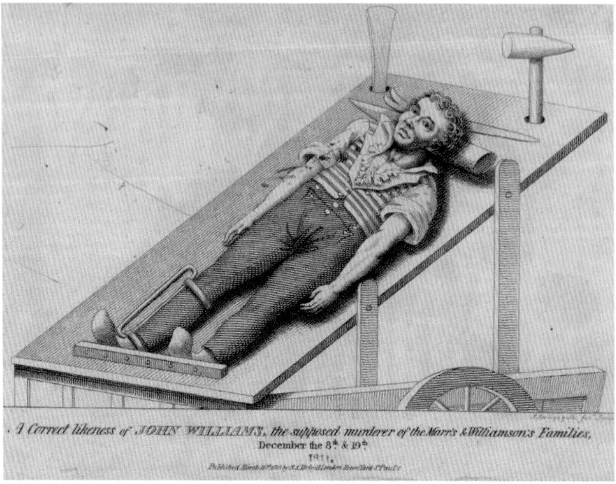

존 윌리엄스 살인 사건이 일어나고 4년 뒤인 1815년 3월 16일 『런던 크로니클』에 실린 삽화. 존 윌리엄스의 시체가 살인 무기와 함께 수레에 실린 모습이다. "1811년 12월 8일과 19일 마 씨와 윌리엄슨 씨 일가족 살인 사건의 용의자인 존 윌리엄스의 실물 초상."

부록
미출간 수고

A. 『블랙우즈 매거진』 편집장님께[1]

선생님,

저는 몇 달 전 독일을 여행하던 중 귀하의 널리 알려진 잡지를 여러 번 마주칠 기회가 있었습니다. 그러던 중, 제가 얼마 전 '신사 애호가 협회'에서 '예술의 한 분과로서의 살인'이라는 주제로 행한 강연 내용이 거기 게재되어 있는 것을 보고 깜짝 놀랐습니다. 이 강연문을 투고한 사람은 — 그의 매우 위선적인 서문을 통해 아주 명확히 밝혔듯이 — 저에 대한 선의에서 그리한 것이 아니었습니다. 그는 정말로 저를 보우 스트리트[2]에 고발하려 합니다! 그리고 락탄티우스[3]를 인용하며 저를 비난합니다. 그러나 저는 그자를 경멸하며 그의 조롱과 협박을 무시하는 바입니다. 그리고 크리스토퍼 노스[4]가 저 못지않게 그를 경멸한다는 사실에 저는 기쁩니다. 귀하께서 그 투고자에게 내린 몇 마디 말씀은, 귀하의 잘 알려진 양식과 철학에 비추어 정확히 기대할 만한 것이었습니다. 그리고 클럽의 전체 회원들도 저만큼이나 기뻐하고 있으며, 저는 회원들로부터 우리의 일치된 사의를 표할 임무를 부여받았습니다.

이렇게 사의를 표하며, 지금 저는 제 직무의 일부로

서 귀하께 편지를 씁니다. 나아가 저는 귀하가 런던을 방문할 기회가 있을 때 귀하의 왕림을 요청해달라는 특별 지시를 받았습니다. 크리스토퍼 노스와 블랙우드 씨 같은 두 사회적 저명인사라면, 우리는 자부심을 갖고 화려한 연회와 특별석으로 환영할 것입니다. 대기실에 은퇴한 노(老)암살자들이 빈둥거리고 있는 모습을 귀하께서 보시더라도 부디 불안해하지 마시기 바랍니다. 그들 모두는 비록 이빨이 다 빠지지는 않았더라도 입마개를 쓰고 있는 것이나 다름없기 때문입니다. 감히 말하건대 이는 귀하께서 시골에 사는 신사를 방문할 때면 흔히 벌어지는 일입니다. 집주인을 만나러 가려면 족히 사육장 하나를 채울 만한 개 떼 — 사냥개, 포인터, 그레이하운드, 그리고 어쩌면 개와 이리의 잡종 한두 마리 — 가 널브러진 잔디밭이나 현관을 지나야 하며, 그놈들끼리 해묵은 '반목'이라도 벌어지면 주인이 와서 큰소리로 쫓아낼 때까지 참고 버텨야 합니다. 위험은 별것 아니지만 이보다 더 큰 담력을 요하는 상황은 별로 없습니다. 아니, 저는 극도의 위험에 대해 과장을 섞지 않고 이야기할 수 있습니다. 저 자신으로 말하면, 저는 그 자리서 죽음을 맞이할 위험을 평생 네 번이나 겪었습니다. 그러나 저는 그중 어떤 경우에도, 시골 동네의 건달 개 패거리가 낯선 사람을 처음 발견하고 갑작스런 분노와 적대감을 폭발시킬 때 그 앞에 선 순간만큼 비상한 노력을 기울여 마음을 다잡아야 했던 적이 없습니다. 특히 주인의 통제가 곧바로 미치리라 확신할 수 없는 경우에는 더욱 그러합니다. 그러나 사람들이 이런 뜻밖의 조우로 큰 두려움을 겪긴 해도, 그들이 그보다 더 안 좋은 일을 겪었다는 이야기를 듣는 일은 드뭅니다. 그리고 우리도 그들과 같음을 귀하는 깨달으실 것입니다. 말씀드렸다시피, 우리 위원회에는 아마추어 외에도 나이 든 프로 살인자들이 몇 명 있습니다. 그들은 누가 자기 옆을 지나칠 때면 약간 으르렁대는 경향이 있습니다. 그러나 귀하는 그중 아무한테나 지팡이를 치켜들고 '앉으시오, 선생, 앉으시오'라고만 말씀하시면 됩니다. 그러면 그들은 십중팔구 낮게 그르렁거리며 슬그머니 자기 자리로 돌아갈 것입니다. 그중 한 명은 확실히 다소 흉포하며 어둠 속에서는 위험해질 수 있습니다. 대체로 그는 훌륭하고 믿음직한 인물입니다. 등 뒤로 다가갈 수만 있으면 가장 친한 친구들을 찌르는 버릇이 있기는 하지만 말입니다. 그러나 우리 모두는 저마다 작은 결점들을 갖고 있습니다. 그리고 이제 귀하는 우리 중의 최악에 대해 알게 되셨으니, 저는 이렇게 말하겠습니다—'미리 대비하는 사람이 싸움의 반은 이긴 법이다'.[5]

클럽에 대한 일반적인 이야기는 이 정도로 그치겠습니다. 이제 저 자신에 대해 말하면, 저는 실례를 무릅쓰고 귀하께 부탁드릴 좀 더 긴급한 용무가 있습니다. 그것은 악의적인 사람들이 저를 두고 퍼붓는 두 가지 중상모략에서 벗어나는 일입니다. 하나는 제가 취향과 미감(*virtu*)[6]의 권위자로서, 바로 제 하인을 상대로, 품질이 우수한 살인에 대해 장려금—그리고 상금을 주겠다고 제안하기까지 했다는 주장입니다. 노스 씨, 단언하건대 이는 사실이 아닙니다. 제가 추측하기로 이 유언비어의 발단은 다음과 같습니다. 저의 낙은 토요일마다 대영제국의 신문에 실린 최고의 살인들을 즐기는 것입니다. 주중의 피로 뒤 이렇게 휴식을 취하며 사색과 예술에 자신을 바치는 것은 감수성을 갖춘 정신에 즐거운 일입니다. 그리하여 이때 제 기호를 맞추는 일은 제 하인의 업무 중 하나였습니다. 그의 임무는 한 건이나 가능하면 여러 건의 살인을, 필요할 경우 신선하게 그렇지 않으면 묵은 상태로, 제가 살펴볼 수 있도록 항상 준비해놓는 것이었습니다. 지금 제 적들은, 신문에 만족스런 살인이 도무지 나오지 않아서—(다른 분야가 그렇듯 이 업계에도 침체기가 있으므로) 나름의 자가 제조에 착수하게끔 제가 그를 부추겼다는 암시를 풍길 것입니다. 그리고 저는 주인을 열심히 섬기는 충실한 하인이라면 충분히 그런 생각을 품을 수 있음을 부인하지 않습니다. 그러나 제가 그런 종류의 일에 대해 일관되게 단호한 태도를 취한다는 것을 제 친구들은 잘 알고 있습니다. 저는 하인에게, 신문에 볼 것이 없을 때는 『뉴게이트 캘린더』, 『살인에 대한 신의 복수』,[7] 혹은 그와 비슷한 책들에서 뽑은 내용을 테이블에 올려도 괜찮다고 이릅니다. 참으로, 일자무식의 일개 하인이 감식가의 칭찬에 부응할 만한 일을 수행할 수 있다고 여기는 것은 제게 외람된 억측으로 느껴집니다. 그러한 이유 외에도, 편견 없는 모든 이들은 제가 누구보다 단호하게 선과 도덕의 편에 서 있다는 것을 잘 알고 있습니다. 그러므로 저는 이 두 가지를 고려하여, 제 친구들 중 누구라도 그런 쪽으로 낌새를 보인다는 이야기가 귀에 들어오는 즉시 — 그 싹부터 잘라버리기로 마음먹었습니다. 그리고 저는 지체 없이 그를 응접실로 불러 설득했습니다. 저는 그에게 말했습니다. "존(혹은 경우에 따라서 '토머스'), 나는 아리스토텔레스와 고전 주석학자들과 토마스 아 켐피스[8] 등등의 저서를 읽은 덕분에 이 문제의 밑바닥까지 들여다볼 수 있다네. 그러니 한 인간으로서 그리고 하인으로서 자네를 설득하는 것을 허락해주게." 그러고 나서 저는 그를 설득했습니다. 저는 그에게 직업적으로 실전에 뛰어들면 어떻게 되는지를 똑똑히 들려주었습니다. "자네는 살인에서 머잖아 노상강도로 넘어갈 걸세. 또 노상강도에서 도둑질로 옮겨가는 건 금방이지. 그리고 일단 거기에 물들면 안식일 위반, 음주, 늦잠으로 이어지는 통탄할 행로를 밟게 되지. 그 끔찍한 정점은 옷차림 소홀, 시간 약속 위반, 성질내는 언행으로 끝장을 보게 된다네. 많은 사람들이 살인에 살짝 손을 담가보는 것으로 시작했고 거기서 끝내겠다고 생각했지만, 그렇게 몇 년을 꼬리에 꼬리를 물고 흘러가다 보니 총체적으로 불성실한 인간이 되고 만 거라네." 이런 식으로 저는 그를 설득했습니다. 제가 이렇게 하면서 살인 취향에 과도하게 탐닉했을 때 나타나는 충격적인 경향들을 비슷한 방식으로 보여주면, 크고 통통하고 물렁한 친구들은 가

끔찍 사시나무처럼 떨면서 아이처럼 울곤 합니다. 오! 선생님, 제가 그들 앞에 내보인 공포의 규모는 보기에도 끔찍합니다. 그러나 제가 한 말이 전부 무시되고 차라리 바람에 대고 얘기하는 편이 나을 경우, 그가 살인이라는 분야에서 뭔가를 좀 해보려는 쪽으로 기울 경우에는 — 저는 어조를 바꾸어, 이 유혹적인 분야에서 젊은 혈기로 방탕한 짓을 벌이는 즉시 그가 자신의 실수를 깨닫길, 그리고 살인보다 덜 불안정한, 그래서 (내가 그들에게 솔직하게 말한 대로) 결국에 가선 사람을 혐오와 악평의 대상으로 만들지 않는 분야를 연마하길 바란다고 말합니다. 그런 다음 좋은 취향의 원칙에 대해 몇 가지 제안을 해주며 말을 마무리합니다. 어떤 사람의 도덕성이 나쁘다고 해서 그의 취향마저 개선되어선 안 될 이유는 없기 때문입니다.

> 비록 우리가 더 멀리 나아가지 못할지라도
> 앞으로 몇 발자국 내딛는 것은 가치 있는 일이니.[9]

그리고 살인이 행해질 수밖에 없다면, 우아함의 측면에서 볼 때 불쾌한 살인은 그 어느 쪽으로도 좋을 수 없습니다. 제가 말씀드린 중상 비방은 제 잔소리의 이 마지막 부분으로부터 비롯되었다고 저는 짐작해봅니다.

그러나 그 못지않게 제 감정에 상처를 입힌 또 다른 비방은, 제가 살인을 비평적으로 평가하는 데 있어 하찮은 애국심에 편향된 모습을 보였다는 주장입니다. 이런 생각은 귀하께서 게재한 바로 그 강연문에서 비롯했음이 틀림없습니다. 제가 이 강연의 예시들을 주로 잉글랜드의 살인에서 끌어온 것은 사실이나, 이는 전부 우연입니다. 영국의 다른 지역과 유럽 대륙의 여러 나라에서 최고로 치하할 만한 살인들이 행해지지 않았다는 암시를 풍길 생각은 전혀 없었습니다. 특히 — 자기 나라에서 일어났다고 제가 친히 알아봐준 유일한 살인(만하임 제빵사 살인 사건[10])이 잉글랜드인의 작품이라고 시끄럽게 불평하는 — 독일인들과 관련하여, 저는 제 선택에서 그런 정황이 전혀 중요하게 작용하지 않았다고 항변합니다. 이 살인의 장본인이 우리 클럽의 회원 — 정제된 취향을 지닌 사람 — 이자 제 특별한 친구임을 고려한 것이 제게 영향을 끼쳤음은 명백합니다. 그러나 그런 것 말고 단지 국적의 구분에 대해서라면 저는 개의치 않습니다. '나는 트로이인과 티루스인을 차별하지 않을 것이다.'[11] 그리고 저의 진실함을 보여드리기 위해, 여기 지난 50년간 배출된 것 중 가장 탁월한 독일의 한 살인 사건[12] 기록을 귀하께 보내드리는 바입니다. 이 사건은 라인 강과 다뉴브 강변의 모든 나라들을 7년 동안이나 술렁이게 만들었으며, 벌써 12년이 흐른 지금까지도 대화의 주제이자 깊은 관심의 대상입니다. — 프랑스의 살인으로 말하자면, 완벽하게 제 마음에 차는 것이 일백 건 중 한 건도 없음을 인정해야겠습니다. 그 대부분은 잔인무도함과 부자연스러운 공포로 훼손되어 버립니다. 프랑스에서 담백하고 순수한 스타일을 간직한 살인을 발견하는 일은 매우 드뭅니다. 그러나 1세기도 더 전에 일어난 다음의 살인은 확실히 이의를 제기할 수 없습니다. 이 살인 사건은 한 프랑스인이 매우 격앙된 어조의 편지를 보내어 내게 알려준 것입니다. 이는 매우 가치가 높은 부류의 살인 — 즉 수수께끼의 살인에 속합니다. 이 사건의 전모는 지금 이 시각까지도 밝혀지지 않았기 때문입니다. 그 프랑스인은 저 위대한 윌리엄스의 마지막 작품(윌리엄슨 가족의 집에서 연출된 것)에서 가장 훌륭한 몇몇 발상이, 바로 파리에서 일어난 이 살인 사건에 빚을 지고 있다고 주장합니다. 실제로 그는 윌리엄스를 '추잡한 표절범'이라 부릅니다만, 질투심 많은 한 프랑스인을 빼면 이 말을 인정하는 사람은 아무도 없습니다. 그러나 1720년 파리 사건과 1811년 런던 사건의 정황 중 일부가 놀라울 정도로 일치한다는 점은 인정해야 할 것입니다.

1720년 드 사바리 씨가 살해된 사건[13]은 프랑스 전역에 엄청난 센세이션을 일으켰습니다. 파리에 살았던 그는 결혼을 하지 않은 채 방탕한 생활을 했으며, 그의 집에는 많은 재사와 궁정 인사들이 모여들었습니다. 하지만 살림은 매우 단출해서 시종 한 명과 여자 요리사 한 명으로만 이루어져 있었습니다. 어느 날 세련된 매너와 우아한 외모를 갖춘 한 낯선 사람이 그를 방문했습니다. 사바리는 이 사람을 정중하게 맞아들여 만찬을 들고 갈 것을 청했으며, 그는 이 초대에 기꺼이 응했습니다. 만찬이 시작되기 직전, 그는 시종을 지하실로 내려보내 샴페인 몇

병을 꺼내 오게 했습니다. 이 낯선 사람은 적당한 핑계를 대고 시종을 따라갔습니다. 지하실에서 시종이 완전히 방심하고 와인 선반 아래쪽으로 몸을 굽힌 순간, 낯선 사람은 그의 뒤통수를 큰 나무망치로 가격하여 그를 손쉽게 소리 없이 해치웠습니다. 그리고 같은 지하실 안에 갇히게 된 개 한 마리도 같은 방식으로 처치했습니다. 일을 끝낸 살인범은 부엌으로 몰래 숨어들어 갔습니다. 닭고기로 프리카세[14]를 만드는 중이던 요리사는 볶고 끓는 소리 때문에 주변 상황을 눈치채지 못했습니다. 그는 나무망치를 한 번 휘둘러 그녀를 효율적으로 실신시킨 다음 살인을 완료했습니다. 이제 아래층에서는 일체의 소음이나 소란 없이 몰살이 종료되었습니다. 그리고 살인범은, 한 조각의 진미(bonne bouche)로 마지막까지 아껴두었던 사바리 씨에게로 올라갔습니다. 그를 살해하는 데는 거의 어려움이 없었습니다. 때마침 통풍 발작을 일으킨 그는 안락의자에서 꼼짝 못하는 상태라 무슨 저항을 할 수가 없었기 때문입니다. 이러한 정황들은 있을 수 있는 가장 독보적인 방식으로 세상에 알려지게 됩니다. 살인범이 말 그대로 자리에 앉아, 테이블 위에 펼쳐져 있던 책장의 빈 곳에 이 모든 내용을 의도적으로 기록한 것입니다. 그런 다음 그는 유유히 집을 걸어 나가 대문을 닫았습니다. 최초의 발견은 마 가족 사건과 아주 똑같은 식으로 이루어졌습니다. 저녁에 그 집을 방문한 어떤 사람이 15분 넘도록 요란하게 대문을 두드려 결국 이웃들의 주목을 끌게 된 것입니다. 문을 뜯고 들어가자, 쓰러진 상태 그대로 엎어져 있지만 출혈은 별로 없는 시체들이 발견되었습니다. 시체들은 하나같이 나무망치로 머리가 완전히 박살 나 있었습니다. 그다음 수수께끼는 암살 동기에 대한 것이었습니다. 식사 준비가 갖추어져 있고 단 한 장의 접시도 사라지지 않은 만찬 테이블의 상태로 볼 때 명백히 강도는 아니었습니다. 그래서 이는 복수로 결론지어졌습니다. 이를 확인해 주기라도 하듯, '이것을 보라, 그러면 너의 삶을 통제할 수 있을 것이다'라는 명문과 함께 상아로 해골 모양이 새겨진 작은 회중시계 위에, 살인범이 연필로 이렇게 쓴 글이 발견되었습니다. '그의 삶을 보라, 그러면 그의 죽음이 놀랍지 않을 것이다.' 그리고 오래지 않아, 아내의 부정을 깨달은 남편이 이 복수의 장본인임을 가리키는 듯한 증거도 발견되었습니다. 드 사바리 씨의 서류를 조사하던 경찰은 여인의 필체로 다음과 같이 적혀 있는 쪽지를 발견한 것입니다. '우린 끝장이에요! 방금 제 남편이 모든 걸 알았어요! 그의 분노를 딴 데로 돌릴 수단을 생각해봐요. 그가 이성을 되찾게 만들 수 있는 유일한 사람은 '파라펠' 뿐이에요. 제 남편한테 얘기 좀 해달라고 그에게 부탁하세요. 그가 그리해주지 않으면 우리는 안전하길 바랄 수 없어요.' 이 쪽지에는 서명도 날짜도 없었습니다. '파라펠'은 체포되었고 자신이 드 사바리 씨와 아는 사이임을 인정했습니다. 그러나 그는 숱한 조사와 오랜 구금을 거치면서도 그 쪽지에 언급된 정황에 대해 전혀 모른다는 최초의 주장을 굽히지 않았고, 결국 석방되었습니다. 그 외에도 혐의를 받은 사람들이 여럿 체포되었으며, 한 직계 혈통의 왕자와 신분이 높은 여러 사람들이 이 집을 자주 찾았다는 사실이 확인되었습니다. 그리고 의혹이 위험한 방향으로 흘러가서 그랬는지, 실제로 아무런 증거를 못 찾아서 그랬는지, 이 사건은 서서히 덮였습니다. 체포되었던 사람들은 전부 풀려났고 경찰은 모든 수사를 종결했습니다. 그럼에도 이 사건은 잊히지 않았으며, 혁명 시대[15]까지도 깊은 흥미를 끄는 미스터리로 남았습니다.

이 사건에 대한 제 판단은 다음과 같습니다. 제가 엄숙히 선언하건대 이는 최상급의 살인이며, 오쟁이 진 남편이든 아니든 간에 그 살인범은 가장 뛰어난 천재성을 지닌 아마추어임이 분명합니다. 너무나 뛰어나서, 저는 과연 그가 프랑스인일지 의심할 수밖에 없습니다. 물론 그 격앙된 편지를 쓴 프랑스인에게는, 이것이 확실히 규명된 사실은 아님을 주지시켜야 할 것입니다.

이제 제가 소개하려는 독일의 살인 사건으로 넘어가겠습니다. 그러나 저는 귀하의 인쇄공에게, 제 강연문에 그랬던 것처럼 제 글을 망치지 말아줄 것을 부탁하는 바입니다. 만약 그가 또 그런 짓을 한다면 그의 앞에 무엇이 기다리고 있는지 저는 알려주어야 합니다. 제빵사를 처리했던 제 친구, 만하임의 아마추어는 지금 고향으로 돌아왔습니다. 그리고 필요하다면 그는 식자공 몇 명도 제빵사 한 명만큼이나 흡족히 처치할 것입니다. 서텔은 웨어에게 사기를 당했던 어떤 사람에 대해 이야기하던 도중[16] 아주 감상적인 말투로—"그는 내 친구입니다"라고 말했습니다. 친구를 상처 입힌 자를 살해한 데 대한 상냥한 사과의 뜻을 내비치며 말입니다. 지금 저는 귀하의 인쇄공에게, 매우 의심스러운 정황으로서 다음의 사실을 장담할 수 있습니다. 제가 '데이프노소필라이(Deipnosophi*lae*)'[17] (무슨 이교도가 이렇답니까?), '레데레 엑스쿠툼(reddere e*x*cutum)',[18] 기타 등등 제 글에 자행된 끔찍한 잔학 행위들을 만하임의 아마추어에게 보여주었을 때, 그는 제 손을 부여잡고 눈에는 눈물을 가득 담은 채 가슴 뭉클하게 말했습니다—"당신은 제 친구입니다. 제가 에든버러로 가겠습니다." 그 당시에는 제가 그의 목표물을 딴 데로 돌렸지만, 만약 그에 버금가는 잔학 행위가 또 벌어진다면 그때는 어떻게 할지 확답 못 하겠습니다.

당신의 영원한 벗,
X. Y. Z.[19]

1. 이 수고의 원본은 스코틀랜드 국립도서관(MS 4789, fos 33-6)에 소장되어 있다. 드 퀸시가 본문에서 암시한 내용이나 편집장에게 보낸 편지로 볼 때 이 원고가 쓰인 연도는 1828년이다. 이 글은 『토머스 드 퀸시 저작집: 제6권(The Works of Thomas De Quincey: Volum Six)』(데이비드 그로브스[David Groves]·그리블 린덥[Grevel Lindop] 편집, 런던, 2000), 294~301쪽에 원본 상태 그대로 게재되어 있다. 원래 이 글은 「피터 앤서니 퐁크」에 대한 서문 격으로 쓴 것인데, 윌리엄 블랙우드는 이 두 원고를 합쳐서 『블랙우즈 매거진』에 게재하려다가 나중에 마음이 바뀌어 싣지 않은 것으로 보인다.

2. 72쪽 주석 6번 참조.

3. 72쪽 주석 7번 참조.

4. 72쪽 주석 2번 참조.

5. 미겔 데 세르반테스, 『돈 끼호테』(민용태 옮김, 창비, 2012) 2권 17장, 197쪽.

6. 30쪽에 나오는 '미감(vertu)'의 동의어.

7. 117쪽 주석 10번, 12번 참조.

8. 토마스 아 켐피스(Thomas à Kempis, 1380?~1471)는 기독교 신학자이며 『그리스도를 본받아(Imitation of Christ)』의 저자로 알려져 있다.

9. "Est aliquid prodire tenus, si non datur ultrà." 호라티우스, 『서간집』, 1권 1편 32행.

10. 57~61쪽 참조.

11. "Tros Tyriusque mihi nullo discrimine agetur", 베르길리우스, 『아이네이스』, 1권 574행.

12. 이어지는 글(231쪽)에 소개한 피터 앤서니 퐁크 사건을 가리킨다.

13. 여기서 드 퀸시는 1699년 파리에서 일어난 장 밥티스트 사바리(Jean Baptiste Savary) 살인 사건을 가리키고 있다. 장 밥티스트 사바리는 세(Sées)의 주교 마튜랑 사바리(Mathurin Savary)의 동생이었다. 드 퀸시는 이 사건을 설명하면서 마르키 드 다뇨(Marquis de Dangeau), 『1684년부터 1720년까지 프랑스 궁정의 회고록, 최초 번역판(Memoirs of the Court of France from the year 1684 to the year 1720, now first translated)』(런던, 1825), 1권 379쪽을 참조한 듯하다. 이 부분에는 다음과 같이 나와 있다. "왕은 사바리 씨가 파리의 자택에서 암살되었다는 보고를 받았다. 시종 한 명과 하녀 한 명도 살해되었고, 범행은 분명 낮 시간에 이루어진 듯하다…… 발견된 몇몇 서류에 따르면 이는 복수를 위한 살인인 것 같다. 사바리 씨의 집에서는 아무것도

없어지지 않았다. 사바리 씨는……
예술에 정통했고 쾌락을 즐겼으며
친구가 많았다." 생시몽 공작(Duke of Saint-Simon), 『루이 14세 및 섭정 시대의 회고록(Memoirs of Louis XIV and the Regency)』 3권(런던, 1901), 1권 157쪽도 참조: "이 시기에 이상한 사건이 일어나 모든 사람을 두려움에 떨게 만들었고 수많은 추측을 낳았다. 사바리가 파리의 자택에서 살해된 채 발견된 것이다…… 이것이 매우 추하고 왜소한 한 남자에 의한 범행임을 거의 아무도 의심하지 않았다. 그러나 그의 혈통이 대단히 귀했기 때문에 그가 범인임을 시사하는 모든 서류들이 파기되었다. 그리고 최초의 흥분이 지나간 뒤, 모두가 이 비극적 내력에 대해 말하기를 중단했다."

14. 잘게 다진 고기와 야채를 볶다가 스튜나 찜으로 만든 프랑스 요리.

15. 1789년 프랑스혁명을 가리킴.

16. 서텔과 웨어에 대해서는 76쪽 주석 37번 참조.

17. 「예술 분과로서의 살인」에서 인쇄 실수로 생긴 오자이다. 자세한 설명은 83쪽 주석 98번 참조.

18. 「예술 분과로서의 살인」에서 호라티우스를 인용한 맨 마지막 부분을 가리키는 듯하다. 하지만 『블랙우즈 매거진』에 실린 최초 원고에는 이런 오자가 없다. 다만 보스턴의 티크너 앤 필즈(Ticknor and Fields) 출판사에서 제임스 토머스 필즈(James Thomas Fields)가 편집하여 출간한 『드 퀸시 저작집(De Quincey's Writings)』(1851~9, 전22권)에는 이 호라티우스 인용문의 첫 구절이 'fungos vice cotis, excutum'으로 잘못 표기되어 있는데(『잡문집[Miscellaneous essays]』[1851], 56쪽), 이 오류가 어디서 유래했는지는 불분명하다.

19. 「예술 분과로서의 살인」에서 드 퀸시는 살인을 찬미하는 강연을 격렬히 비판하는 가상의 인물을 자처하면서 이 서명을 썼는데, 여기서는 바로 그 강연을 한 인물을 자처하면서 똑같은 서명을 쓰고 있다. 23쪽 참조.

B. 피터 앤서니 퐁크[1]

피터 앤서니 퐁크는 쾰른의 상인으로, 엔펠트[2]의 윌리엄 쾨넨 살인 사건과 관련해 그를 상대로 진행 중인 기나긴 형사재판 때문에 다소간의 역사적 흥밋거리가 되었다. 이 재판은 일찍이 1816년에 시작되었는데, 퐁크 씨가 사형 선고를 받은 날인 1822년 6월 22일까지도 최종 완료되지 않았다. 이 사건은 유럽 대륙에 깊고 폭넓은 관심을 불러 일으켰고 도무지 풀리지 않는 복잡한 정황 탓에 그럴 만 하다는 점에서, 또 프랑스와 독일의 형사 사법 체계가 지닌 상대적 이점에 대해 현대 독일에서 크게 불거진 질문과 관련이 있다는 점에서 우리 시대의 가장 주목할 만한 사건 중 하나로 여겨진다.[3] 이 질문이란 간단히 말해 공개 변론과 구두심리를 거치며 배심원의 개인적 의견을 근거로 판결을 내리는 프랑스 방식과, 비공개로 조사가 이루어지고 사전에 수립된 법률 규정에 의거해 직업 판사의 판결로 마무리되는 독일 방식 중 어떤 것이 전체적으로 봤을 때 사법제도의 목적에 더 잘 부합하는가 하는 것이다. 한 건의 사건만 가지고는 어느 쪽이 더 낫다고 판단하기가 힘들어 보인다. 그러나 이 특정 사건에 대해 배출된 엄청난 분량의 팸플릿으로 미루어볼 때, 이 사건이 이 질문의 역사에서 중요한 한 시대를 확립했다고 보는 것이 맞는 듯하다.

퐁크 씨는 1781년에 태어났다. 그의 부친은 부유한

상인으로 1825년 현재까지도 생존해 있으며 고위층에 발이 넓다. 퐁크 씨는 원래 암스테르담에서 한 상사를 공동으로 운영했지만, 1809년에 쾰른으로 온 뒤 이 지역에서 잘 알려진 집안인 유력한 담배상 포보 씨의 딸과 결혼했다. 퐁크 씨는 1815년 엔펠트에서 약종상인 슈뢰더와 공동으로 브랜디 및 리큐어 제조업체를 세웠다. 슈뢰더는 이 사업에서 제조 부문을 관할했고 여기에 소요된 약 6000탈러[4]의 자본금을 댔다. 그러나 일체의 상거래, (일부분 밀수를 통한) 브랜디 판매, 경상지출 및 영수증 등은 전부 퐁크가 관리했다. 큰 수익을 거두었음에도(퐁크 자신이 시인한 바에 따르면 18개월도 안 되어 2만 탈러에 달했다) 두 동업자 사이에는 오해와 질시가 불거졌다. 퐁크는 슈뢰더가 수익의 너무 큰 몫을 전용했다고 불만을 제기했고, 한편 슈뢰더는 퐁크가 정확한 수익 규모를 자신에게 속였다고 의심했다. 결국 슈뢰더는 퐁크의 동의하에 윌리엄 쾨넨이라는 이름의 젊은 상인을 쾰른에 파견하여, 퐁크가 설명한 내용을 퐁크의 장부 및 서류와 대조하는 임무를 맡겼다. 퐁크의 예전 하인인 엘페스가 이 조사에서 쾨넨을 보조하게 한 것은 슈뢰더의 의도였다. 사실 엘페스는 슈뢰더의 의혹을 처음으로 제기한 사람이었다. 그는 퐁크가 자기에게 고급 브랜디 가격을 실제 손에 들어온 액수보다 낮게 기재하도록 시켰으며, 퐁크의 장부담당인 하넨바인에게서 그 밖의 부정한 관행들도 익혔음을 폭로한 바 있었다. 그러므로 엘페스가 퐁크의 집 대문 앞에 처음 나타났을 때(1816년 11월 1일) 퐁크가 불같이 화를 내며 그를 쫓아낸 것도 이상한 일은 아니었다. 그러나 쾨넨은 비록 불친절한 대접을 받긴 했지만 퐁크의 묵인하에 임무에 착수할 수 있었다. 그는 작정하고 불신하는 태도로 일에 임했고 이런 태도는 하넨바인의 폭로로 더욱 심해졌다. 그리고 그는 자기 친구들과 슈뢰더에게 쓴 여러 편지에서 퐁크의 행동을 최대한 경멸적인 말투로 표현했다. 그의 묘사에 따르면 퐁크의 행동은 어떤 때는 사근사근하고 알랑대다가도 어떤 때는 냉랭하고 쌀쌀맞아지는 등 기복이 심했다. 그는 퐁크가 기재한 항목들을 영수증과 대조하면서 조사를 시작했다. 그리고 놀랍게도 그것이 퐁크가 슈뢰더에게 보고한 내용과 정확히 일치함을 발견했다. 그는 이 일을 11월 6일에 완료하고, 그다음으로 (하넨바인의 말에 따르면) 최소한 8000탈러를 횡령한 증거가 있는 원장과 업무 일지에 대한 열람을 요구했다. 퐁크는 이 요구에 따르기를 고압적으로 거부하면서 난폭하게 대응했다. 그리고 쾨넨의 간섭 없이 슈뢰더와 직접 담판을 지을 생각으로 바로 그날 노이스[5]로 떠났다. 그러나 쾨넨의 사전 통고로 퐁크를 경계하고 있던 슈뢰더는 그의 제안을 거절했고, 11월 8일 직접 쾰른으로 왔다. 퐁크도 토요일인 9일 오전 11시에서 12시 사이에 쾰른으로 돌아왔다. 퐁크가 도착한 직후 쾨넨은 그에게 다음과 같은 취지의 제안을 했다. 그(퐁크)는 1만 8000탈러를 브랜디 수익으로 인정하고, 그 수익금 전액으로 아직 팔리지 않은 해당 액수만큼의 재고품을 사들이며, 설비와 기계 중 상당 비율의 완전한 소유권을 양도받는다는 내용이었다. 이 제안에 대한 양측의 협상이 뒤따랐다. 그리고 그들이 묵고 있던 두 여관에서 방을 구할 수 없었던 까닭에 이 회담은 퐁크의 집에서 열렸다. 여기서 언급해야 할 것은, 그리로 가는 길에 하넨바인이 퐁크와 쾨넨 사이에 은밀한 합의가 이루어졌다는 모종의 신호를 읽었다고 주장하고 있는 점이다. 이 협상에서 퐁크는 8000탈러를 수익장부에 추가하는 데 동의했다. 그리나 슈뢰더가 먼저 쾨넨과 단둘이 상의하기를 원했기 때문에 이 합의는 최종적으로 체결되지 않았다. 회담은 8시경에 끝났고, 다음 협상시간은 다음 날(11월 10일 일요일) 아침 일찍 9시로 정해졌다. 쾨넨과 슈뢰더는 여관에 잡아둔 숙소로 가서 하넨바인과 만났다. 이 일행은 10시에 헤어졌다. 하넨바인이 귀가 준비를 하는 동안 쾨넨도 그를 배웅하기 위해 — 그리고 아직까지도 수수께끼에 싸인 불행한 종말을 맞이하기 위해 — 모자를 집어들었다. 그는 구시장 한가운데서 하넨바인과 헤어져, 그가 묵는 여관이 있는 거리로 되돌아갔다. 여관은 그 거리에서 채 30걸음도 떨어지지 않은 곳에 있었지만, 그는 여관으로 영영 되돌아가지 못했다.

슈뢰더는 쾨넨이 실종된 즉시 이 불운한 사람의 친구, 친척들과 합동으로 철저한 수사에 착수했다. 아무도 그가 실종된 이유를 댈 수 없었다. 그리고 어떤 범죄 계획의 방해물을 제거하려는 목적으로 그가 살해되었다는 의심은 더욱 강하게 일었다. 이 경우 그런 식의 이해관계를 지닌 혐의자로서 떠오르는 사람은 오로지 퐁크밖에 없었다. 대중의 머릿속에서 이런 생각이 힘을 얻고 있는 동안, 엔펠트에서 온 쾨넨의 친구 세 명이 11월 21일 퐁크를 방문했다. 그리고 이때 그가 보인 행동은 기존의 의심을 확증하기에 딱 알맞았다. 그는 이 음울한 사건에 대해 자신이 쓴 편지 한 통을 읽어주면서 눈물을 흘렸으며, 부디 자기가 흘리는 눈물에 주목할 것을 격식을 차려 간청했다. 그는 그들 앞에 쪽지 한 장을 펼쳐 보이며, "여기 불쌍한 쾨넨의 필적을 보시오" 하고 외쳤는데, 자세히 살펴보니 그것은 쾨넨의 필적이 아니었다! 또 그는 머리카락이 쭈뼛 설 이야기를 방문객들에게 들려주겠다며 자신의 장부 담당 직원을 불렀는데, 그 직원은 아무런 할 얘기가 없는 것처럼 보였다!

그러나 아직까지도 시체는 발견되지 않았고, 퐁크에 대해서도 아무런 법적 조치를 취할 수 없었다. 한편 경찰은 수사를 이끌어줄 모종의 자취를 찾는 데 전력을 기울였다. 쾨넨이 이따금씩 찾아 한 피렌체 출신 아가씨와 밀회를 가졌다고 알려진 유곽에 대해 조사가 이루어졌지만, 이곳에서는 의심할 만한 근거가 발견되지 않았다. 그날 저녁 쾨넨은 그곳에 전혀 모습을 드러내지 않았음이 확인되었다. 그리고 유곽 사람들은 물론 그 이웃들도 11월 9일 아무 소리도 듣지 못했다고 입을 모아 증언했다. 이는 상당히 중요한 정황이었다. 그 집의 구조와 주변 상황으로 볼 때, 만약 어떤 소동이 일어났다면 사람들의 눈과 귀를 절대 피해가지 못했을 것이기 때문이다. 3000프랑의 현상금이 내걸렸지만 아무런 소득이 없었다. 경찰은 퐁크와 하넨바인을 밀착 감시했다. 그리고 그중 퐁크에 대해 언급해야 할 한 가지 사실은, 쾨넨의 세 친구들이 자신을 방문한 바로 그날 그가 경찰관인 기세즈를 찾아가 이 어려운 상황에서 취해야 할 가장 바람직한 행보에 대해 조언을 구걸했다는 것이다. 경찰관의 조언은 법의 판단에 몸을 맡기라는 것이었지만, 퐁크는 그 조언을 따르는 것이 적절하다고 생각지 않았다. 이제 대중의 불안은 정점에 도달했다. 사람들의 마음은 호기심, 공포, 연민으로 갈라졌다. 보나 마나 한 불쌍한 쾨넨의 운명 말고는 그 어떤 주제도 사람들의 입에 오르내리거나 머릿속에 들어오지 않았다. 그 무렵, 마침내 이 주제에 대한 더 이상의 의심에 종지부를 찍고 이 재앙을 일으킨 장본인에 대한 의심을 더욱 크게 만든 발견이 이루어졌다.

쾨넨이 실종된 지 40일째인 12월 19일, 쾰른 밑의 라인 강에서 그의 시체가 발견된 것이다. 시신의 상태와 외관은 다음과 같았다. 그가 평소에 끝까지 채우고 다녔던 맨 위 단추 두 개가 뜯겨나갔을 뿐 옷은 완벽했다. 그는 윗옷 윗주머니에 지갑을 넣어 가지고 다니는 습관이 있었는데, 그 주머니는 비어 있고 지갑은 온데간데없었다. 하지만 그의 금시계는 시곗줄에 멀쩡히 달려 있었다. 또 왼쪽 눈 위의 멍, 머리 뒤쪽의 심한 타박상, 정수리에 벌어진 상처(하지만 이 상처는 물속에서 부딪혀 생겼을 확률이 높다), 그리고 목을 조른 자국이 있었다. 검시관들은 이 상처들이 살아 있는 동안 생긴 것이며 사망을 초래하기에 충분했고, 이마의 상처는 날이 뾰족한 어떤 도구, 이를테면 술통 따는 칼등 따위를 써서 가한 것임을 알아냈다. 본의 유명한 해부학자인 발터는 이에 의문을 제기하면서 이 모든 상처가 물속에서 생긴 것일 수 있다는 가설을 제시하기도 했지만, 쾨넨이 살인자의 손에 죽음을 당했다는 사람들의 확신을 꺾지는 못했다. 그가 고의로든 사고로든 라인 강에서 죽음을 맞을 확률이 얼마나 희박했는가는, 그가 도시 성문을 거치지 않고는 강에 다다를 길이 없었으며, 그날 밤 그에게 성문을 열어준 사람이 아무도 없었다는 사실로도 드러난다.

이마의 상처를 볼 때 그 상처를 가한 무기는 아주 명백하다고 여겨졌다. 그것은 퐁크의 경리 사무실에 내내 놓여 있던 술통 따는 칼이 분명했다. 그리고 이로부터 아주 자연스러운 논리 전개에 의해, 퐁크 밑에서 통장이로 일하던 크리스티안 하마처가 공범으로 지목되었다. 그는 언제나 퐁크의 지근거리에 있었고 그와 매우 친밀하여 같은 이해관계로 묶여 있었기 때문이다. 이 사람에 대해서는 그가 특정한 내용의 대화를 했다는 주장이나 특이한 지출 습관 등 의심이 가는 몇몇 정황이 이미 알려져 있었지만, 유감스럽게도 당시엔 이런저런 주장들에 대해 조사가 이루어지지 못했다. 그러나 이제는 하마처와 그의 고용주에 대한 경찰의 좀 더 강력한 조치를 정당화해줄 충분한 증거가 확립되었다. 그리하여 12월 22일 퐁크는 보초병에 의해 가택에 연금되었고, 하마처는 1817년 1월 31일 한 선술집에서 연행되어 수감되었다. 경찰은 처음부터 이 사람을 쾨넨 살인 사건의 공범으로 공공연히 몰아세웠고, 이 거래의 유죄 여부에 대한 자백을 이끌어내기 위해 온갖 노력을 기울였다. 한 동료 죄수를 시켜 그에게 접근하여 신뢰를 얻도록 하고, 그의 말을 엿듣기 위해 사람을 배치하기도 했다. 그리고 결국에는 그를 어두컴컴하고 축축한 지하 감옥에 가두어버렸다. 이런 처우에 지친 크리스티안은 3월 10일 마침내 자백을 시작했다. 그의 자백을 들은 사람은 검사장인 폰 산트였다. 자백은 11월 9일 밤, 윌리엄 쾨넨이 퐁크의 집에서 퐁크의 손에 살해되었고 자신은 그것을 방조했다는 내용이었다. 그러나 이 자백이 법적 형식을 갖춘 것은 4월 16일이 되어서였고, 그 정황의 요지는 이러했다. 11월 4일에 이미 퐁크는 쾨넨을 살해하기 위해 하마처를 매수하려 했지만 당시 그는 퐁크의 제안을 귀담아듣지 않았다. 11월 9일 그는 퐁크의 집에서 일하다가 저녁 9시에 다시 오라는 지시를 받았다. 그가 9시에 집을 찾았을 때 퐁크는 그를 경리 사무실로 안내했다. 그의 앞에는 와인이 놓여 있었다. 퐁크는 쾨넨이 8시에 이 집을 떠났지만 (뭘 놓고 갔기 때문에) 분명히 다시 돌아올 것이라고 말했다. 그리고 그가 밖에서 초인종을 누르면 그에게 문을 열어주라고 지시했다. 10시 15분 혹은 30분이 지났을 무렵 초인종이 울려서 하마처가 현관에 나갔더니 거기 정말로 쾨넨이 서 있었다. 그가 퐁크 씨를 찾자 곧바로 퐁크가 나왔다. 두 신사는 인사를 나누었고, 쾨넨은 자기가 무엇을 집에 놓고 갔다고 말했다. 이에 퐁크는 "음, 그런 줄 알았네" 하고 대답했다. (여기서, 일부 사람들은 쾨넨이 놓고 간 물건을 가지러 [정확히 언제] 되돌아올지를 퐁크가 사전에 알고 있었던 것이 매우 부자연스럽다고 생각했음을 밝혀야겠다. 그러나 만약에 [하넨바인이 암시한 대로] 쾨넨과 퐁크 사이에 모종의 비밀 약속이 맺어져 있었다면, 무엇을 놓고 갔다는 핑계는 이 만남의 진짜 목적을 위장하는 최선의 방법이었다고 말할 수 있다. 하마처는 퐁크의 신뢰를 받고 있었지만 쾨넨의 신뢰를 받지는 못했음을 상기해야 한다) 그런 다음 퐁크와 쾨넨은 슈뢰더와 나머지 일행이 그날 저녁 협상을 진행했던 바로 그 방으로 같이 올라갔다. 볼일을 마치고 내려오는 길에 퐁크는 슈뢰더가 제조한 어떤 브랜디에 대해 이야기하면서 그것을 매우 오래된 한 프랑스산 브랜디와 비교하고 쾨넨에게 그 브랜디를 시음해볼 것을 제안했다. 쾨넨은 처음에 거절했지만, 퐁크는 "아, 적선하는 셈 치고 한 모금만 먹어보게. 딱 한 모금만. 일단 맛보면, 내 평생 이런 건 한 번도 못 마셔봤노라고 할 걸. 내 보장하지"라며 계속 강권했다. 그러면서 퐁크는 하마처에게 술잔을 가져오라 시키고, 그 자신은 테이블 위에 놓여 있던 술통 따는 칼을 집어 외투 속에 숨겼다. 세 사람은 하녀들의 침실 바로 밑에 위치한 포장실로 내려갔다. 그리고 그곳에 도착하자마자 비극이 시작되었다.

그 정황은 이러했다—퐁크는 술통 연장을 꺼내 들고는 마치 술통을 쳐서 따려는 듯이 연장을 고쳐 잡았다. 그러나 그는 돌연 뒤돌아, "옜다, 이놈아. 이거나 먹어라!" 하고 소리치면서 쾨넨의 머리를 후려쳤다. 이에 쾨넨은 피를 흘리기 시작했고, 퐁크가 가슴을 한 대 더 치자 뒤로 쓰러졌다. 쓰러지면서 그는 대저울에 달린 돌로 된 커다란 추에 머리를 부딪쳤다. 그 후 퐁크는 하마처에게 말했다. "이자가 소리를 못 내게 목을 꽉 쥐고 있게." 그(하마처)는 그 지시를 따랐고, 쾨넨이 위급을 알릴 힘을 잃었다는 확신이 들 때까지 그러고 있었다. 일이 끝나자 퐁크는 쾨넨의 웃옷 윗주머니에서 지갑을 꺼냈다. 하마처는 시체를 술통 속에 구겨 넣고 그 머리를 자루로 감싼 다음 통 안의 나머지 공간을 짚으로 채우고 마지막으로 뚜껑을 봉했다. 그 후 이 술통을 도시 밖으로 나르는 일은 크리스티안의 동생인 아담 하마처에게 맡기기로 했다. 이에 따라 그다음 날(일요일) 아담은 월요일 이른 새벽에 손수레를 끌고 퐁크의 집 앞으로 오라는 지시를 받았다. 그래서 그날 새벽 4시, 아담은 손수레를 몰고 퐁크 씨의 집 대문 앞으로 왔다. 퐁크 씨는 술통이 손수레에 알맞게 실리고 모든 일이 제대로 되는지를 확인하기 위해 몸소 나와 있었다. 퐁크 씨는 대문을 열어주고 손수레를 안마당으로 끌고 들어오는 일을 도운 다음 술통을 싣는 것을 지켜보았다. 그 후 아담은 이 짐을 실은 채 라인 강 유역 뮐하임 인근의 모처로 출발했다. 이곳에 도착할 때까지도 아담은 그 술통의 내용물에 대해 까맣게 몰랐다. 그가 이 짐을 내려놓고 출발하려는 순간 크리스티안은 다급히 그를 불러 세웠다. "아담, 아직 날 두고 가면 안 돼. 이 술통 안에는 시체가 들어 있단 말이야." "시체라고!" 아담이 말했다. "만약 내가 그걸 알았다면, 퐁크 씨를 위해 이렇게 큰 통을 제꺼덕 날라주진 않았겠지." 그것이 둘 사이에 오간 말의 전부였다. 통장이인 크리스티안 하마처는 연장을 꺼내 술통을 부수어 열고 아담과 함께 시체를 꺼냈다. 크리스티안은 시체에 가죽끈으로 돌을 매달아 라인 강 밑에 가라앉혔다. 이 임무를 수행하는 과정에서 크리스티안은 시체를 깊은 데로 밀어 넣기 위해 물속으로 너무 멀리까지 걸어 들어가는 바람에 물이 장화 안까지 가득 찼다. 한편 쾨넨의 파이프와 모자는 어떻게 되었을까? 하마처의 자백에 따르면, 쾨넨을 살해한 직후 퐁크 씨가 파이프와 모자를 챙겨 경리 사무실으로 들어갔고, 그다음 대문으로 향했다. 그리고 약 10분이 경과한 후 빈손으로 나타났다. 그래서 하마처는 그것들이 어떻게 됐는지 말할 수 없었다. (일부 기사에는 파이프가 12월 19일 쾨넨의 시체와 함께 발견되었다고 나와 있다. 그러나 이 물건이 1822년도까지 법정에 제출되지 않은 관계로 이는 확인이 불가능하며, 따라서 사건의 이 부분은 강조될 수 없다. 모자로 말하자면, 퐁크의 이웃에 사는 엥겔스라는 제빵사가 부활절과 성령강림절 주간[6] 사이의 어느 시점에 공용 하수로에서 모자 하나를 주웠지만 그것이 바로 그 모자인지는 의문이다.) 퐁크는 크리스티안 하마처에게 그의 조력과 침묵에 대한 대가로 100탈러를 주기로 약속했고, 실제로 그 자리에서 선수금으로 30탈러를 지불했다.

이상이 하마처의 자백 내용이었다. 5월 9일에 그는 이 내용을 고스란히 반복 진술했다. 그러나 얼마 안 있어 그는 마음이 흔들리기 시작했고, 그의 동생(이 시점에 그는 퐁크의 장부 담당이었던 하넨바인을 비롯한 몇 명과 더불어 체포되어 있었다)과 관련된 부분의 자백을 철회했으며, 마침내는 모든 자백을 취소하기에 이르렀다. 이제 그는 폰 산트 검사장이 그에게 거짓 자백을 유도했으며, 나아가 자백 내용을 지어내주고 외우게 시켰다고까지 주장했다. 그의 자백 취소는 퐁크 변호인단 측의 주장을 뒷받침하는 근거가 되었다.

이제 이 사건의 재판은 질질 끌며 불안정하게 진행되고 있었다. 이 사건은 1817년 10월 4일까지 쾰른 법원의 관할에 있었지만, 쾰른에서는 퐁크의 처가인 포보 가문이 고위층과 맺고 있는 폭넓은 연줄 때문에 부적절한 영향력이 미칠 수 있다는 우려로 이날부터 트리어의 군사재판소로 이관되었다. 그러나 이 새로운 법원에서는 퐁크와 그 공범 혐의자의 유죄 여부를 확인하기보다는 이전 재판관들의 재판 절차를 문제 삼는 데 훨씬 심혈을 쏟았다. 결국 1818년 6월 23일, 크리스티안 하마처에 대한 기소는 받아들이되 퐁크와 하넨바인은 석방한다는 판결이 내려졌다. 그 후 얼마 안 있어 퐁크는 혐의를 뒷받침하는 새로운 증거에 의해 다시 체포되었다가 쾰른 시의회의 명령으로 재석방되었다. 한편 하마처에 대한 재판은 트리어의 순회재판소에서 재개되었다. 그는 1820년 10월 31일 쾨넨 살인 사건의 사전 계획 없는 우발적 공범으로서 유죄판결을 받고 16년간의 노역형을 선고받았다.

1820년 11월 3일 퐁크 씨는 다시 구속되었다. 예비조사가 1821년 6월까지 진행되었다. 정식 공판이 1822년 4월 22일 트리어의 순회재판소에서 시작되고 같은 해 6월 9일 종료되었다. 배심원단은 1816년 11월 9일과 10일 사이 윌리엄 쾨넨을 상대로 한 고의적, 계획적 살인 혐의에 대해 7대 5로 퐁크 씨의 유죄를 평결했으며, 이에 법원은 피터 퐁크 씨에게 사형을 선고했다. 이 재판은 7주가 소요되었으며 그동안 최소한 247명의 증인이 조사를 받았다.

사건이 이처럼 불쾌하게 전환되자 퐁크 씨는 선고에 불복하고 베를린의 상고법원에 항소했다. 이 법원에서는 주장을 청취하고 사건을 다시금 조사했으나, 결국 그의 항소를 거부하고 하급법원의 판결을 재확인했다. 그러나 이 판결이 효력을 발휘하려면 군주의 재가를 받아야 한다. 그리고 가장 최근의 소식에 의하면 이 재가가 아직까지 쾰른에 내려지지 않았으므로 이 문제는 여전히 미결상태로 여겨지고 있다.[7]

이 사건의 재판 과정에서도 엄청나게 많은 수고가

진지하게 행해졌지만, 재판 기간과 그 이후까지 법원 바깥에서도 나름 조사가 이루어졌으며 여기에는 훨씬 더 큰 여론의 열기와 흥분 그리고 '분열'[8]이 뒤따랐다고 단언할 수 있을 것이다. 독일 내 이 지역 대중의 머릿속은 아직까지 퐁크 씨의 유죄 여부에 대한 의문으로 동요하고 있다. 그리고 판단을 유보할 근거는 대단히 강력하다. 철회된 자백과, 그에게 — 복수와 금전적 이득이라는 — 두 가지 살인 동기를 부여하는 사건 정황(그것이 희미하든 강력하든)에서 유래한 심증, 그것들을 제외하면 퐁크 씨에게는 분명히 일말의 유죄 증거도 없다. 퐁크 씨의 집을 수색했을 때도 쾨넨의 의복이나 소지품이나 혈흔은 전혀 발견되지 않았다. 만약 그의 집 가까이에서 발견된 모자가 쾨넨의 것으로 확인되었다면 이는 매우 의심스러운 모양새를 띠었을 테지만, 그런 일은 일어나지 않았다. 만일 퐁크 씨가 살인범이 아니라고 가정한다면, 이 살인은 가장 불가사의하고 절대로 설명할 수 없는 사건임이 분명하다. 쾨넨이 유곽에서 살해되었다는 가정은 전혀 근거가 없다. 또 그가 강도 목적으로 살해되지 않았다는 것도 분명하다. 다른 고려 사항도 있지만 특히 그의 금시계가 없어지지 않았기 때문이다. 그러나 그러한 행동에 대해 명백한 이해관계를 가진 사람이 달리 드러나지 않는다는 이유만으로 퐁크 씨에게 무시무시한 살인죄를 지우는 것은 경솔한 처사일 것이다. 한편 쾨넨이 처음 실종되었을 때 퐁크가 보인 행동이 아주 사악하게 해석되기 딱 알맞았음을 부인할 수 없다. 또 대중이 보기에 퐁크 쪽으로 아주 유리하게 기울었던 한 가지 정황이 완전히 잘못 이해되었다는 것도 확실하다. 상인들로 구성된 배심원단은 퐁크의 장부들을 검토하고, 그중 회계 부정이 있다고 하넨바인이 지목한 특정 장부가 완벽히 정확하다고 선언했다. 그러나 여기서 '정확하다'는 말은 '일관성 있다', 즉 그 안의 모든 부분들이 서로 맞아떨어진다는 뜻 이상도 이하도 아니었다. 또 그렇다고 해서 이 장부가 쾨넨과 하넨바인이 알고 있던 다른 장부들과 일치한다는 사실이 증명되는 것도 아니었다. 개별적으로 놓고 봤을 때는 의심을 불러일으키지 않는 항목들을 이 장부에 옮겨 적어놓았다 해도, 모든 장부를 전부 점검해본 하넨바인의 눈에는 부정이 뚜렷이 보였을 수도 있다—또 쾨넨이 모든 장부를 살펴볼 수 있도록 허락받았다면 그의 눈에도 띄었을지 모르는 일이다.

따라서 모든 증거의 핵심은 결국 하마처의 자백에 놓여 있다. 그러나 여기에도 우리를 곤란하게 만드는 당혹스러운 부분이 크게 버티고 있다. 만일 하마처의 자백 철회가 진실된 것이라면, 우리는 (지금껏 일평생을 흠잡을 데 없는 인물로 살아온) 폰 산트 검사의 평판에 살인 그 자체보다 더 극악한 범죄의 오명을 뒤집어씌워야만 한다. 하지만 우리가 자백의 진실성을 믿기로 한다 해도 극복하기 힘든 난점들이 불거진다. 실제로 일부 평자들은 그의 자백 중 일부 정황들이 완전히 모순된다고 주장하기도 했다. 이것은 무리한 주장이지만, 그 자백 내용의 개연성이 상당히 떨어지는 것은 분명하다. 퐁크 씨는 범죄 시각과 관련하여 자기 하인들의 증언을 반대 증거로 내세웠다. 그리고 이 증거는 하마처가 내놓은 진술의 정확성을 거의 무효로 만든다. 그는 밤 9시가 넘어 가족들과 함께 저녁 식사를 했음이 입증되었다. 보모와 두 하인은 그가 밤 10시경 혹은 (그중 한 명의 기억에 따르면) 10시 조금 전에 침실로 자러 간 것이 사실이라고 확언했다. 11시 30분에는 또 다른 하인이 대문 열쇠를 그의 침대 머리맡에 가져다 두면서 그가 침대에 든 것을 확인했다. 이 진술에 따르면 하마처의 이야기에서 범죄 시각과 관련된 부분이 진실일 가능성은 희박해진다. 하녀들이 초인종 울리는 소리나 (그들의 침실 바로 밑에 있던) 포장실에서 자행된 무시무시한 비극적 소동을 전혀 듣지 못했을 가능성이 아주 없는 것은 아니지만, 이는 일어나기 힘든 일로 봐야 한다. 이 모든 것을 아울러볼 때, 생각이 깊은 사람이라면 지금까지 공개된 증거를 가지고 퐁크에게 과감히 유죄판결을 내릴 수 없음이 확실하다. 심지어 배심원들도 여기에 대해 확신이 없었다. 그에 대한 유죄 평결은 12명 중에서 나올 수 있는 가장 근소한 표차—7대 5—로 내려졌기 때문이다. 평결을 결정지은 것은 딱 한 사람의 의견이었다. 이 한 사람이 무죄 표를 던진 다섯 사람이 아니라 유죄 표를 던진 여섯 사람 쪽으로 기운 것에 우연 이상의 무엇이 작용했다고 누가 주장할 수 있겠는가? 그러나 배심원 재판제도에 따라붙는 중대한 결함들을 굳이 떠안지 않더라도 — 심지어 독일식 재판제도 하에서도 본 사건은 유난히 어려웠다.* 쾨넨이 실종되고 그의 시체가 발견되기까지의 긴 기간 동안, 혐의자들은 모든 범죄 흔적을 지워버리고도 남을 충분한 시간이 있었으며 이를 막을 길도 없었기 때문이다. 그러나 독일 사법 체제하의 유능한 법관이라면 훨씬 더 상세히 파고들어 조사할 수 있는 중요한 지점이 두 군데 있었다.

1. 퐁크가 쾨넨의 죽음과 정확히 어느 정도의 이해관계를 맺고 있었는가 하는 점이다. 여기에 매우 큰 이권이 걸려 있어서 그를 죽이지 않으면 예컨대 파산하거나 사기꾼임이 폭로되거나 등등의 일을 겪게 된다 해도, 과연 그 정도 이해관계에서 살인을 저지를 충분한 유인을 찾아낼 수 있을까? 남편이자 아버지이자 시민으로서 퐁크와 같은 사회적 위치에 있는 사람에게, 상당한 액수의 돈을 돌려주지 않아도 된다는 전망은 확실히 그 자체로 충분한 동기가 될 수 없다.

2. 운명의 11월 9일 토요일 저녁, 쾨넨이 퐁크를 방문했다는 자백 내용과 관련해 풀기 힘든 미스터리가 있

* 독일인들은 재판 증거의 개연성을 평가하는 데 그다지 익숙하지 않다. 여기에 그 증거가 있다. 확실히 한 시간 반은 한 사람을 죽이고 그 시체를 수습하는 데 충분한 시간이었다. 그리고 하인들과 공모하지 않은 크리스티안 하마처가, 나중에 하인들이 다른 일을 했다고 단언할 수 없는 딱 한 시간 반의 여유를 잡았다는 것은, 확실히 그의 진술에 (약간이든 크게든) 유리한 추정이다. 독일의 논자들은 그의 자백 내용 중 이 부분이 그의 전체적 신뢰성을 깎아내린다고 제시하고 있지만, 사실 이는 그의 진술에 긍정적 값어치를 부여하고 있다.

다—그 방문의 목적은 무엇이었을까? 이는 더 노련한 기술과 끈기를 동원한다면 확실히 좀 더 밝혀낼 수 있는 의문이다. 쾨넨이 자기 친구들에게 마지막으로 보낸 편지들 중 한 구절이 하마처의 재판에서 증거로 제출되었다가 나중에 퐁크의 재판에서는 기각되었는데, 이를 보면 쾨넨이 유혹에 잘 넘어가는 편이며 결국 자신의 도덕성에 해가 될 퐁크의 제안에 응했다고 의심할 만한 근거가 나온다. 여기서 그는 자신이 매우 큰 모종의 금전적 이득을 매우 빠르게 거둬들이게 될 것이라는 말을 모호하게 흘리고 있기 때문이다. 그의 친구들은 불행한 죽음을 맞은 고인의 명예를 지키려는 빗나간 열의에 끌려 이 문서를 공개하지 않았다. 그러나 이른바 이 운명적 방문이 실제로 이루어졌다고 가정할 때, 퐁크가 이 방문을 사전에 알고 있었던 사실을 설명하려면 양자 간에 반드시 어떤 범죄적 이해가 공유되어 있어야 한다. 이는 하넨바인이 이 문제에 대해 임종의 자리에서 취했던 견해이기도 하다. 그는 마지막 숨을 내쉬면서 자기 형제에게 이렇게 말했다. "분명히 쾨넨은 퐁크의 집에 가면서 뇌물이나 그에 대한 보장을 받을 것을 기대하고 있었다. 그러나 신께서는 그가 뇌물 대신 살인범과 마주치도록 역사하셨다." 슈뢰더와의 협상이 있기 전인 토요일 아침에 쾨넨과 퐁크가 단둘이 면담을 가진 사실은 기억될 것이다. 그리고 그 자리에서 최초의 공모 제안이 이루어졌다고 가정한다면, 필시 쾨넨은 슈뢰더에게 비밀로 한 채 퐁크를 한 번 더 만나려 시도

했을 것이다. 하지만 이제 남은 시간은 그날 저녁뿐이었다. 바로 그다음 날 아침에 협상의 최종 결론을 맺고 슈뢰더가 쾰른을 떠나기로 되어 있었으므로, 그 이후에는 쾨넨이 퐁크에게 약속 이행을 종용할 강제력을 완전히 잃게 될 터이기 때문이다. 그러나 그렇게 늦은 시간에 숙소 밖으로 외출하는 일을 얼버무리려면 무슨 핑계가 필요했다. 안 그러면 슈뢰더의 의심을 불러일으킬 수 있었기 때문이다. 그래서 그는 하넨바인을 배웅하는 척했다. 이 비상한 사건에 대한 최종 조사에서 쾨넨의 편지가 언급되지 않은 것은 매우 유감스러운 일이다. 이때는 하넨바인과 슈뢰더가 둘 다 사망한 시점이므로 이 증거를 충분히 활용하기에는 너무 늦어버렸을 수도 있지만 말이다.

이 기억할 만한 사건에 대해 그 외에도 많은 반성이 이루어졌다. 전체적으로 볼 때 이는 철저하고 신중한 조사가 이루어지는 독일식 제도를 가능하면 영국식 제도의 평판과 결합시키면 좋겠다는 소망을 정당화해주는 듯하다.* 그러나 결국에는 그 어떠한 제도도 이 사건의 범죄적 어둠을 속속들이 비추기에는 충분치 않을지 모른다. 이는 천상 심판대의 완전한 빛이 비추는 그날까지 유보된 사건

* 이 독일 논자는 그의 논평의 뒷부분에 독일과 영국 형사 절차의 비교를 섞어 넣으며, 분명히 상당한 당파적 열성을 갖고 독일 제도에 불리한 쪽으로 논지를 펼치고 있다. 그가 영국식 사법제도에 대해 의견을 가질 자격이 얼마나 되는지는 다음으로 판단할 수 있을 것이다. 그는 영국의 제도가 당사자 자신의 유죄 인정을 불허한다고 말한다. 명백히 이는, 혐의자에게 불리한 증언을 유도하는 질문에 대해 답변을 거부할 권리를 허용하며 치안판사가 혐의자를 그런 질문에서 보호하도록 명하는 영국 법률을 혼동한 것이다.

중 하나다 — 그날이 오면 범죄자와 그 희생자는 다시 한 번 대면할 것이며 무덤은 그 비밀을 드러낼 것이다!

1. 제목이 없는 이 수고의 원본은 스코틀랜드 국립도서관에 소장되어 있다(MS 4789, fos. 56~62). 여러 근거를 종합할 때 이 수고가 쓰인 연대는 1825년경으로 추정된다. 이 글에 딸린 두 개의 원주는 위치가 지정되어 있지 않으며 『살인에 관하여(On Murder)』의 편집자인 로버트 모리슨(Robert Morrison)이 적당한 위치에 넣은 것이다. 이 글은 『토머스 드 퀸시 저작집: 제6권』 279~293쪽에 원본 상태 그대로 게재되어 있다. 드 퀸시는 이 사건을 설명하면서 1824년 라이프치히의 브로크하우스 출판사에서 출간된 『백과사전(Conversations-Lexicon)』을 참조한 듯하다(프레더릭 버윅, 「드 퀸시와 폭력의 미학」, 『워즈워스 서클』 27권[1996], 77~82쪽). 이 글에서 드 퀸시는 주요 인물의 이름을 피터 앤서니 퐁크(Peter Anthony Fonk), 윌리엄 쾨넨(William Coenen)이라고 영어식으로 표기했는데, 독일어 문헌에 표기된 이름은 페터 안톤 퐁크(Peter Anton Fonk), 빌헬름 쾨넨(Wilhelm Coenen)이다.

2. 쾰른 부근의 소도시인 에렌펠트(Ehrenfeld)의 오기.

3. 이 사건이 일어난 시기는 나폴레옹의 패전과 빈 회의(1814~5)의 결과물로서 쾰른이 속한 라인란트 지역이 프로이센의 영토로 새롭게 병합된 직후였다. 베를린의 프로이센 군주정은 이전까지 프랑스 영토로서 프랑스 법률을 따르던 이 지역을 프로이센의 사법 체계 내로 통합시키는 데 촉각을 기울였다.

4. 유럽에서 15세기에서 19세기까지 통용된 은화. 드 퀸시는 이 화폐 단위 '탈러(Taler)'를 영어식으로 '달러(dollar)'로 표기했는데, 미국 달러와 혼동될 여지가 있어 여기서는 '탈러'로 표기했다.

5. 독일 서부 라인 강 서안에 위치한 도시.

6. 교회력에서 성령강림절은 부활절 뒤 일곱째 일요일이고, 성령강림절 주간은 성령강림절로부터 1주간을 말한다. 성령강림절과 함께 부활 주간이 끝난다.

7. 당시 프로이센의 군주였던 프리드리히 빌헬름 3세는 결국 이 판결에 대한 재가를 거부했고 이는 큰 파문을 일으켰다. 퐁크와 하마처는 사면되었으며 퐁크는 1832년까지 살다가 사망했다.

8. 드 퀸시는 수고에서 이 '분열(distraction)'이라는 단어를 삭제하라고 표시했다. 드 퀸시가 수고에 남긴 그 외의 삭제 표시와 지시 사항은 이 글에 모두 반영되었다.

C. 「예술 분과로서의 살인」에 대한 새로운 글[1]

「'예술 분과로서의 살인'에 대한 새로운 글」은 이렇게 시작될 것이다. 파머와 그 동료들을 위한 기념비를 세울 것을 제의한 급진파 신사들[2]을 본떠, 우월한 잔학 행위, 또는 그에 버금가게 뛰어난 품격과 조화와 솜씨, 완벽한 마감, 혹은 멋들어진 독창성 — 적절한 재능(facilitas aequalis) — 유연성 — 절묘한 표현력(curiosa felicitas)[3]을 보이는 잔학 행위를 기념하기 위해 훌륭한 살인자들의 동상을 세우자는 제안이, 이들의 가까운 친족과 이들의 영예에 관심 있는 사람들로부터 제기되었다. 『뉴게이트 캘린더』에서 고양이를 죽인 자들[4]은 훌륭했지만, 갓난아기를 살해한 윌리엄스는 더 훌륭했다. 그리고 짐작건대 — (그러나 마지막 행동의 섬뜩한 절묘함에 대해서는 이의를 제기할 수밖에 없다) 필딩[5]은 우월했다. 여러분은 불을 삼키는 불, 폭우를 멈추는 비에 대해 들어본 적이 없을 터이기 때문이다 — 이는 킬케니의 고양이들[6]이나 할 수 있는 일일 것이다 — 그러나 필딩은 불과 폭우와 킬케니의 고양이들도 할 수 없는 일 — 즉 살인자들을 살인하는 일 — 을 제안했다. 바로 그 자신의 잔학 행위에 대한 복수의 신이 된 것이다. (…)

(수사적이고 축자적인 이중의 의미에서) 살인자들의 살인자 필딩 — 이는 지금껏 알려진 바를 통틀어 가장 무시무시한 발견이다. 만약 강도단이 12명의 살인자를 끌

어모은다면 이는 무작위로 골라잡은 것이 아니다. 이들은 첫 번부터 끝 번까지(der erste der letzte) 전부가 다 살인할 준비를 갖추고 있다. 거기 모인 자들은 강도단이 살인자 중에서 엄선하여 발굴해낸 이들인 것이다. 그러나, 여기 처음 모인 여섯 명—1,2,3,4,5,6—존스, 헤슬턴, 존스턴, 앤더슨, 카, 걸로웨이—은 선원으로 고용되었음에도 (이들도 무작위로 모인 것은 아니라는 데 일부 관찰자들의 의견이 일치하긴 하지만) 만반의 준비를 갖추었다. 필딩을 위해서라면 그가 요구하는 것 이상의 일도 자행할 준비를 갖추었다. (…)

그러나 어쨌건 우리가 잠시 탐구해야 할, 자칭 '아무도 아니(Outis)'[7]라는 자의 예술에 비하면 이것조차 사소하다. 노팅엄에서 '아무도 아니'—그는 모든 사건에서 이 이름으로 일컬어졌지만, 그가 여러 개의 가명을 즐겼음은 확실하다—는 그로부터 12년 전 핼리팩스에서 어떤 부인과 두 아이를 살해했다는 혐의를 받은 한 비열한[8]을 쫓는 데 열심히 진지하게 참여했다. 아니 참여한 듯 보였다. 그런데 모든 조서가 치안판사 앞에 놓였을 때, 그 비열한은 앞서 말한 '아무도 아니' 씨로 밝혀졌다. 이는 광범위한 추측과 논급을 시사한다.

예술의 전문가인 살인자들이 새 출발을 하고, 위험한 고비를 넘기고, 마치 처음인 양 왔던 길로 도피하고, 주의를 분산시켜 의심에서 벗어나는 힘을 주목하자. 그들이 이렇게 할 수 있는 힘은, 삶의 멋진 보상을 새롭게 입증하는 행운의 익명성 덕택이다. 힘과 유명세가 합치면 문제가 생기기 때문이다.

아무도 모르는 시각 캘커타에 상륙하여 총독 궁전의 뒷문으로 몰래 숨어들어가려 하는 어떤 이방인은,* 어쩌면 건실한 사람일지도 모른다. 그러나 우리는 그가 자신의 작은 배를 모국의 거대한 방주에 붙들어 맨 예인 밧줄을 끊었다는 사실을 알고 있다. 그는 그저 자신의 건강을 해칠 정도로 달라붙는 빚쟁이들과의 연줄을 끊기 위해 파리나 나폴리를 떠나온 것일 수도 있다. 그러나 그는 세 사람의 목을 베고 아홉 개의 지갑을 훔친 뒤 이를 숨기기 위해 여관에 불을 내고 그 화염으로부터 도주한 것일 수도 있다. 그런 사람은 정체를 장담할 수 없다. 그렇다면 모국인 영국에는 그런 불량배들이 없단 말인가? 눈에 띄는 부와 지위를 과시하는 부류 중에는 없다. 범죄를 저지르고도 안전할 수 있는 특권은, 발롬브로사의 낙엽들[11]처럼 무더기를 짓고 복작대며 살아가는 계층에 한정되어 있다. 그들에게 맨체스터나 글래스고 같은 대도시로 도주한다는 것은 곧 새로운 삶을 시작하는 것이다. 그들은 맹렬하게 새사람이 된다. 많은 이들이 브리스틀, 뉴캐슬, 헐, 리버풀 등지에서 목수, 벽돌공, 빵집 도제 등으로 짐짓 건실하게 살고 있다. 총 열여섯 명의 여자와 결혼하고 그 식솔들을 열두 개 구빈구에 버려놓은 채 말이다. 그 불량배는 이 순간에

* 십자군의 유스터스 경과 선한 휴버트 경에 대한 전설[9]을 참조하라. 워즈워스는 휴버트가 '오직 그만이 소리를 낼 수 있는 뿔피리를 분' 이야기를 들려주고 있다.[10]

도 부지런한 팽이처럼 사회 안을 돌고 있다. 다만 우리는 그의 정확한 이름을 모를 뿐이다. 그가 몇 년간 (경찰 용어로) '수배 중'인 왕국 내 열일곱 지역에 그 모습을 드러낸다면, 그는 열일곱 번을 연달아 교수형에 처해질 것이며 정부 현상금 열일곱 봉투가 경찰관 열일곱 명의 주머니에 들어갈 것이다. 오, 독자여, 여러분은 우리 가장 번화한 왕국의 외진 장소에서 밤과 절대 빈곤의 장막 아래 저질러지는, 필설로 형용할 수 없는 모험들에 대해 거의 알지 못한다. 여기서 절대 빈곤이란 말을 유의하라. 부는 힘이지만 빈곤에 비하면 웃음거리일 뿐이다. 명예는 힘이지만 익명성에 비하면 조롱거리일 뿐이다. 가난하고 눈에 띄지 않는 자, 빵집의 도제나 양복점의 직공이 됨으로써 그는 힘을 쥐게 되며, 익명의 요소들로 둘러싸여 사실상 은폐의 특권을, 기게스의 반지[12]가 가져다주는 엄청난 특권을 입게 된다. 이러한 자를 왕에 비견할 것인가, 술탄에 비견할 것인가? 오, 친구여, 그와 비견할 것은 바로 영적 힘이다.

기록에 두 사람이 있다. 아니 그보다 많을지도 모른다. 그들은 너무나 많은 책을 쓰고 너무나 많은 팸플릿을 써 갈겨, 50대에 이르자 자신이 글로 저지른 대다수 악행을 잊어버리고, 60대에 이르자 그 자신이 30대에 내뱉었던 (이 사실은 나중에 그의 면전에서 증명되었다) 주장들에 대해 죽일 듯이 표독스럽게 대응하기 시작했다. 돌고 돌아 자기 머리에 대고 총알을 퍼붓는 격이다. 마치 세인트폴성당의 '속삭이는 회랑'[13]에서 지키겠노라 맹세한 모든 비밀이 잠시 후 우레처럼 메아리치면서 되돌아오는 것처럼, 혹은 존 맨더빌 경이 북극권을 여행할 때 11월에 내뱉어 얼어붙었던 모든 저주가 5월이 되자 녹아내려 마치 조난 신호포처럼 하늘에서 폭발하는 광경을 보았던 것처럼 말이다.[14] 이처럼 스스로의 말에 응수하는 작가들처럼, 스스로를 반향하는 세인트폴성당처럼, 북극에서 저주의 말을 내뱉어 겨울이 끝남과 동시에 만기될 채권과 어음을 남발한 이들처럼, 지금 이 시각 즐거운 잉글랜드에는 너무 많은 인물을 가장했고 너무 많은 마을을 잠에서 깨웠으며 너무 많은 도시에서 도망쳐 나와 너무나 많은 직종에서 중요한 역할을 수행했던 이들이 많이 살고 있다. 그러므로 그 인물, 마을, 도시, 직종이 그 모든 주변 정황과 더불어 그들의 기억 속에 다시 떠오른다 해도, 그들은 자신의 존재를, 자기 행동과 육신으로 빚어냈던 전생을 전혀 알아보지 못할 것이다.

우리 모두는 애디슨이 쓴 어떤 술탄에 대한 이야기[15]를 읽은 바 있다. 한 탁발승이 술탄을 설득하여 마법의 물이 담긴 대야에 머리를 담그게 했다. 그러자 술탄은 자신이 다른 세상에 와 있음을 깨닫게 되었다. 그는 한 가난한 집의 아들로 태어나 몇 년 후 마음에 둔 여자와 결혼했고, 일곱 자식을 낳아 힘들게 기르며 숱한 고생을 겪었다. 어느 날 그는 수심에 잠겨 바닷가를 걸으며 자신의 비참한 처지에서 탈출할 길을 생각하다가, 정오의 열기를 씻어내기 위해 바닷물에 몸을 담갔다. 파도에서 머리를 들어 올렸을 때, 그는 여태까지 자신이 그 저주받은 탁발승의 대야에 머리를 담그고 있었음을 깨달았다. 탁발승이 자신에게 가한 길고 비참한 삶의 책임을 물어 그가 그 성인에게 곤장을 때리려 했을 때, 보라! 그 성인은 마지막 선서를 통해, 이쪽 세상에서 그 삶은 어쨌든 33초밖에 지속되지 않았음을 (그리고 이쪽 세상에서의 행동만을 처벌할 수 있음을) 입증했다. 우리 방랑하는 익명의 악당들 중 많은 이들의 몇 년에 걸친 어두운 경력도 이처럼 순간의 오점으로 줄어들거나 아주 많은 경우에는 송두리째 사라지고 만다. 버크와 헤어[16]가 자기들이 몇 건의 살인을 저질렀는지 헤아리다가 잊어버렸다는 사실은 유명하다. 그들은 희생자들 개개인을 더 이상 기억하지 못했다, 아니 기억하려는 시도가 무의미했다. 이는 마치 73세의 존경받는 노은행가가 자신이 지난 반세기 동안 서명하여 유통시킨 지폐들 하나하나를 기억하는 것이나, 푸트의 연극에 등장하는 한 도로 통행료 징수원[17]이 지난 48년간 발행된 켄싱턴행 통행증들을 전부 모아놓고 이 통행증을 자기에게 준 사람들의 생김새를 일일이 기억할 수 있다고 주장하는 것과도 같다. 짐작건대 (감수성이 예민한 사람이었던) 버크는 얼마 동안 전형적인 발작과 몸부림과 경련의 환상에 시달렸을 것이다. 물론 이는—박사[18]가 10파운드 지폐에 서명함과 동시에 중단되었지만 말이다. 한편 헤어는 원칙에 충실하고 믿을 수 있는—금요일까지 시체를 주문하면 금요일에 정확히 받을 수 있는—사람이었지만, 아무런 감정도 느끼지 않았다. 그러나 그와 버크가 내놓은 결과의 총합을 보라. 불편한 기억들은 이 두 사람 모두에게 하늘 높이 뜬 추상적 관념의 침침한 안개로 수렴되어 버렸다. 충실히 이행한 주문들, 은행 직원이 줄 긋고 건네주어 현금으로 바꾼 수표들은 더 이상 기억되지 않았다. 이것이야말로 우리 예술이 다다를 수 있는 완벽의 절정이다.

내가 아는 지난날의 위대한 범죄자들 중 나를 특별히 괴롭힌 부류가 있다. 그건 바로 비밀과 수수께끼를 남긴 자들이다. 그들이 모종의 다른 경로로 해답을 남기지 않는다면 도대체 무슨 용무로 영원한 후대에까지 수수께끼를 물려준단 말인가? 그는 우리를 약 올리려는 악의적 목적으로, 자신이 죽은 뒤 우리가 삶의 참된 기쁨을 너무 많이 누리지 못하게 하기 위해 그렇게 했음이 분명하다. 과연 악당 자신도 그 수수께끼를 풀 수 있었을지 아무도 모르기 때문에, 그런 면에서 이는 내가 소년 시절에 젊은 여성들을 상대로 심심찮게 했던 제스처 놀이와 너무나 비슷하다(그때 내겐 젊음이라는 핑계가 있었지만 그들은 그렇지 않았다). 이것을 예시로 들어보자. 내가 내는 첫 번째 문제는 약간의 희망을 준다. 두 번째는 사실 희망이 거의 없다. 문제를 다 내면 절망의 아우성이다. 어떤 여성도 이것

을 풀지 못했고, 나도 마찬가지였다. 우리 모두는 포기해야 했다. 어쩌면 까마득한 선대의 인물들만이 해답을 줄 수 있는 제스처 놀이는 얼치기로 자신 없이 접근할 수밖에 없다. 소크라테스의 천재성 혹은 다이몬(데몬이 아니다)[19] 역시 이와 매우 비슷한 성격을 띠고 있다. 얼마나 많은 박식한 작가와 인쇄공들이, 소크라테스라면 마땅히 한눈에 풀 수 있었을 그것을 풀려고 너무 깊이 시도하다가 잠을 설쳤는가. 내 의견으로 이는, 설명을 위해 귀신을 동원하는 극히 미미한 사례일 뿐이다. 아리스토텔레스의 엔텔레케이아[20]에 대해 읽어보았는가, 탁월한 독자여? 대다수 사람들은 이것이 형이상학에서 도무지 설명할 수 없는 변덕스런 개념, (경찰의 추적을 따돌리기 위한) 이름 없는 어떤 끔찍한 관념을 의미한다고 상상한다. 그러니까 스타게이로스인이 여기에 아주 기다란 이름을 붙여서 자기 행동의 부당함을 바로잡기까지는 말이다. 이제 여러분이 애타게 알고 싶어 할 내 의견은 이러하다. 그것은 바로 한 여인, 아리스토텔레스의 애인 이름이었다. 아리스토텔레스라고 해서 애인을 갖지 못할 이유가 어디 있단 말인가? 내 감히 말하건대, 그처럼 메마르고 건조했던 토마스 아퀴나스도 어떤 나폴리 미녀에게 방종한 눈길을 주었으며 어느 여인의 눈썹에 대해 소네트를 읊기 시작했다. 끝내는 것은 잊어버린 것 같지만 말이다. 그리고 세멜레[21]처럼 야심이 컸던 그 여인은, 자기 연인이 세운 불멸의 철학이라는 거대한 납골당에 박힌 영원한 보석으로서 소개되길

염원했다고 나는 믿는다. 이 소망은 그의 충실한 제자[22]가 이룩한 정복 사업보다 훨씬 멀리까지 그 영향력을 뻗치고 훨씬 오랫동안 세상을 어지럽히게 된다. 이에 아리스토텔레스는 그녀의 손을 잡고 이렇게 말했다. "내 사랑, 한번 생각해보겠소." 그리고 그는, 안드로메다, 카시오페이아, 아리아드네 등등 많은 사랑스러운 여인들이 천상의 별자리로서 박혀 있음을 떠올렸다. 많은 연대기 학자들의 추측에 의하면 트로이전쟁보다 꼬박 한 세대 이전,[23] 아르고 선[24]의 항해에 쓰였을 지도 위에 말이다. 아리스토텔레스는 아직 알 길이 없었지만, 심지어 베레니케[25]는 지도 위에 자신의 머리타래를 놓을 자리를 확보하는 데도 관심을 쏟았던 것이다. 그녀라면 물론 그러했을 것이다. 이러한 점들을 고려한 아리스토텔레스는 말했다. '내가 그녀를 열 가지 범주[26] 안에 넣지 않는다면 나는 죽일 놈이다!' 좀 더 생각해본 뒤, 그는 그녀를 더욱 높은 곳으로 들어 올렸다. 빅토리아 여제가 투르크의 술탄보다 높이 있듯이, 엔텔레케이아는 범주들보다 훨씬 높은 차원에 위치하기 때문이다. "하지만 스타그," 그 여인은 말했다. (다른 모든 사람들은 그를 '스타게이로스인'이라고 불러야 했지만, 그녀는 애인 된 특권으로 그를 '스타그'라고 불렀다.) "그게 나를 의미하는 것인지 아닌지 사람들이 어떻게 알겠어요, 스타그?" 이에 그 철학자는 말하기 유감스럽지만 욕설을 중얼거리기 시작했다. 그리고 자신과 후대인—그러니까 여러분과 나—의 시력에 축복을 내리며 이렇게 말했다.

"그건 그들더러 알아내라고 합시다." 자, 이제 여러분이 보다시피 나는 그것을 알아냈다. 그러나 나의 은밀한 범죄자들에 대해서는 이런 것을 바랄 수 없는 만큼, 나는 이것을 그들을 기념하는 동시에 저주하는 유일한 수단으로써 삼겠다.

1. 이 수고는 두 편의 독립된 글을 한데 묶은 것이다. 처음부터 '필딩이 요구하는 것보다 더 많이 들어줄 준비를 갖추었다'까지가 첫 번째 수고이고, '그러나 어쨌건 우리가 잠시 탐구해야 할'부터 끝까지가 두 번째 수고이다. 첫 번째 수고는 원본이 워즈워스의 생가인 도브 코티지 도서관(1988:193)에 소장되어 있으며 집필 연대는 1844년이다. 이 수고는 서로 내용이 잘 연결되지 않는 여러 개의 단락으로 이루어져 있는데 여기에는 그중 살인과 직접 관련된 부분들만 뽑아서 실었다. 두 번째 수고는 역시 한 편 이상의 수고에서 뽑아 엮은 『토머스 드 퀸시 유고집(The Posthumous Works of Thomas De Quincey)』(2권, 알렉산더 자프[Alexander Japp] 편집, 런던, 1891~3), 1권 77~84쪽에 실린 것이다. 『토머스 드 퀸시 저작집: 제15권』(런던, 2003), 448, 486~461쪽에 원본 전체가 실려 있다.

2. 조지프 흄(Joseph Hume, 1777~1855)은 스코틀랜드의 급진파 하원의원으로, 1844년 에든버러에 토머스 피시 파머(Thomas Fyshe Palmer, 1747~1802) 외 4인의 '스코틀랜드 순교자들'을 위한 기념비를 세웠다. 파머와 그 동료들은 1793년 의회 개혁을 지지하는 팸플릿을 쓴 혐의로 오스트레일리아로 유배되었다.

3. 페트로니우스, 『사티리콘』, 118절. 호라티우스의 시를 칭송한 표현이다.

4. 『뉴게이트 캘린더(The Complete Newgate Calendar)』(G. T. 크룩[G. T. Crook] 편집, 런던, 1926) 3권 122쪽에 소개된 "존 보드킨, 도미닉 보드킨과 그 일당들"은 "그 잔인함이 너무나 심하여 집 안의 개와 고양이들까지 전부 다 죽였을 정도였다".

5. 누구인지 확인되지 않았다.

6. 서로 너무나 맹렬히 싸운 나머지 몸은 다 뜯어 먹히고 결국 꼬리만 남았다는 민담 속의 두 고양이. 킬케니는 아일랜드의 지명이다.

7. Outis는 그리스어로 '아무도 아니(nobody)'라는 뜻이다. 호메로스의 『오디세이아』에서 오디세우스가 키클롭스인 폴리페모스의 동굴에 갇혔을 때, 오디세우스는 폴리페모스에게 자기 이름이 '아무도 아니'라고 말해주었다. 후에 오디세우스는 꾀를 내어 폴리페모스를 술에 취하게 하고 잠든 사이에 불타는 장작개비로 외눈을 찔러 장님으로 만들었다. 폴리페모스가 아파서 소리를 지르자 동료 키클롭스들이 달려와 폴리페모스에게 '누가 너를 괴롭히느냐?'고 물었다. 폴리페모스가 자기를 괴롭히는 것은 '아무도 아니'라고 대답하자, 동료들은 그 말을 듣고 돌아가버렸다. 덕분에 오디세우스는 남은 부하들과 함께 탈출할 수 있었다.

8. 누구인지 확인되지 않았다.

9. 잉글랜드의 에그레몬트 성에 얽힌 전설로, 십자군 원정을 떠난 성주 유스터스 드 루시(Eustace de Lucey) 경과 그의 동생 휴버트(Hubert)에 대한 이야기다. 휴버트는 십자군 원정 도중 자객을 고용해 형을 죽이고 잉글랜드로 돌아와 성과 영지를 독차지했다. 그러나 죽은 줄 알았던 유스터스는 살아 돌아왔고, 그 정당한 소유주만이 불 수 있는 뿔피리를 불어 동생을 쫓아냈다. 드 퀸시는 형제 중 누가 선한 쪽인지를 혼동해서 거꾸로 썼다.

10. 워즈워스, 「에그레몬트 성의 뿔피리(The Horn of Egremont Castle)」, 112행.

11. 밀턴, 『실낙원』, 1편 302~303행: "실신한 채 나자빠진 천사들의 모양은 마치…… 발롬브로사의 냇물에 흩어진 가을 낙엽과도 같고…… 그만큼이나 빽빽하게 흩어져 처참하게 넋 잃은 모습으로 누워 있다." 발롬브로사는 '그늘진 골짜기'라는 뜻인데, 피렌체에서 동쪽으로 약 30킬로미터 떨어져 있는 명승지다. 밀턴은 이곳을 방문하여 경치를 감상한 적이 있었다고 한다.

12. 리디아의 왕 기게스(Gyges, B.C. 685?~657?)는 원래 양치기였는데, 끼면 투명 인간이 되는 반지를 우연히 발견했다. 그는 이 반지를 이용해 여왕을 유혹하고 왕을 살해한 뒤 스스로 왕이 되었다. 이 이야기는 플라톤의 『공화국(Republic)』 2권에 나온다.

13. '속삭이는 회랑(Whispering Gallery)'은 런던 세인트폴성당의 돔 바로 밑에 있는 유명한 원형 복도로, 돔의 특이한 구조 때문에 작은 소리로 말을 해도 건너편 복도까지 잘 들린다. (드 퀸시의 말처럼 증폭되지는 않는다.)

14. 14세기 작가 존 맨더빌 경(Sir John Mandeville)은 전 세계 여행자들의 이야기를 수집해서 마치 자신의 경험처럼 윤색해 『기사 존 맨더빌 경의 여행기(The Voyage and Travels of Sir John Mandeville, Knight)』라는 책을 펴냈다. 여기서 드 퀸시가 소개하는 일화는 에세이스트, 시인, 극작가인 조지프 애디슨(Joseph Addison, 1672~1719)이 『태틀러(The Tatler)』 254호에 발표한 글(도널드 F. 본드[Donald F. Bond] 편집, 총 3권[옥스퍼드, 1987] 3권 289~290쪽)에서 인용한 것이다. 여기에 애디슨은 '존 경의 일기 중에서 발췌'한 내용이라고 소개하며, 그가 노바야젬랴 섬을 여행할 때, 입 밖에 내자마자 공중에 얼어붙었던 맹세와 저주들이 나중에 얼음이 녹으면서 한꺼번에 쏟아져 내렸다는 이야기를 들려주고 있다.

15. 애디슨, 『스펙테이터(The Spectator)』 제94호(도널드 F. 본드 편집, 총 5권[옥스퍼드, 1965]), 1권 398~399쪽.

16. 118쪽 주석 26번 참조.

17. 여기서 드 퀸시는 배우이자 극작가인 새뮤얼 푸트(Samuel Foote, 1720~77)를 가리키고 있다. 하지만 푸트의 작품 중 기억력이 좋은 도로 통행료 징수원이 등장하는 연극은 없다.

18. 로버트 녹스 박사. 그와 버크와 헤어에 대한 자세한 설명은 118쪽 주석 26번 참조. 녹스는 처음에 버크와 헤어가 가져다준 시체를 7파운드에 샀지만, 오래지 않아 시체 한 구당 10파운드로 가격을 올려주었다.

19. 소크라테스는 자기 머릿속에 다이몬의 목소리가 있어 자기 행동을 인도해준다고 말했다. 다이몬은 악마나 귀신으로 해석할 수 있지만 그는 내면에서 나오는 양심의 소리를 의미했던 것 같다.

20. 아리스토텔레스 철학에서 엔텔레케이아(Entelecheia)는 가능태인 질료가 그 목적인 형상을 실현한 완성태를 의미한다.

21. 그리스신화에서 세멜레는 제우스의 사랑을 받아 그의 아이를 배었고, 헤라에게 속아 넘어가 제우스의 아내가 되려는 야심을 품었다. 그녀는 제우스가 헤라에게 구혼했을 때와 똑같은 모습으로 자기에게 와달라고 요구했다가 제우스가 천둥과 번갯불에 싸여 나타나자 그 자리에서 타 죽고 말았다.

22. 아리스토텔레스의 제자였던 알렉산더대왕(B.C. 356~323)을 가리킴.

23. 트로이전쟁이 일어난 시기는 기원전 12~13세기로 추정된다.

24. 그리스신화의 영웅 이아손은 아르고라는 배를 이끌고 황금 양털을 찾으러 떠난다.

25. 베레니케 2세(Berenice II, B.C. 269~221)는 이집트 왕 프톨레마이오스 3세의 부인이었다. 권력욕과 의지가 강했던 그녀는 왕비로서는 드물게도 신전의 부조에서 파라오와 동등한 옆자리를 차지했고 내정에도 뛰어난 수완을 발휘했다. 왕이 전장으로 나갈 때 베레니케는 그의 무사 귀환을 기원하며 자신의 머리타래를 잘라주었는데, 이것이 나중에 분실되자 궁정 천문학자는 상심한 왕을 달래기 위해 그것이 하늘로 올라가 별자리가 되었다고 말했다. 이것은 오늘날의 머리털자리가 되었다. 아리스토텔레스(B.C. 384~322)가 살았던 시대는 베레니케보다 한 세기 이전이었다.

26. 아리스토텔레스는 우리가 어떤 사물에 대해 술어로 쓸 수 있는 속성들을 실체, 질, 양, 관계, 장소, 시간, 상태, 소유, 능동, 수동의 열 가지 범주로 구분했다.

옮긴이의 글

워크룸 프레스 편집자님께

선생님, 우리 모두는 에드거 앨런 포의 『모르그 가의 살인』에 대해 익히 알고 있습니다. 세간에는 이것이 최초의 추리소설이라고 알려져 있습니다만, 포가 드 퀸시에게서 영감을 받아 최초의 탐정 오귀스트 뒤팽을 창조했다는 사실은 별로 알려지지 않았습니다.[1] 네, '영국인 아편쟁이'로 우리 귀에 익숙한 바로 그 토머스 드 퀸시 말입니다. 그뿐만이 아닙니다. 셜록 홈스가 (그는 아편 대신 모르핀과 코카인을 상용했습니다만) 마약중독자였던 것이 과연 단순한 우연이었을까요? 지금 우리 시대에도 끝없이 생산되고 있는 저 한니발 렉터의 조악한 복제품들, 예술가인 척하는 연쇄살인마들의 지루한 계보가 도대체 어디서 기원한 것일까요? 저는 드 퀸시가 범죄와 살인의 미학에 집착하는 이 흉악한 장르의 원조였음을, 아편쟁이일 뿐만 아니라 살인자이기도 했음을 생생히 입증하는 원고를 여기에 보내드립니다.*

* 혹자는 실제의 살인과 가상의 살인은 엄연히 다르다고 주장할지도 모릅니다. 그러나 지금 당장 TV를 틀어보십시오. 어느 시각이든 어느 채널에선가는 범죄 드라마나 범죄 재연물, '액션' 영화나 폭력과 전쟁을 보여주는 뉴스 화면이 송출되고 있으며, 소파에 앉아 리모컨을 돌리는 이들에게 그 구분은 전혀 의미가 없습니다. 사실 사람들은 피비린내만 충분하면 그것이 실제의 폭력이든 가상의 폭력이든 상관하지 않습니다. 지금 우리가 사는 세상은 200년 전보다 100배로 피에 굶주려 — 아니 피에 무감각해져 — 있는 듯 보입니다.

드 퀸시는 독립적으로 고고히 작품 활동을 영위할 수 있는 일급의 작가가 아니었습니다. 그는 일생 동안 여기저기에 글을 팔아 그날의 빵과 의복을 해결했으며, 엄청난 양의 글을 생산해 내면서도 끊임없이 빚에 쫓겨 런던의 이 방 저 방을 떠돌며, 어둠 속을 헤매 다녀야 했던 비루한 매문가였습니다. 병약한 외모와 왜소한 체구에 가진 것이라곤 오로지 해박한 고전 지식과 글 쓰는 재주밖에 없었던 이 소심한 지식인이, 어떻게 살인이라는 무시무시한 짓을 자행할 수 있었을까요? 그러나 그가 오로지 자신의 박식을 자랑하기 위해 툭하면 쓸데없이 끌어들여 번역자의 골을 지끈거리게 만들었던 위대한 권위를 인용하자면, 일찍이 에우리피데스는 "혀는 칼날보다 강하다"[2]라고 했으며, 셰익스피어는 "칼을 찬 많은 자들이 붓끝을 두려워한다"[3]라고 했습니다. 말은 "살아 있고 힘이 있으며 어떤 쌍날칼보다도 더 날카롭습니다. 그래서 사람의 마음을 꿰뚫어 영혼과 정신을 갈라놓고 관절과 골수를 쪼개어" 놓습니다.[4] 그리고 그의 펜 끝은 그 어떤 쌍날칼보다 더 힘 있고 날카로웠습니다. 그는 자신이 "평생 단 한 번도 살인을 저지르지 않았다"고 강변합니다만, 저는 그가 여러 건의 살인에 직접적인 책임이 있음을 증명할 수 있습니다.

선생님은 그가 한 불쌍한 말레이인에게 치사량의 아편을 주어 그를 죽음으로 몰아넣은 사건을 떠올리실지도 모르겠습니다.[5] 이 사건은 우리에게 이미 잘 알려져 있습니다. 하지만 지금 저는 그런 치사하고 가증스러운 독살 따위를 말하려는 것이 아닙니다. 그가 활동하던 19세기 초 영국의 저널리즘 문필계는 총칼 대신 펜을 휘두르는 저격수와 암살자들의 무대였습니다. 예나 지금이나 싸움 구경만큼 흥미진진한 것이 없으며, 피 튀기는 싸움은 판매 부수를 보장해주었기 때문입니다. 그리고 여기서 드 퀸시는 가장 뛰어난 저격수 중 한 명이었습니다. 1820년 그는 자신이 기고하던 『블랙우즈 매거진』의 편집자 존 윌슨을 부추겨 경쟁지인 『런던 매거진』의 존 스콧과 싸움을 붙였고, 이는 두 잡지 사이의 격렬한 논전으로 비화했습니다. 급기야 이 싸움은 존 스콧과 『블랙우즈』 측 대표인 조너선 크리스티의 결투로 이어졌으며, 여기서 존 스콧은 정말로 죽음을 맞고 말았습니다. 하지만 이야기는 여기서 끝이 아닙니다. 바로 그 이듬해 『블랙우즈』와 사이가 틀어진 드 퀸시는 이제 『런던 매거진』으로 옮겨갔습니다. 그는 불과 몇 달 전까지만 해도 날 선 공방을 주고받았던 찰스 램, 윌리엄 해즐릿 등과 어울리며, 죽은 존 스콧이 머물던 방을 차지하고 바로 이곳에서 「영국인 아편쟁이의 고백」의 초고를 완성하여 『런던 매거진』에 발표했습니다![6] 이것이 살인이 아니라면 과연 무엇이 살인인지 저는 알고 싶습니다. 그뿐만이 아닙니다. 적진으로 옮겨간 그는 태도를 바꾸어 예전의 동료였던 『블랙우즈』의 기고자들을 공격했고, 나중에는 심지어 자신이 숭배했던 워즈워스나 콜리지 같은 문인들을 높이 평가하는 척하면서 그들의 개인적 약점을 교묘히 드러내는 식으로 독침을 품은 글들을 발표했습니다. 그에게는 가장 친한 친구들의 등 뒤로 다가가 찌르는 못된 버릇이 있었던 것입니다. 이랬던 그가 자기 역시 살해되리라는 불안감에 끊임없이 시달린 것은 놀랄 일이 아닙니다. 그는 한 친구에게, "언젠가 내게 앙심을 품고 큰 상처를 입히도록 운명 지워진 누군가가 이 세상에 존재할지도 모른다"며, "여러 정황으로 미루어 보건대 그 누군가가 존 윌슨이 될 가능성이 없지 않다"고 토로하기도 했습니다.[7] 이렇듯 평생 죽음의 공포에 쫓겼던 이 가련한 영혼이, 자신의 동료이자 적수였던 콜리지, 블랙우드, 찰스 램, 워즈워스, 존 윌슨이 차례로 세상을 뜨는 동안에도 끝까지 살아남아 (그 시대의 기준으로는) 천수를 누렸으며 자신의 열네 권짜리 저작집을 편집하다가 평화롭게 숨을 거두었다는 사실은 그의 망상에 대한 부인할 수 없는 반박일 것입니다.

그러나 지금까지 소개한 것은 어디까지나 아마추어들 사이에서 빚어진 개인적인 갈등일 뿐입니다. 전쟁이야말로 가장 가공할 규모의 살인입니다. 정치나 경제적 이해관계를 떠난 '가장 순수한 형태의 살인'만이 가치가 있다고 주장했던 그는 모순되게도 가장 맹렬한 주전론자였으며, 그의 날카로운 펜 끝은 너무나 자주 애국심과 전쟁을 선동했습니다. 하지만 그가 펜으로 저지른 죄악 중 가장 변명의 여지가 없는 행위는 바로 아편전쟁을 옹호한 것입니다. 이 아편쟁이는 중국의 아편 단속을 방해하기 위해 전쟁을 일으킨 영국의 후안무치에는 눈을 감은 채, 아편 흡연이 원래 동양에서 기원하여 뿌리내린 관습이며 오히려 중국이야말로 "그들이 비난하는 거래의 최초 유혹자, 안내자, 고용자, 소란스러운 교사자"라 매도하면서[8] "저 오만한 자들에게 분별을 가르쳐주어야 한다. 그리고 저 동방의 땅에서 정의의 분별은 오로지 공포를 통해서만 전달될 수 있다…… 모든 수단을 동원하여 저들을 훌륭히 때려눕히라"고 주문했습니다.[9] 이것이야말로 살인을 부추기는 행위의 극치가 아니고 무엇이겠습니까?

살인자들끼리는 서로를 알아봅니다. 피노체트와 추리소설이 혼란의 시대에 질서를 수호하고 있다고 믿었던 보르헤스*가 드 퀸시를 탐독했던 것은 우연이 아니었습니다. 그는 자신이 드 퀸시에게 진 "빚"이 "너무나 광대해서, 어느 한 부분을 특정하는 일은 다른 부분들을 부인하거나 무시하는 처사로 여겨진다"고 말했습니다.[10] 또 그는 "나는 거의 무한한 문학이 한 사람 안에 내재되어 있다고 믿어왔다"며 그런 문학가 중 한 사람으로서 드 퀸시를 꼽기도 했습니다.[11] 그런가 하면 겉으로는 짐짓 경건한 체하

* 1976년 보르헤스는 칠레의 독재자 피노체트를 만난 뒤 명예 학위를 받는 자리에서, 기자들에게 "무정부화되어 버렸으며 공산주의로 가득한 이 대륙에서" 피노체트가 칠레와 아르헨티나와 우루과이의 "자유와 질서를 수호하고 있다"고 말했습니다. 또 그는 한 강연에서 이렇게 말하기도 했습니다. "우리 혼란의 시대에 고전적 미덕을 겸허히 유지하고 있는 한 가지가 있는데 그것은 바로 추리소설입니다. 추리소설은 시작과 중간과 끝이 없으면 이해할 수 없기 때문입니다…… 지금 추리소설은 무시당하며 읽혀지지만, 그것은 무질서의 시대에 질서를 수호하고 있습니다."(1978년 부에노스아이레스의 벨그라노 대학에서 '추리소설'을 주제로 한 보르헤스의 강연)

면서(심지어 그는 가톨릭 신부를 탐정으로 내세워 살인자에게 설교를 시키기까지 했습니다) 범죄의 쾌락에 은밀히 탐닉했던 저 위선자, G. K. 체스터턴은 드 퀸시를 "최초이자 최강의 퇴폐적 인간"으로 평가하며, "아직도 오스카 와일드의…… 독설이 얼얼하게 느껴지는 사람이 있다면, 그가 썼던 것을 드 퀸시가 「예술 분과로서의 살인」에 훨씬 더 훌륭하게 써놓았음을 알게 될 것"이라고 단언했습니다.[12]

그러나 저는 20세기 위대한 살인의 수괴, 앨프리드 히치콕의 연설문으로 이 후기를 마무리하고자 합니다. 여기서 히치콕은 드 퀸시의 화법을 빌려 청중들에게 명백히 살인을 선동하고 있으며, (히치콕이 우리에게 끼친 영향력을 생각할 때) 이는 이 아편쟁이가 죽은 지 150년이 지난 우리 시대에까지 그 사악한 마수를 뻗치고 있다는 증거이기 때문입니다.

"저는 오늘날 우리가 스크린에서 보는 폭력의 만연에 대해 찬동할 수 없으며, 살인이 섬세하게 취급되어야 한다고 항상 느껴왔습니다. 그리고 이에 덧붙여, 살인은 텔레비전의 도움을 받아 그 마땅한 안식처인 가정으로 들어와야 한다고 생각합니다.

우리의 가장 절묘한 살인들은 가정적인 성격을 띠었고, 식탁이나 욕조 같은 소박하고 아늑한 장소에서 다정하게 행해졌습니다. 제 예절 감각으로 볼 때, 제대로 소개받지도 않은 사람들을 무차별로 살해하는 암흑가의 폭력배만큼 혐오스러운 것은 없습니다.

그 주변 환경이 쾌적하며 여기에 관련된 사람들이 우리와 같은 신사 숙녀라면, 살인은 심지어 그 희생자에게도 훨씬 더 매력적이고 즐거워질 수 있다는 사실에 여러분도 동의하시리라 확신합니다.

끝으로 저는 살인이 사람의 성격에 끼치는 은밀한 영향력을 지적하려 합니다. 이는 토머스 드 퀸시의 유쾌한 에세이, 「예술 분과로서의 살인」의 한 단락을 읽음으로써 가장 잘 묘사할 수 있을 것입니다. 그는 이렇게 말했습니다.

'일단 사람이 살인에 경도되면 이내 절도쯤은 우습게 생각하게 되고, 절도 다음에는 음주와 안식일 위반으로, 그다음에는 무례와 게으름으로 옮아가게 되지. 한번 이런 내리막길을 타게 되면 어디서 멈추게 될지 알 길이 없다네. 많은 이들의 타락이, 그 당시에는 대수롭지 않게 여겼을 그런저런 살인으로부터 시작되었다네.'

사람들의 말에 따르면 살인은 매 순간 이루어지고 있으므로, 저는 여러분의 시간을 더 낭비하고 싶지 않습니다. 여러분은 빨리 일하러 가고 싶으실 것입니다. 저도 이해합니다.

감사합니다."[13]

유나영 드림

1. 에드거 앨런 포(Edgar Allan Poe)가 드 퀸시에게서 받은 영향은 『비평 논집(Essays in Criticism)』(2001) 51권 4호 424~441쪽에 실린 로버트 모리슨(Robert Morrison)의 「포의 드 퀸시, 포의 뒤팽(Poe's De Quincey, Poe's Dupin)」 참조.

2. 어빙 월리스(Irving Wallace), 데이비드 월레친스키(David Wallechinsky), 『인물 연감(People's Almanac)』(1975~81). 그러나 이러한 문구를 에우리피데스의 작품에서 찾아볼 수 없기에 이는 착오로 보인다.

3. 셰익스피어, 「햄릿」 2막 2장.

4. 신약성서, 「히브리서」 4장 12절.

5. 토머스 드 퀸시, 『어느 영국인 아편쟁이의 고백』(김석희 옮김, 시공사, 2010), 119~122쪽.

6. 로버트 모리슨, 대니얼 산지브 로버츠(Daniel Sanjiv Roberts), 『토머스 드 퀸시: 새로운 이론적.비평적 방향들(Thomas De Quincey: New Theoretical and Critical Directions)』(루트리지, 2007)에 실린 그레고리 다트(Gregory Dart)의 글, 「공포의 방들: 드 퀸시의 「예술 분과로서의 살인」에 대한 후기(Chambers of Horror: De Quincey's 'Postscript' to 'On Murder Considered as one of the Fine Arts')」 189~190쪽.

7. 같은 책, 190쪽.

8. 토머스 드 퀸시, 「중국과 아편 문제에 대한 후기(Postscript on the China and the Opium Question)」, 『블랙우즈 에든버러 매거진(Blackwood's Edinburgh Magazine)』(1840), 47권 849쪽.

9. 토머스 드 퀸시, 「아편과 중국 문제(The Opium and the China Question)」, 같은 책, 723쪽.

10. 호르헤 루이스 보르헤스, 『만리장성과 책들』(정경원 옮김, 열린책들, 2008), 170쪽 참조.

11. 같은 책, 33쪽.

12. G. K. 체스터턴(Gilbert Keith Chesterton), 『문학의 빅토리아 시대(The Victorian Age in Literature)』(뉴욕, 1913), 24~25쪽.

"드 퀸시가 아편을 복용하여 (그 자신의 주장에 따르면) 차분하고 명징해지는 대신, 오로지 독일 형이상학 책만을 벗하는 대신에 윌슨과 어울려 독주에 취했다면, 그는 확실히 더 행복한 인간이 되었을 것이며 거의 확실히 더 나은 인간이 되었을 것이다. 하지만 그랬다면 그는, 그를 최초이자 최강의 데카당트로 부를 수 있게 해 준 저

경이로운 산문적 조망과 시각을,
악몽의 회랑처럼 길게 늘어나며
동양의 불가사의한 파고다처럼 드높이
솟아오르는 문장들을 거의 선보이지
못했을 것이다. 그는 병적인 인간이었고,
[알코올의존증과 성병으로 죽은
스코틀랜드의 시인 로버트 — 옮긴이]
번스보다 훨씬 비윤리적인 인간이었다.
최소한 번스는 자신의 무절제를
고백하면서 그것을 변명하지 않았기
때문이다. 그러나 그는 우리 문학에
거대한 그림자를 드리웠으며, 거의
확실히 [에드거 앨런] 포만 한 천재였다.
게다가 그에게는 포가 지니지 못한
유머가 있었다. 와일드와 휘슬러의
독설을 아직도 열열하게 느끼는 사람이
있다면, 이들이 내세운 '예술지상주의'의
경구를 표절로 고발하고 싶어질 것이다.
왜냐하면 그들이 말한 대부분의 내용이
『예술 분과로서의 살인』에 훨씬 더
훌륭하게 적혀 있음을 깨닫게 될 터이기
때문이다."

13. 1974년 4월 29일 뉴욕 링컨센터
영화 협회에서 한 히치콕의 연설.

토머스 드 퀸시 연보

1785년 — 8월 15일, 맨체스터에서 직물 수입상이던 토머스 퀸시(Thomas Quincey)와 엘리자베스 펜슨(Elizabeth Penson)의 아들로 출생.

1790~3년 — 누이동생 제인 사망(1790년, 3세). 누나 엘리자베스 사망(1792년, 9세). 아버지 사망(1793년).

1796년 — 배스로 이주하여 배스 문법학교에 입학. 어머니가 성을 '드 퀸시'로 바꿈.

1799년 — 윌트셔에 있는 윙크필드 스쿨에 입학. 워즈워스와 콜리지의 『서정가요집(Lyrical Ballads)』을 읽음. 나중에 그는 이 경험이 '내 정신을 열어준 가장 큰 사건'이었다고 기술함.

1800년 — 호라티우스의 22번째 송시를 번역하여 콘테스트에서 3위에 입상, 『먼슬리 프리셉터(Monthly Preceptor)』[월간 교사]에 게재됨. 프로그모어에서 우연히 조지3세(George III)와 만남. 친구인 웨스트포트 경(Lord Westport)과 함께 아일랜드에서 여름방학을 보냄. 맨체스터 문법학교 입학.

1801년 — 리버풀 부근의 에버튼에서 여름방학을 보내면서 윌리엄 로스코(William Roscoe), 제임스 커리(James Currie) 등 친(親)휘그당 성향의 지식인들을 만남.

1802년 — 맨체스터 문법학교에서 도망쳐 나옴. 웨일스 북부를 떠돌다가 런던에서 무일푼으로 굶주리며 4개월을 보냄. 당시 만난 창녀 앤(Ann)과의 일화 등은 훗날 『어느 영국인 아편쟁이의 고백(Confessions of an English Opium-Eater)』에 공개됨.

1803년 — 어머니와 후견인들과 화해함. 에버튼에서 여름휴가를 보냄. 고딕소설들을 게걸스럽게 읽음. 문필가로서의 경력을 구상함. "나는 언제나 내 명성의 초석을 시로써 이루겠다고 생각했다." 콜리지에 대한 존경심이 깊어져 그를 '지금껏 나타난 가장 위대한 인물'이라고 생각함. 워즈워스에게 팬레터를 써서 서신 교류를 시작함. 옥스퍼드 우스터 칼리지에 입학함.

1804년 — 아편을 복용하기 시작함. 찰스 램(Charles Lamb)을 만남.

1805년 — 워즈워스를 만나러 호반 지방(Lake District)까지 갔지만 너무 긴장해 결국 그를 만나지 못하고 돌아옴.

1806년 — 다시 워즈워스를 만나러 호반 지방에 가지만 이번에도 떨려서 만나지 못함. '모종의 위대한 지적인 프로젝트', '건강과 활력', '자녀의 교육' 등 12개 항목을 열거한 「행복의 요건」을 작성함.

1807년 — 콜리지와 만남. '융자금' 명목으로 그에게 300파운드를 건네줌. 콜리지의 가족들과 호반 지방까지 동행하여 그래스미어에서 워즈워스를 만남.

1808년 — 매일 콜리지와 만나 '시와 문학적 취향의 원칙'에 대한 그의 왕립 연구소 강연을 보조함. 기말시험을 치던 중 학위를 포기하고 옥스퍼드에서 뛰쳐나옴. 이후 '크리스토퍼 노스'라는 필명으로 『블랙우즈 매거진(Blackwood's Magazine)』의 편집자로 활동하게 된 존 윌슨(John Wilson)을 소개받음. 둘은 절친한 친구가 됨.

1809년 — 신트라 협정(나폴레옹전쟁 당시인 1808년 이베리아반도에서 영국군과 프랑스군이 맺은 협정)에 대한 워즈워스의 팸플릿 출간을 진행하고, 여기에 「존 무어 경(신트라 협정을 맺은 달림플 장군의 후임)의 서간에 대한 후기」를 집필 게재함. 그래스미어로 이사해서 워즈워스가 살던 도브 코티지를 임대하여 거주함.

1810년 — 워즈워스, 콜리지와 깊은 교분을 나누게 됨. 워즈워스가 1799년에서 1805년에 걸쳐 지은 정신적인 자서전 격 장시 『서곡(Prelude)』 수고를 읽음. 콜리지가 발행하는 신문 『더 프렌드(The Friend)』에 윌슨, 알렉산더 블레어(Alexander Blair)와 함께 「제자의 편지(The Letter of Mathetes)」를 기고함.

1812년 — 런던의 미들템플 법학원에 입학해 잠시 법률을 공부함. 워즈워스의 세 살 난 딸 캐서린의 죽음으로 깊은 슬픔에 잠김.

1813년 — 아편에 중독됨. 호반 지방에 살던 한 농부의 딸인 마거릿 심프슨(Margaret Simpson)과 교제함. 이로 인해 워즈워스 가족과 불편한 관계가 됨.

1814년 — 윌슨과 함께 에든버러를 방문하여 훗날 영국의 시인이자

소설가 월터 스콧(Sir Walter Scott)의 전기를 쓴 J. G. 록하트(J. G. Lockhart)와 '에트릭의 목동'이라는 별명으로 알려진 시인 제임스 호그(James Hogg) 등 스코틀랜드 문필계의 주요 인사들을 만남.

1816년 — 11월, 마거릿 심프슨과의 사이에서 아들 윌리엄 펜슨(William Penson) 출생. 워즈워스 가족과의 왕래가 중단됨.

1817년 — 2월 15일, 마거릿 심프슨과 결혼. 윌리엄 블랙우드(William Blackwood)가 윌슨, 록하트, 호그 등을 주요 기고자로 데리고 『블랙우즈 매거진』의 편집장이 됨.

1818년 — 하원 선거에서 웨스트몰랜드의 휘그당 후보로 나선 헨리 브루엄(Henry Brougham)을 비난하는 「멋대로 날뛰는 말에 대한 엄격한 논평(Close Comments Upon a Straggling Speech)」을 발표함. 이 지역의 토리당 신문인 『웨스트몰랜드 가제트(Westmorland Gazette)』의 편집 주간으로 임명됨. 빚과 아편중독과 그로 인한 생생한 악몽에 시달림.

1819년 — 『웨스트몰랜드 가제트』 편집 주간을 사임함. 윌슨, 록하트와 함께 『블랙우즈 매거진』에 퍼시 비시 셸리(Percy Bysshe Shelly)의 『이슬람의 반란(The Revolt of Islam)』에 대한 리뷰를 게재함.

1821년 — 프리드리히 실러(Friedrich Schiller)의 「운명의 장난(Das Spiel des Schicksals)」(1789)을 번역하여 『블랙우즈 매거진』에 게재함. 윌리엄 블랙우드와 다툰 뒤 『런던 매거진(London Magazine)』에 「어느 영국인 아편쟁이의 고백」을 발표함.

존 키츠(John Keats)의 친구인 리처드 우드하우스(Richard Woodhouse)를 만남. 낭만주의 비평을 대표하는 영국의 평론가이자 수필가였던 윌리엄 해즐릿(William Hazlitt)을 만남.

1822년 — 『어느 영국인 아편쟁이의 고백』을 단행본으로 출간함. '살인자의 고백'이라는 제목의 글을 구상하지만 현재 전해지지 않음.

1823년 — 「『맥베스』에서 문 두드리는 소리(On the Knocking at the Gate in *Macbeth*)」가 포함된 「죽은 아편쟁이의 공책에서 건진 기록들(Notes from the Pocket Book of a Late Opium-Eater)」을 『런던 매거진』에 발표. 존 윌슨이 『블랙우즈 매거진』에 1835년까지 게재한 대화 형식의 연재물 「암브로시아의 밤(Noctes Ambrosianae)」에 '아편쟁이(The Opium-Eater)'로 등장함.

1824년 — 영국의 사상가이자 역사가 토머스 칼라일(Thomas Carlyle)이 번역한 괴테의 『빌헬름 마이스터의 수업시대(Wilhelm Meisters Lehrjahre)』에 대해 비판적인 리뷰를 『런던 매거진』에 게재함.

1825년 — 월터 스콧의 스타일을 모방한 독일 소설 『발라트모르(Walladmor)』를 축약 번역함. 「예술 분과로서의 살인(On Murder Considered as One of the Fine Arts)」의 부록 격이 되는 글 「피터 앤서니 퐁크(Peter Anthony Fonk)」를 이즈음 집필한 것으로 추정됨. 『런던 매거진』을 떠남.

1826년 — 『블랙우즈 매거진』에 재합류하여 로버트 길리스(Robert

Gillies)의 『독일 단편선(German Stories)』에 대한 리뷰를 발표하고 '독일 산문 고전의 회랑'이라는 연재물을 시작하지만 레싱과 칸트까지만 다루고 3회분에서 중단됨.

1827년 — 「예술 분과로서의 살인」 첫 번째 글을 『블랙우즈 매거진』에 발표함. 『에든버러 새터데이 포스트(Edinburgh Saturday Post)』에 기고를 시작함. 칼라일과 만나 친분을 쌓음.

1828년 — 『블랙우즈 매거진』에 「히브리 부인의 화장실(The Toilette of the Hebrew Lady)」과 「수사의 요소들(Elements of Rhetoric)」을 발표함.

1829년 — 『에든버러 리터러리 가제트(Edinburgh Literary Gazette)』에 「윌슨 교수에 대한 스케치(Sketch of Professor Wilson)」를 발표함.

1830년 — 『블랙우즈 매거진』에 「그의 잡문들을 통해 본 칸트(Kant in his Miscellaneous Essays)」, 「리처드 벤틀리(Richard Bentley)」, 그리고 토리당을 대변하는 격렬한 정치 평론을 여러 편 발표함. 에든버러로 영구 이주함.

1831년 — 『블랙우즈 매거진』에 「파 박사와 그의 시대(Dr Parr and his Contemporaries)」를 발표함. 채무불이행으로 기소됨.

1832년 — 윌리엄 블랙우드를 발행인으로 고딕 로맨스 소설 『클로스터하임, 혹은 마스크(Klosterheim: or, the Masque)』을 출간. 콜리지는 이 소설이 "스타일과 작풍의 순수성에서" 월터 스콧이 "절대 오르지 못한" "탁월한 경지"에 도달했다고 평가. 채무불이행으로 두 차례 짧게 투옥됨. 아들 줄리어스 사망(3세).

1833년 — 『테이츠 매거진(Tait's Magazine)』에 칸트가 쓴 「지구의 나이에 대해(Die Frage, ob die Erde veralte, physicalisch erwogen)」의 번역과 동시대 작가인 한나 모어 부인(Mrs Hannah More)에 대한 평을 발표함. 빚을 갚지 못해 네 번 기소됨. 홀리루드 사원 인근의 채무자 면죄 구역에 은신.

1834년 — 「새뮤얼 테일러 콜리지(Samuel Tayor Coleridge)」와 「죽은 아편쟁이의 자서전에서 건진 그의 삶과 태도에 대한 스케치(Sketches of Life and Manners from the Autobiography of a Late Opium-Eater)」를 『테이츠 매거진』에 연재. 빚 때문에 다섯 차례 기소됨. "내 삶의 왕관이자 자랑"이었던 장남 윌리엄이 급성 백혈병으로 사망. 새뮤얼 테일러 콜리지, 윌리엄 블랙우드, 찰스 램 사망. 블랙우드의 아들들인 로버트와 알렉산더가 『블랙우즈 매거진』의 운영을 이어받음.

1835년 — 『테이츠 매거진』에 「옥스퍼드(Oxford)」, 「토리주의, 휘그주의, 급진주의에 대한 한 토리당원의 설명(A Tory's Account of Toryism, Whiggism, and Radicalism)」을 발표.

1837년 — 『블랙우즈 매거진』에 「타타르의 반란(The Revolt of the Tartars)」을 발표. 채무불이행으로 두 차례 기소됨. 아내 마거릿의 죽음으로 슬픔에 잠김.

1838년 — 『블랙우즈 매거진』에 두 편의 공포 소설 「난파된 가족(The Household Wreck)」과 「징벌자(The Avenger)」 발표. 『테이츠 매거진』에 「찰스 램에 대한 회상(Recollections of Charles Lamb)」 발표.

1839년 — 『블랙우즈 매거진』에 「예술 분과로서의 살인에 대한 두 번째 글(Second Paper on Murder considered as One of the Fine Arts)」, 『테이츠 매거진』에 「윌리엄 워즈워스(William Wordsworth)」 발표.

1840년 — 『블랙우즈 매거진』에 「아편과 중국 문제(The Opium and the China Question)」 발표. 빚 때문에 기소됨. 에든버러를 떠나 글래스고로 도피함.

1841년 — 글래스고 천문대를 방문하여 천문학자 J. P. 니콜(J. P. Nichol)을 만남.

1842년 — 차남 호레이스 드 퀸시 중위가 중국에서 사망(22세).

1843년 — 에든버러 외곽의 메이비스 부시 코티지로 이사.

1844년 — 가치 이론과 리카도의 분배 문제에 대해 연구한 『정치경제학의 논리(The Logic of Political Economy)』 출간.

1845년 — 『블랙우즈 매거진』에 「콜리지와 아편중독(Coleridge and Opium-Eating)」, 「심연에서의 탄식(Suspiria de Profundis)」 발표. 윌리엄 블랙우드의 동생인 존 블랙우드가 『블랙우즈 매거진』의 편집장이 됨. 『테이츠 매거진』에 「워즈워스의 시에 대하여(On Wordsworth's Poetry)」와 「길필런의 '문학가 초상들의 회랑'에 대한 주석(Notes on Gilfillan's "Gallery of Literary Portraits")」 게재.

1846년 — 『테이츠 매거진』에 「로스 경의 망원경으로 드러난 하늘의 체계(Systems of the Heavens as Revealed by Lord Rosse's Telescope)」 발표.

1847년 — 『테이츠 매거진』에 「잔다르크(Joan of Arc)」, 「스페인의 해군 수녀(The Nautico-Military Nun of Spain)」 발표. 뒤의 글은 원래 수녀였다가 남장하고 스페인 식민지에서 군인으로 활약한 카타리나 데 에라우소(1592~1650)에 대해 쓴 것이다.

1848년 — 『노스 브리티시 리뷰(North British Review)』에 「찰스 램의 마지막 나날에 대한 기억(Final Memorials of Charles Lamb)」 발표. 랠프 왈도 에머슨(Ralph Waldo Emerson) 만남.

1849년 — 빚 때문에 잠시 투옥됨. 『블랙우즈 매거진』에 「영국의 우편 마차(The English Mail-Coach)」 발표. 이는 『블랙우즈 매거진』에 발표된 그의 마지막 에세이가 됨.

1850년 — 호그가 발행한 주간지 『인스트럭터(The Instructor)』에 몇 편의 에세이 발표. 미국 보스턴에서 드 퀸시 저작집 출간이 시작됨(전 22권, 1856년 완간). 워즈워스 사망.

1851년 — 『테이츠 매거진』에 「포프에 대한 칼라일 경의 강연(Lord Carlisle on Pope)」 발표. 이것이 『테이츠』에 발표된 그의 마지막 에세이가 됨.

1853년 — 에든버러의 출판 발행인 제임스 호그와 함께 이때까지 자신이 발표한 글들을 엮은 『진지하고 쾌활한 선집(Selections Grave and Gay』(전 14권, 1860년 완간)에 재수록할 원고들의 수정 작업을 시작함. 『선집』의 1권과 2권이 '자서전적 스케치(Autobiographic Sketches)'라는 제목으로 출간됨. 「심연에서의 탄식」 상당 부분은 1권에 수록됨.

1854년 — 에든버러 로디언 스트리트 42번지로 이사함. 「예술 분과로서의 살인」에 대한 「후기(Postscript)」를 『진지하고 쾌활한 선집』 4권에 발표함. 윌슨 사망.

1856년 — 「어느 영국인 아편쟁이의 고백」이 대폭적인 수정 및 증보를 거쳐 『진지하고 쾌활한 선집』 5권에 수록됨. 호그가 발행한 월간지 『타이탄(The Titan)』에 기고하기 시작함.

1859년 — 12월 8일, 에든버러에서 사망. 세인트 커스버트 교회 묘지의 마거릿 옆자리에 안장됨. 그의 부음을 들은 보들레르는 드 퀸시가 "영국을 통틀어" "가장 독창적인 지성 중 한 명"이었다고 평가함.

워크룸 문학 총서 '제안들'

일군의 작가들이 주머니 속에서 빚은 상상의 책들은 하양 책일 수도, 검정 책일 수도 있습니다. 이 덫들이 우리 시대의 취향인지는 확신하기 어렵습니다.

1 프란츠 카프카, 『꿈』, 배수아 옮김
2 조르주 바타유, 『불가능』, 성귀수 옮김
3 토머스 드 퀸시, 『예술 분과로서의 살인』, 유나영 옮김
4 나탈리 레제, 『사뮈엘 베케트의 말 없는 삶』, 김예령 옮김
5 마세도니오 페르난데스, 『계속되는 무』, 엄지영 옮김
6 페르난두 페소아, 산문선 『페소아와 페소아들』, 김한민 옮김
7 앙리 보스코, 『이아생트』, 최애리 옮김
8 비톨트 곰브로비치, 『이보나, 부르군드의 공주/결혼식/오페레타』, 정보라 옮김
9 로베르트 무질, 『생전 유고/어리석음에 대하여』, 신지영 옮김
10 장 주네, 『사형을 언도받은 자/외줄타기 곡예사』, 조재룡 옮김
11 루이스 캐럴, 『운율? 그리고 의미?/헝클어진 이야기』, 유나영 옮김
12 드니 디드로, 『듣고 말하는 사람들을 위한 농아에 대한 편지』, 이충훈 옮김
13 루이페르디낭 셀린, 『제멜바이스/Y 교수와의 대담』, 김예령 옮김
14 조르주 바타유, 『라스코 혹은 예술의 탄생/마네』, 차지연 옮김
15 조리스카를 위스망스, 『저 아래』, 장진영 옮김
16 토머스 드 퀸시, 『심연에서의 탄식/영국의 우편 마차』, 유나영 옮김
17 알프레드 자리, 『파타피지크학자 포스트롤 박사의 행적과 사상』, 이지원 옮김
18 조르주 바타유, 『내적 체험』, 현성환 옮김
19 앙투안 퀴르티에르, 『부르주아 소설』, 이충민 옮김
20 월터 페이터, 『상상의 초상』, 김지현 옮김
21 아비 바르부르크, 조르조 아감벤, 『님프』, 윤경희 쓰고 옮김
22 페르난두 페소아, 『시선』, 김한민 엮고 옮김
23 피에르 클로소프스키, 『살아 있는 그림』, 정의진 옮김
24 쥘리앵 오프루아 드 라 메트리, 『인간기계론』, 성귀수 옮김
25 스테판 말라르메, 『주사위 던지기』, 방혜진 쓰고 옮김

'제안들'은 계속됩니다.

제안들 3

토머스 드 퀸시
예술 분과로서의 살인

유나영 옮김

초판 1쇄 발행. 2014년 1월 31일
3쇄 발행. 2015년 12월 15일

발행. 워크룸 프레스
편집. 김뉘연
인쇄 및 제책. 스크린그래픽

ISBN 978-89-94207-36-0 04800
978-89-94207-33-9 (세트)
13,000원

워크룸 프레스
출판 등록. 2007년 2월 9일
(제300-2007-31호)
03043 서울시 종로구
자하문로16길 4, 2층
전화. 02-6013-3246
팩스. 02-725-3248
이메일. workroom@wkrm.kr
www.workroompress.kr
www.workroom.kr

이 도서의 국립중앙도서관
출판시도서목록(CIP)은 서지정보유통
지원시스템 홈페이지(seoji.nl.go.kr)와
국가자료공동목록시스템(www.nl.go.kr/
kolisnet)에서 이용하실 수 있습니다.
CIP제어번호: CIP2014001474

옮긴이. 유나영 — 서울대학교 고고미술사학과를 졸업하고 동 대학원에서 인류학을 공부했으며, 삼인출판사에서 편집자로 일했다. 옮긴 책으로 조지 레이코프의 『코끼리는 생각하지 마』, 매트 타이비의 『오 마이 갓!뎀 아메리카』, 하름 데 블레이의 『분노의 지리학』과 『왜 지금 지리학인가』, 마저리 쇼스탁의 『니사 — 칼라하리 사막의 !쿵족 여성 이야기』, 마이크 데이비스의 『제국에 반대하고 야만인을 예찬하다』, 아니트라 넬슨·프란스 티머만의 『화폐 없는 세계는 가능하다』, 루이스 캐럴의 『운율? 그리고 의미? / 헝클어진 이야기』 등이 있다. 개인 홈페이지 '유나영의 번역 애프터서비스(lectrice.co.kr)'에서 오탈자와 오역 신고를 받고 있다.